Entre la Louve et l'Olympe

Du même auteur

Mais quand arrive le mot fin ?, [Nouvelle], dans *Malpertuis VI*, Éditions Malpertuis, pp.133-139 (2015)

La lame de la justice, [Nouvelle], dans *Phantasia*, Association Apocryphos (2015)

Les vertes prairies, [Nouvelle], Mots et Légendes Éditions (2015)

Au contact de l'esprit, [Nouvelle], dans *Dimension Écologies étrangères*, Fusée n° 35, Rivière Blanche, pp. 115-128 (2014)

Favori des dieux, [Nouvelle], Mots et Légendes Éditions (2014)

KEVIN KIFFER

ENTRE LA LOUVE ET L'OLYMPE

Roman

MOTS & LÉGENDES

ISBN : 978-2-37227-047-2
Parution mars 2018.
Texte © Kevin Kiffer, 2016.
Couverture et illustrations intérieures © Didier Normand, 2017.
Éditeur © Mots & Légendes, 2017.
Site : motsetlegendes.com Adresse : Ludovic Païni – Kaffin,
les Brutineaux 38970 La Salette Fallavaux.

Ce roman est l'aboutissement de plusieurs années de travail. Alors je voulais leur dire :

Merci, Florent, pour les relectures, les débats d'idées, les coups de main et le soutien constant sans lequel je ne serai jamais arrivé au bout.
Merci, Ludovic, pour ton enthousiasme, ton engagement sur ce projet, ta traque des fautes et coquilles en tout genre, tes conseils précieux qui font de ce manuscrit un roman désormais.
Merci, Sophie, de me permettre de vivre ma passion et me donner l'inspiration, encore et toujours.

Sans eux, **Entre la Louve et l'Olympe** *ne serait rien.*

PROLOGUE

Au commencement, Énée s'échappa de Troie avec quelques survivants afin de rejoindre les côtes d'Italie. Puis fut érigée Rome, petit rassemblement de paysans dirigés par Romulus et Rémus. Romulus marqua alors les limites de la cité, le *pomerium*, l'enceinte sacrée où il était interdit de porter une arme et de tuer.

La République s'imposa pendant les six siècles où cet interdit fut respecté. À l'opposé des barbares qu'ils affrontaient, les Romains se comportaient en citoyens : ils réglaient leurs conflits internes par la discussion, dans l'enceinte du Sénat. Assassiner un magistrat entraînait la mort.

Puis vint l'année 133 avant Jésus-Christ où Rome, village devenu capitale d'un empire, se posait la question de la gestion de ses immenses domaines. Parce que les patriciens de la cité craignaient pour leurs privilèges et leurs richesses, ils firent assassiner le tribun réformateur Tiberius Sempronius Gracchus.

Pour la première fois de son histoire, la République venait de régler un problème politique interne par la violence.

Nul ne fut puni pour cet assassinat. De nombreux meurtres similaires émaillèrent les cinquante années suivantes.

Sans le savoir, les Romains condamnaient leur État à la disparition par l'ouverture d'une brèche dans la sacro-sainteté de leurs institutions. Débuta alors la période qui conduisit à la dislocation du pouvoir sénatorial : l'ère des *imperatores*, ces chefs de guerre charismatiques qui arrachèrent le pouvoir par la force et la trahison.

Nous voici sous le consulat de Lucius Cornelius Sylla et Quintus Pompeius Rufus…

PREMIÈRE PARTIE :

LA MARCHE DE ROME

« Il faut savoir que l'univers est une lutte, la justice un conflit,
et que tout le devenir est déterminé par la discorde. »
Héraclite d'Éphèse

Chapitre 1

Rome – Italie – 88 av. J.-C.

Lovée dans la plaine du Tibre, la cité de Rome s'apprêtait à s'endormir. Au milieu des étoiles, la lune prenait ses quartiers afin de s'assurer de la tranquillité du sommeil des sept collines. La nuit tombée, il ne restait que quelques foyers de vie dans ces rues en ébullition tout au long de la journée.

Sur le Palatin, où se regroupaient les maisons de l'aristocratie, quelques villas s'égayaient habituellement de fêtes et de réceptions. Ce soir, ses pentes étaient bien calmes. Il fallait se tourner vers la *Suburra*, nom donné aux quartiers les plus modestes de la plèbe, pour y découvrir les lieux de vie nocturne.

Un établissement particulier tyrannisait le voisinage jusqu'à une heure avancée par les hurlements, les cris, les rires qui en émanaient. Un homme en sortait justement et sa démarche laissait entrevoir combien sa soirée avait été arrosée.

Errant dans la rue, Caius Voltinius se repérait malgré son état. Enfant du quartier, il connaissait chaque allée, chaque habitant. Ancien légionnaire aux muscles encore saillants, il ne risquait rien, pensait-il. Pourtant quelqu'un le scrutait depuis un recoin sombre et son attention émoussée ne lui permettait pas d'entrevoir le danger qui pesait sur sa nuque.

Encore quelques mètres et il arriverait à la chambre miteuse louée au-dessus d'une boutique d'épices. Les ombres dansaient sous le foyer de la lune. Dérangé par un besoin naturel, Caius s'arrêta pour uriner le long d'un mur.

Occupé à soulager sa vessie, Caius chantonnait doucement, quand soudain la lame d'un couteau se glissa sous son menton avec une précision d'orfèvre. Il sentit le froid sur sa glotte, mais aucune entaille ne marqua son cou. Un professionnel, c'était sûr. Dans un silence religieux, les deux silhouettes attendirent que Caius termine son affaire avant de parler.

— Écoute, l'ami, tu as parié sur le mauvais cheval, lança Caius qui essayait de s'éclaircir l'esprit. Mes poches et ma bourse sont vides de deniers. Nous pouvons peut-être trouver un accord.

Une réponse mit du temps à venir, comme si l'agresseur réfléchissait à ce qu'il pouvait espérer d'un tel homme. Puis la sentence vint :

— *Do, das.*[1]

Interloqué, Caius pesa la proposition. L'ancien légionnaire essayait d'imaginer ce que pouvait vouloir ce fantôme qui serrait de plus en plus sa lame contre sa gorge. Mais son esprit était incapable de visualiser autre chose que des pièces.

— Que veux-tu ? finit-il par demander, renonçant à deviner.

---

1 « Je donne, tu donnes. »

— Une maison a brûlé sur le Palatin, voilà deux se-maines. Es-tu à l'origine de l'incendie ?

La discussion prenait une tournure qui ne plaisait pas du tout à Caius. Il avait été bien payé pour son ouvrage et si ce méchant le savait, il n'allait pas hésiter à le rançonner : une lame bien placée pouvait briser les plus grandes réticences.

À la recherche d'une échappatoire, il sentit l'homme se rapprocher. De telle façon, il ne pouvait pas manœuvrer, ten-ter de lutter. Son adversaire devait être un guerrier redou-table. Aussi décida-t-il que tout l'argent récolté valait moins que sa vie.

— Oui, c'est moi.

— Qui est ton commanditaire ? Et ne me mens pas.

La lame se glissa un peu plus dans le repli de sa peau. Du sang suintait par la petite plaie, autant que l'exigence d'une réponse rapide.

— C'est le tribun Sulpicius. Il a payé et m'a laissé recruter les hommes. Mais att…

La phrase mourut dans sa gorge quand le couteau s'en-fonça jusqu'à la garde à travers son larynx. Caius porta les mains à son cou, tenta de stopper l'hémorragie provoquée par le retrait de l'arme. Mais un deuxième poinçon perça ses côtes, un troisième le bas du dos. L'ancien soldat tomba en avant, heurta le mur plein d'urine et se laissa glisser jusqu'au sol, son épaule gauche s'ouvrant contre le crépi.

Les paupières grandes ouvertes, à la recherche d'air, Caius contempla son agresseur à la lumière des rayons lu-naires. Un casque de cheveux bruns mi-longs protégeait un front plissé par le temps. Des sourcils très en avant plon-geaient des yeux bleus ciel dans une cavité qui n'éteignait pas leur éclat. Sa mâchoire carrée trahissait son entraînement militaire, mais quelque chose dans son port, sa gestuelle, le faisait paraitre plus noble que son allure ou son imposante carrure le laissait penser.

L'assassin essuya sa lame sur les vêtements de sa victime et la fit disparaître sous une cape sombre qui cachait son corps. Avant de partir, il lui lança d'une voix grave :

— Mon nom est Quintus Lucretius Ofella et c'est ma maison que tu as incendiée. Tu as brûlé vifs ma famille et ceux qui la servaient. J'espère que tu agoniseras longtemps.

D'un pas rapide, Quintus Lucretius Ofella traversa le Forum, la grande place de la cité, puis remonta la colline du Palatin. Ses sandales battaient tantôt le pavé irrégulier, tantôt la terre, sans l'amener à rencontrer personne. Son esprit vagabondait, les idées se bousculaient, mais aucune ne lui rappelait le meurtre de sang-froid qu'il venait de commettre.

Sur les quarante-trois années de sa vie, les seize dernières avaient été consacrées aux choses de la guerre. Tuer était facile, toutefois ce crime n'épanchait pas sa tristesse d'avoir perdu ceux qu'il aimait. Se battre dans les légions l'avait meurtri physiquement, à l'image de cette cicatrice qui parcourait son avant-bras droit, souvenir d'un Samnite trop pressant lors de la guerre sociale. La perte qu'il subissait le laissait plus marqué encore.

Son devoir avait toujours primé sur tout le reste. Il servait Rome comme ses ancêtres auparavant. Quintus Lucretius appartenait à l'une de plus vieilles *gens* de Rome, les *Lucretii*, qui tirait ses racines des temps anciens. On la disait à l'origine de la fin de la royauté à Rome, cette légende apportait prestige et gloire à cette famille patricienne habituée au tableau des honneurs.

À cet instant, il ne se sentait pas à la hauteur de cet héritage. Ce poids faisait plier ses épaules noueuses, celles d'un légionnaire endurci qui avait délaissé sa femme et son fils, mais en payait désormais le prix. Les souvenirs remontaient à la surface et menaçaient de soutirer des larmes à notre soldat.

Sa maison avait pris feu alors qu'il se trouvait à l'extérieur. À son arrivée, l'incendie gagnait les demeures adjacentes et malgré l'élan de solidarité des citoyens, rien ne put être sauvé. Le désespoir naquit des nombreux corps tirés des décombres fumants. Toute sa famille avait péri.

Après le drame était venu le temps de les pleurer, de les confier aux ancêtres avant de se venger. Voilà pourquoi il venait de tuer ce Caius Voltinius : son enquête l'avait mené à lui, puis le conduirait jusqu'au commanditaire de cet ignoble attentat. Sa promesse de justice faite sur les dépouilles serait tenue.

Retirant sa cape, Ofella pénétra la cour d'une belle demeure. Un jardin luxuriant créait un havre de paix en plein milieu de la cité. Il arriva à la villa, fit quelques pas dans le vestibule et coupa à travers la cour de l'atrium pavé de mosaïques blanches et noires. Il fixa le mur principal où les masques scrutateurs d'anciens consuls l'accablaient de leurs visages graves.

Depuis les événements tragiques, il vivait chez son ami Lucius Licinius Lucullus. À sa recherche, il traversa le péristyle, galerie de colonnes encerclant un jardin de plantes et une fontaine éteinte, élevé sur de petits piliers recouverts de marbre. À chaque angle, des statues de la déesse Minerve

13

supplantaient les colonnes. Elle se tenait debout, la lance dans une main et le bouclier attaché à l'autre, l'air résolu.

Puis il rejoignit le toit de la villa où son hôte installait des banquettes et recevait volontiers les grands noms de l'aristo-cratie romaine.

Sous le ciel étoilé, Lucullus échangeait avec un homme large qui portait le manteau rouge de général romain. Cette silhouette familière à Ofella ravivait pléthore de souvenirs et de promesses. Il avait accompagné Lucius Cornelius Sylla dans tous les succès de sa carrière. Cet homme représentait un modèle à ses yeux. Sylla était le vainqueur de Jugurtha, le triomphateur des Cimbres et des Teutons, un héros, le consul en titre chargé de mener campagne contre les troupes du roi de l'est, Mithridate, nouvel ennemi déclaré de Rome.

Sylla était un esprit fort, doué pour la joute politique et l'exercice militaire, le patricien parfait d'une République sur la route des sommets. Ofella avait vu des rois s'incliner devant le consul. Et lui, héritier sans gloire d'une famille à qui il ne faisait pas honneur, l'avait pour ami et frère d'armes.

La première chose qui distinguait Sylla était son profil d'aigle, au nez busqué et au menton proéminent arrondis par les ans. Ses joues constamment teintes de rose se pique-taient de taches blanches, une nuance rehaussée par ses che-veux noirs bouclés. Dans sa cinquantième année, il n'en res-tait pas moins un bon vivant et cela se lisait sur son visage : des rides plissaient le coin de ses yeux, signe d'un rire facile.

— Le voilà qui revient, intervint Lucullus qui attira l'at-tention sur le nouveau venu.

Même si ses cheveux commençaient à dorer, Lucullus faisait deux têtes de plus que ses invités et son visage éternellement poupon tranchait avec son caractère rude. Sa

14

passion : concevoir des plans. Prévoir tout, constamment, avec moult étapes et un dédale de complexités.

Son esprit brillait au milieu des plus intelligents de son temps, en témoignait son regard flamboyant, mais il existait un revers à son denier, une petite faille : face à l'imprévu, il réagissait lentement. Ce qui en faisait un excellent planificateur de campagne et un piètre combattant dans les moments critiques. Son corps gardait un stigmate de cette vérité, une profonde balafre qui traçait un sourire sur sa gorge.

— Comment te sens-tu, Quintus ? l'interrogea Sylla.

La prestance de Sylla, son regard rassurant, invitait Ofella à répondre sans détour. Ainsi était le consul avec ses amis : franc, ouvert, à l'écoute.

— Je vais bien. Aujourd'hui, j'ai progressé dans mon enquête. Je sais qui a commandité l'assassinat des miens.

— Vu ton regard, je crains de deviner ta réponse, commença Lucullus qui se tut pour le laisser parler.

— Tu devines juste. Le coupable n'est autre que ce serpent de Sulpicius. Nos soupçons se confirment. Les commandements qui régissaient notre belle cité ont disparu. Il n'y a plus de règles.

Ofella croisa les bras et ses doigts touchèrent les cicatrices qui recouvraient ses biceps. Cimbres, Teutons, Numides, leurs visages étaient flous, mais le souvenir des batailles restait vivace.

Pour Sylla, il avait tué bien des hommes, mené des campagnes, vaincu des adversaires de grande qualité. Toutes ces années, son consul et sa cité s'étaient confondus, représentaient une même cause, car combattre sous les ordres de Sylla revenait à servir Rome. Et maintenant, Ofella se sentait perdu : l'ennemi qu'ils affrontaient était intérieur.

À l'échelle de la République, Quintus Lucretius n'était qu'un sénateur de seconde zone bloqué aux premières étapes de la carrière des honneurs, la route vers le consulat. Malgré son nom, il n'avait que peu de clientèles et s'entendait seulement avec quelques collègues, dont Cnaeus Papirius Carbo, son plus proche ami dans l'arène politique, fidèle du camp adverse.

Un nouveau conflit se préparait dans les coulisses du Sénat. Sylla s'opposait à Caius Marius, légende de la République, déjà nommé six fois consul. Ce redoutable rival constituait une force politique prête à prendre la tête de l'État. Pourtant, les urnes avaient parlé : Sylla avait obtenu la plus haute charge publique en compagnie de Quintus Pompeius Rufus. Marius refusait d'accepter sa défaite. Les manœuvres politiciennes s'associaient à des actes de violence pour convertir à ses idées le maximum de sénateurs.

Les rues ruminaient au sujet de lapidations et de bastonnades. L'ordre avait disparu. En choisissant de se joindre à Sylla dans ce duel, Ofella pensait avoir tué sa famille, car il ne faisait aucun doute que l'incendie de sa maison tirait son origine du conflit entre ces deux grands hommes. Sa colère ne cessait de monter, autant que son impuissance.

— Marius a donc rallié Sulpicius à ses idées, reprit Sylla en se tournant vers le balcon, d'où il pouvait dominer Rome. Voilà qui est fâcheux.

— Nous le devinions, confirma Lucullus, qui appréhendait la politique romaine avec une grande acuité. Sulpicius est très ambitieux et il n'avait pas apprécié d'être écarté de nos décisions. Exécutant est un travail qui lui demanderait trop de patience. Ce qui est plus inquiétant, c'est que cette alliance soit déjà si solide. Car le tribun a tué pour son maître et risque de recommencer.

— Nous devons les prendre de court, fit le consul, décidé. Je vais me rendre chez Rufus et arrêter la marche à suivre. Soyez tous les deux à la séance du Sénat, demain. Mobilisez les autres. Notre vision doit s'imposer.

Le duo acquiesça et accompagna son mentor jusqu'à la sortie. Une impressionnante garde se tenait prête à le ramener, signe de la tension ambiante. Parmi eux, le fidèle Cornelius, petit homme trapu et borgne, restait toujours en alerte. Aide de camp et confident du général, il ne quittait jamais celui qu'il jurait de servir jusqu'à la mort.

Ofella et Lucullus saluèrent Sylla en l'étreignant. Ils observèrent le cortège, encadré par des porteurs de torche, s'éloigner à pas rapides.

— Demain risque d'être une journée décisive, prévint Lucullus en rentrant. J'ai un plan qui devrait, je l'espère, retourner la situation à notre avantage.

Ofella laissa traîner son regard avant de répondre : grand, beau, ténébreux, intelligent, Lucius Licinus était le stéréotype de l'aristocrate destiné à une prestigieuse carrière. Considéré comme l'héritier de Sylla, il avait la gloire d'un nom et savait l'utiliser. À ses côtés, il se sentait inférieur en qualité, mais asséna, comme une vérité immuable :

— En guerre, chaque jour est décisif. À nous de faire le nécessaire.

Chapitre 2

Un petit soleil perçait à peine les nuages quand Ofella se leva. La maison de Lucullus était endormie et seuls quelques serviteurs, habitués à le voir circuler tôt dans la propriété, le saluèrent. Il quittait toujours sa chambre aux aurores avec l'objectif de quelques exercices matinaux. Cette tradition venait de son père et il s'appliquait à la respecter scrupuleusement, même en campagne.

Il traversa l'atrium pour rejoindre le péristyle, dépendance réservée à la détente. Ofella s'appuya sur les colonnes en commençant ses échauffements par quelques étirements.

Le péristyle était animé par le clapotis de la fontaine péniblement éveillée. Au sein de cet environnement calme, à peine troublé par le vent qui s'engouffrait par l'espace central à ciel ouvert, Ofella vidait son esprit en vue de la journée à venir.

Les tractions et les pompes qu'il effectua lui permirent de se dépenser un minimum. Deux heures durant, alors que la maisonnée s'éveillait, il continua. La cuisinière apporta finalement un peu de pain frotté à l'ail, du fromage et de l'eau avant qu'il n'aille se rafraîchir dans le *tablinum*.

Il pensa à nouveau à sa femme et son fils. Auparavant, ses exercices l'occupaient jusqu'au lever des siens. Il pouvait alors profiter d'un bref repas à leurs côtés. Leurs regards encore éteints se transformaient à présent en pupilles vides, des cavités obscures et insondables hantées par les créatures de Pluton. Sa vision le glaça, il pesta et choisit de poursuivre son entraînement.

Après s'être rapidement lavé et assuré qu'il portait sa bourse de cuir à la ceinture, il décida de se lancer dans une marche à travers la cité. Sa colère serait canalisée par l'exercice et son esprit trouverait peut-être d'autres sujets de réflexion, moins tournés vers la vengeance. Il quitta promptement le flanc sud-est de la colline du Palatin, surnommé par la plèbe le quartier aux têtes de bœufs à cause de la maison décorée de ces mufles d'animaux qui gardait l'accès à la montée.

Normalement, marcher le calmait. Cette habitude remontait aux campagnes militaires menées aux quatre coins des bords de la *mare nostrum* : elle le conduisait à faire le tour du camp le soir venu. Ainsi il évitait de trop réfléchir aux combats afin de se concentrer sur les problèmes de ses hommes. S'occuper des préoccupations de sa troupe le détournait de ses propres pensées et renforçait le lien l'unissant à ses soldats.

Les légionnaires avaient disparu, mais Ofella tenait à garder ces petites routines qui faisaient son quotidien : il adorait Rome. Pourtant, il exhalait de la ville le parfum si dérangeant des traîtres et des déshonorés, entassés sous la crête saillante de la roche Tarpéienne et dont l'odeur pestilentielle s'intensifiait avec les beaux jours. Elle rappelait à chacun le sort réservé à ceux qui s'opposeraient à la cité.

Il rejoignit finalement le sommet de la colline et bascula sur l'autre versant. En quelques foulées, il arriva devant les restes de sa maison calcinée. Des langues noires léchaient les murs des habitations proches. Un amas de bois décomposé, cendres mélangées de suie, marquait les lieux du drame.

Sans cesse, il repensait à sa femme Hortensia, à son fils Lucius, ainsi qu'à la quinzaine d'esclaves à sa charge. Parmi eux se trouvait Phéron, qui l'avait suivi sur les champs de bataille comme domestique avant de continuer à le servir jusqu'à l'odieux incendie. Jusque-là, sa carrière militaire avait flatté son ego et complété à merveille la fortune familiale. Maintenant ne restait plus en son cœur que le désir de vengeance.

Le vent se leva, la poussière avec elle. Emportés par le souffle des dieux, les lambeaux de sa famille constituèrent un voile noir au-dessus de Rome. S'en suivit de longues minutes de recueillement. Puis Ofella poursuivit sa marche, le vague à l'âme.

Il déboucha à quelques pas du Capitole et rejoignit le Forum romain, vaste place dominée par le Sénat, amphithéâtre aux allures de temple religieux. C'était le lieu où s'exerçait le pouvoir dans la cité. Un vendeur d'épices commençait à aligner devant sa boutique des amphores et pots tressés de subtiles nuances de vert et de rouge. Ainsi pouvait-on résumer la grandeur de la cité : commerce et politique jetaient les bases de sa suprématie.

Depuis plusieurs générations, le clan des *Lucretii* se contentait de tâches secondaires au sein de la République. Sylla l'avait encouragé à se joindre à sa cause, car son nom ne figurait plus dans les livres d'or des fonctions éminentes.

Le grand général entendait l'aider à restaurer le lustre familial, si Ofella se montrait fidèle. Le père de Quintus n'avait jamais été que préteur pérégrin, chargé de la gestion des non-citoyens présents dans l'enceinte des murs de Rome. Une tâche ingrate, méconnue, peu honorée malgré le prestige de la fonction prétorienne.

Quintus Lucretius avait choisi la carrière des armes, l'aigle de la légion, afin d'accroitre la notoriété de sa maison. Son travail de l'ombre, aux côtés de Sylla, était reconnu par les sénateurs. De nombreux vétérans, à travers l'Italie, lui montraient du respect. Mais cela ne suffisait pas à gagner une élection : il fallait investir de l'argent, s'assurer des soutiens, se positionner sur l'échiquier complexe de la politique romaine.

Tout revenait, dans la Rome des sénateurs, à évoluer sur cet échiquier. La naissance vous mettait du côté de la plèbe ou de la vieille aristocratie ; la famille vous initiait aux mœurs et à la pensée qui seyaient à votre rang ; arrivaient alors la carrière, la légion, les honneurs, qui vous plaçaient aux côtés d'hommes pouvant devenir vos amis comme vos ennemis ; et enfin, le rang sénatorial vous forçait à choisir définitivement un camp.

Depuis la fin de la guerre sociale, quelques semaines plus tôt, cela se résumait à pencher entre le parti du héros de la République, Caius Marius, et celui du consul en exercice, Lucius Cornelius Sylla.

Le choix naturel d'Ofella le portait vers son ami qui s'apprêtait à partir pour la Grèce : des armées venues du royaume du Pont occupaient les grandes cités, dont Athènes. Des Italiens y avaient été massacrés. Rome devait venger ses morts et rétablir son autorité. Sylla était un homme tout désigné pour mener cette campagne. Le chef militaire serait loin du monde politique pendant au moins une année, laissant le champ libre à son adversaire.

Caius Marius était une légende. Six fois élevé à la plus haute charge de l'État, il avait sauvé la cité de bien des périls. Entré dans sa soixante-neuvième année, il entretenait son pouvoir et ses appuis politiques comme un jeune consul au fait de sa gloire. Depuis que le peuple avait désigné Sylla pour affronter Mithridate, Marius le jalousait et rêvait d'écrire une nouvelle ligne de sa légende.

Comme il évoluait sur le Forum, Ofella constata qu'une multitude de sénateurs avait choisi la marche dans la fraîcheur matinale afin de réfléchir calmement. Des saluts polis furent échangés, mais personne ne s'arrêtait pour parler : ils avaient d'autres choses en tête. Peut-être les mêmes réflexions. Sans la haine, le sang et la mort.

Cette lutte de grands hommes devenait vite un affrontement politique auquel les sénateurs se prêtaient bien volontiers. Comme nombre de ses collègues, Ofella jugeait cette opposition conforme à la tradition : depuis des décennies, des figures marquantes de la *nobilitas* faisaient avancer la République. Mais il fallait justement que ce duel serve les intérêts de Rome et pas seulement des desseins personnels.

Sa marche le conduisit dans une rue étroite où les boutiques ouvraient une à une. Une petite échoppe l'accueillit et le sénateur se sentit aussitôt assailli par les souvenirs. Tout autour de lui, des personnages de bois trônaient sur des étagères, bouts d'homme aux corps immobiles.

La nostalgie l'enivrait dès qu'il entrait dans la minuscule pièce à l'abri de toute lumière, malgré les pas que l'on percevait chez le voisin du dessus, malgré les échos du marché qui s'ouvrait. Chaque petite figurine symbolisait une existence perdue et était utilisée dans des rites aux disparus. Au

milieu de cette assemblée, Quintus Lucretius avait le sentiment de communier avec les morts.

Sa commande était prête. Le marchand, un vieillard
édenté, tendit deux minces silhouettes qui évoquaient, bien
maladroitement, sa femme Hortensia et son fils Lucius.
Faute de pouvoir les étreindre, il serra ses poings puissants
autour de leurs représentations. Une larme coula sur sa joue.
Ses doigts glissèrent avec précaution chaque personnage
dans sa bourse. Et il s'en fut, avide d'air.

Une agitation soudaine gagna la rue. Intrigué, Ofella prit
cette direction, alarmé par un cri d'horreur s'élevant d'arcades toutes proches. Quand il arriva sur place, le préteur
urbain, son cousin Spurius Lucretius Carus, faisait les premières constatations. Chargé de la justice à l'intérieur des
murs de Rome, il était constamment suivi de six licteurs qui
s'occupaient de tenir éloignés les badauds d'un étal renversé.
Au milieu de fruits gisait un corps sans vie.

Quand ils remarquèrent le sénateur, les licteurs le laissèrent passer. Ofella observa le cadavre d'un petit homme
trapu et borgne baignant dans le sang et les bananes, choqué
de reconnaître la victime. Elle ne ressemblait guère à un
membre d'une importante famille en dépit de ses vêtements
soignés, pourtant sa mort serait une perte inestimable.

Ses pensées furent stoppées par Carus, venu saluer son
parent :

— Il est bien tôt pour une promenade.

L'homme était grand et avait déjà une couronne de
cheveux blancs et une calvitie avancée malgré ses trente-cinq
ans. Un nez empâté et boursouflé laissait une marque
indélébile sur un visage fin et élégant. Le cou dégagé, il portait encore les stigmates d'une vérole mal cicatrisée.

— J'avais besoin de m'aérer l'esprit. Voilà un nouveau drame.

— J'allais siéger à un tribunal quand j'ai entendu les cris. Tu le reconnais, n'est-ce pas ? Tu as dû le voir régulièrement. Plus souvent que quiconque à Rome ces dernières années.

Le sénateur croisa les bras, une image fugitive devant les yeux : le défunt un pas derrière Sylla, pendant la campagne de Jugurtha, en train de remplir le verre de son maître allongé sur un *triclinium*.

— Cornelius, acheva Ofella sombrement.

Ce nom prononcé à haute voix fit bondir le cœur du sénateur dans sa poitrine. Cornelius. L'esclave le plus proche de Sylla. On racontait parmi les légions que ce n'était pas son vrai nom, mais qu'il en avait changé pour montrer sa fidélité. Quand Ofella avait commencé à côtoyer Sylla, Cornelius était déjà là, toujours dans l'ombre de son maître.

Et Ofella n'ignorait pas la raison de la présence du cadavre devant cet étal : son protecteur appréciait manger chaque matin une banane bien mûre, vieille habitude prise pendant les campagnes africaines. Tout Rome savait que Cornelius arpentait les boutiques dès l'aube pour trouver un fruit qui plairait à Sylla.

— J'ai bien peur que la nouvelle de son trépas *Lui* soit difficile à supporter, poursuivit Carus en s'accroupissant près du corps. Il a reçu plusieurs coups de dague, de face et dans le dos. Il n'a pas été le seul, du reste : le plus jeune fils de Gnaeus Pompeius Strabo a été tué pendant la nuit.

Quintus Lucretius se pencha et remarqua combien la mort changeait le pauvre esclave : cet homme connu vif d'esprit avait perdu cette lueur de malice qui animait ses

25

yeux. Le pantin désarticulé reposait sur quelques bananes écrasées, et le sang maculait les fruits au sol.

— Des témoins ? interrogea-t-il son cousin.

— Le tenancier de cet étal, un certain Volona, a disparu. Mes hommes vont se mettre à sa recherche. J'ai ordonné la fermeture des portes afin qu'il ne puisse pas fuir.

— Tu sais très bien ce que ces meurtres signifient.

— Oui. Mais ceci est un crime, pas un acte politique, et le consul m'a donné des consignes. Voilà pourquoi vous devez partir, sénateur, et me laisser faire mon travail.

Il suffit à Ofella de s'éloigner du lieu du forfait pour voir une armée de badauds, la messe basse à la bouche, en train de chuchoter afin de répandre la rumeur. Bientôt, tout Rome saurait. Sylla serait mis au courant et préparait peut-être déjà sa vengeance. Le sénateur se sentit très proche de son chef de file, partageant la même envie.

Il ne faisait aucun doute que les soutiens de Marius œuvraient dans l'ombre de cet assassinat. Le fil du destin était tellement tendu entre les deux clans politiques que nombre de partisans en tombaient, emportés dans les limbes. Ce pauvre Cornelius ne serait que le nom suivant inscrit sur cette triste liste. Autant Sylla comprenait les manœuvres, autant il ne tolérerait pas que l'on touche ainsi à ses proches. La riposte promettait d'être sanglante.

Décidé à rentrer, conscient du poids de cette mort se répandant comme la brume au-dessus de la ville, Quintus Lucretius ne cessa de secouer la tête de consternation. Devait-on donc arriver à cet affrontement inévitable ?

Et lui, où se situait-il sur l'échiquier ? Il savait combien son choix de suivre Sylla serait immuable. Il se retrouvait forcément lié, par la mort des siens, à la guerre civile qui se profilait. Marius serait son ennemi désigné dans l'affrontement à venir.

Sylla tenait ses troupes, mais Ofella n'ignorait pas que les hommes pouvaient réagir d'étrange manière sous l'emprise de la tension. Et des proches de l'*imperator*, comme Vistus ou Forgeus Spongius, avaient le coup de poignard facile. Il faudrait se méfier dès à présent, car les factions allaient s'affronter. Un mort pour un mort, voilà la seule loi. Les rues de Rome n'étaient plus sûres pour personne, même pour un soldat.

Chapitre 3

Le printemps enivrait le *comitium* de Rome de ses odeurs plaisantes, tant que l'on parvenait à faire abstraction de la putréfaction des corps accumulés au pied de la roche Tarpéienne et dans les fosses où l'ont déposaient les morts.

À l'abri de ce premier soleil réconfortant de l'année, le consul Quintus Pompeius Rufus patientait pendant l'exécution d'un mouton qui permettrait de prendre les augures. Son embonpoint laissait voir une bonhomie qui l'aidait dans la progression de sa carrière : volontiers conciliateur, il contribuait à installer la concorde. Cette rondeur se retrouvait dans chacun des traits de son visage : des joues gonflées, des yeux globuleux et un front proéminent.

Le climat exceptionnellement froid, cette année-là, avait doublé la commande de bois de la capitale. Nombre de gens venaient en réclamer aux sénateurs qui avaient fait passer une loi dans ce sens. Mais les premières maisons à avoir été livrées se trouvaient sur la colline du Palatin, ce qui ajoutait à la crispation ambiante.

Le gratin sénatorial patientait sur la place en un spectacle coutumier. Chacun pouvait s'entretenir avec ses collègues, dans une atmosphère détendue grâce au retour des beaux jours. Quintus était sidéré par la quiétude qui régnait parmi les sénateurs. Il s'attendait à voir l'endroit agité et tendu de toute part après les incidents du matin. Mais la politique se trouvait ainsi faite que la mort frappait trop souvent Rome à cette époque pour qu'un cadavre de plus n'affole les patriciens de la cité.

Lors de la dernière année cauchemardesque, le Sénat avait appris une terrible nouvelle : l'ancien consul Marcus Aquillius, en poste deux ans auparavant, avait hérité d'un titre de légat dans la province d'Asie, tradition qui aidait les grands hommes politiques à obtenir un prestigieux commandement à la fin de leur carrière. Il avait été exécuté par le seigneur félon Mithridate VI, roi du Pont, obscur pays de l'ancienne Perse.

Sa mort suscitait l'effroi des patriciens les plus aguerris. Aquillius fut saisi en train de fuir, puis conduit à Pergame à dos d'âne et fouetté avec des verges ; on lui avait fait fondre de l'or dans la bouche. Mithridate raillait ainsi, dit-on, la rapacité des Romains par cet acte. Déjà, la mort déshonorante d'un consul ne pouvait qu'émouvoir les sénateurs, mais la suite fut pire encore.

La ville tout entière grouillait de rumeurs terrifiantes quand le consul désigné Lucius Porcius Cato, petit-fils du légendaire Caton l'Ancien, apporta une nouvelle qui plongea la Curie dans le silence : à travers toute la Grèce et l'Asie, quatre-vingt mille romains et italiques avaient été massacrés et leurs bien saisies sur ordre du roi du Pont. Rome ne pouvait tolérer une telle trahison. Voilà pourquoi Sylla venait d'être désigné pour mener campagne et aller vaincre l'ancien ami devenu un renégat.

Le Sénat pouvait tout affronter après ces événements, surtout la mort d'un esclave, fût-il le préféré de son nouveau généralissime. Du reste, les sénateurs autour d'Ofella parlaient surtout des frasques du tribun de la plèbe nommé Publius Sulpicius, qui ne se refusait, disait-on, aucun plaisir et aucune vilenie. Un plébéien, en somme.

Deux d'entre eux, Cnaeus Papirius Carbo, meilleur ami de Lucretius, et Lucius Cornelius Cinna, proche de la famille Metellus, étaient en grande discussion jusqu'à ce qu'Ofella les salue.

— Vous aussi, vous ne parlez que de ce tribun ? les interrogea-t-il.

— Ce fou aux mœurs dissolues espère passer des lois iniques sans écouter le Sénat, rétorqua Cinna, et nous lui réservons une surprise de notre cru. C'est encore la Curie qui dirige Rome, il va le découvrir à ses dépens.

Publius Sulpicius s'entourait d'hommes en armes depuis plusieurs semaines et haranguait le peuple afin d'obtenir des lois que les sénateurs ne voulaient pas voir soumises à l'opinion. L'une d'elles consistait à donner le statut de citoyen romain à tous les habitants d'Italie, une mesure dont le résultat pervers serait la domination de la plèbe dans les élections futures. En effet, tous ces nouveaux citoyens auraient pu voter aux prochaines nominations des magistrats et avantager le parti de Marius que soutenait le tribun.

Beaucoup le prenaient pour un illuminé qui ne manquait pas de sérieux, Ofella en faisait partie. Surtout depuis qu'il connaissait son lien avec Caius Marius, dont l'objectif était clair : susciter les troubles à son profit.

Cinna s'éloigna, prêt à propager cette bonne parole auprès de ses confrères. Carbo s'attarda, interrogeant son collègue sur sa famille. Mais il avait une autre idée en tête :

— J'aimerais que l'on se rencontre assez rapidement. Il y a quelques faits dont je dois t'entretenir.

— Bien sûr, rétorqua Ofella. Je passerai te voir demain, avant le zénith du soleil.

Enfin, la séance fut ouverte et aucune cohue ne vint troubler la lente procession des sénateurs dans la Curie. Quintus ressentait une boule au ventre, une force montait au creux de son estomac et enflammait ses nerfs. Maître de ses actes, il ne pouvait empêcher son esprit de dériver vers les crimes dont il était la victime.

La façade de marbre et de stuc de l'assemblée conservait l'humilité des éminents bâtiments de la République : en passant sous le portique, le visiteur ne voyait ni imposantes gravures ni fronton colossal, mais profitait d'une protection contre le soleil. Une fois dépassées les portes de bronze, Ofella pénétra dans la grande salle, simplement décorée, puis chercha à s'asseoir à la troisième rangée des gradins de droite qui courait le long du mur. Sa colère se polarisait sur une cible devant lui.

En face des patriciens conservateurs, Marius siégeait au premier rang en qualité d'ancien consul, mais la masse de sénateurs qui se pressait autour de lui le cachait à la vue d'Ofella. Sa haine redoubla devant ce rideau de chair et de sang qu'il aurait volontiers balayé afin d'affronter le commanditaire de l'assassinat des siens.

Rufus présidait, installé face aux portes laissées ouvertes pour permettre au peuple d'assister à la séance. Sylla était absent, préparant officiellement sa campagne, mais Lucullus menait les affiliés au général. Il posa une main sur l'épaule de son camarade et Quintus sentit une partie de sa tension s'évacuer à ce contact. Lucius glissa alors :

— J'ai trouvé une solution qui devrait nous sortir de l'ornière. J'espère que tu me diras ce que tu en penses.

Le consul annonça immédiatement que le Sénat avait été convoqué suite aux meurtres commis à travers la cité, qui frappaient aussi bien les aristocrates que la plèbe. La tension devenait palpable et cette noble assemblée devait agir pour rétablir l'ordre. Titus Servilius Calvus, appelé ainsi en raison de sa perte de cheveux précoce, souhaitait s'exprimer à ce sujet.

— Pères conscrits, chers collègues, un grand trouble s'est emparé de notre bonne cité, commença-t-il avec un geste impérieux de la main. Pas moins de dix-huit assassinats ont été perpétrés dans cette enceinte sacrée, nos murs, qui jadis assurait à tous la possibilité d'être protégés. Ces funestes avertissements nous viennent des dieux ! Ils les multiplient depuis des semaines : rappelez-vous ces rats qui se sont attaqués au trésor sacré du temple de Jupiter. On ne vous a pas tout dit de cette affaire.

Après le silence de l'assemblée des pairs suivit la surprise, voire l'indignation. Cette histoire avait déjà suffisamment bouleversé Rome. Il se racontait que le grand pontife Domitius Ahenobarbus en cauchemardait toutes les nuits.

— Car oui, reprit-il, ils ont été trouvés en train de ronger l'or ! Et quand les gardes se sont saisis d'un de ces animaux, celui-ci a enfanté, dans sa cage, avant de manger ses petits !

Une rumeur aux accents de terreur parcourut la foule des spectateurs. Le signe que le ver rongeait le fruit. Ofella n'en croyait pas ses oreilles, pourtant le sénateur continua sa démonstration implacable comme s'il traitait d'une affaire divine.

— Un grand danger nous assaille, il est tellement proche que Jupiter lui-même nous avertit : les vils, les médiocres sont parmi nous et s'apprêtent à trahir la Cité, notre mère à tous.

— Mensonge !

Cette exclamation, venue du fond de la Curie, fut aussitôt ensevelie sous une tonne de sifflets et d'insultes. Le malheureux ne s'exprima plus, mais le mouvement d'humeur montra à la foule combien les sénateurs prenaient l'affaire au sérieux et semblaient unis face à la menace. Les manifestations de soutien se multiplièrent et le consul Rufus, en bon orateur, patienta un peu avant d'obtenir le silence d'un geste impérieux de la main.

— Notre estimé collègue, Spurius Lucretius Carus, préfet urbain, nous a rapporté des événements très graves qu'il convient de traiter avec la plus grande attention. Un témoin, un marchand du nom de Volona, a été appréhendé juste avant que ne s'ouvre cette séance. Au cours d'un premier interrogatoire, il a communiqué les noms de conspirateurs, dont certains qui participent à la bonne marche de la politique romaine. Si ces informations s'avéraient exactes, il serait de notre devoir d'agir avec la plus grande fermeté.

Les applaudissements ronronnèrent. Ofella frappait dans ses mains par réflexe, surtout pour imiter ses collègues : il ne croyait pas ce qu'il venait d'entendre. Volona était censé être le témoin d'un crime de moindre importance, celui d'un esclave, mais le voilà au courant de tout un complot ? Complot dont l'instigateur s'avérerait être, comme par hasard, le tribun qui gênait le Sénat ? Trop beau pour être vrai, cela sentait à plein nez les aveux extorqués.

Le plan de Lucullus ne plaisait pas à Ofella. Il aurait préféré s'appuyer sur des vérités, comme le meurtre de sa famille, plutôt que sur ce montage, mais il devait reconnaître l'efficacité de la méthode.

Marianistes et syllaniens du Sénat se montraient unis. Le consensus régnait contre Publius Sulpicius dont personne n'avait prononcé le nom officiellement. Marius, qui s'affichait volontiers comme un défenseur acharné du peuple, aurait pu s'offusquer d'une telle manœuvre contre un tribun de la plèbe. Il ne demanda même pas la parole à cette séance, au contraire de Calvus, très prolixe. La harangue reprit.

— Pères conscrits, il convient de protéger Rome, nos institutions et le peuple en empêchant la catastrophe d'arriver. Il faut que notre assemblée prenne conscience du poids de la menace et impose les meilleures décisions. Je demande que soit soumise au vote la mesure du *iustitium*.

Le *iustitium* fut une surprise pour Ofella. Le choix de suspendre les activités politiques et judiciaires pendant plusieurs semaines, dans l'attente du retour de la concorde au sein de la cité, pouvait s'avérer dangereux : personne ne pourrait entraver les décisions des consuls, comme il serait impossible de légiférer sur la moindre question – ou de juger le moindre criminel.

— Je soutiens cette motion, affirma Caton fils, dressé comme la justice au-dessus des bancs afin de protéger la République.

— Il en sera de même de mon côté, assura Carbo avec une voix forte.

— Et pour moi, appuya Cinna.

Cette fois, la situation l'imposait : le consul Quintus Pompeius Rufus se leva. Un courant d'air remonta les travées du Sénat, faisant onduler derrière lui son manteau bleu aux bordures d'or. Tous l'observèrent. Il patienta un moment dans le but de bien ménager son effet.

— Votons : nous devons décider si un *sénatus-consulte* est nécessaire pour assurer la fin des troubles à Rome et permettre la protection de la cité contre tous ses ennemis.

Quelques instants plus tard, la loi ultime fut approuvée à la majorité absolue et le camp patricien lança en chœur dans l'assemblée : *consules darent operam ne quid detrimenti res publica caperet.*[2]

Ofella prit le chemin du retour à la hâte, égaré au milieu des rumeurs colportées au cours de cette séance. Les manœuvres politiques le déstabilisaient trop souvent, c'était sans doute la raison principale qui le détournait de la Curie : la rectitude des tactiques militaires seyait bien mieux à son esprit. Vu l'agitation des rues, l'accusation courait déjà et propageait son venin nocif pour l'unité de la cité.

Au milieu du marasme, un cortège se détachait, plus bruyant que les autres, faisant route vers le Forum. Il réunissait bon nombre de plébéiens à en croire la tempête de loqueteux qu'il déversait. Plutôt que de fendre la foule, mauvaise idée tant il aurait détoné au cœur de cette masse grouillante et puante, Ofella grimpa sur un muret afin d'observer l'œil de ce cyclone en mouvement. La vision qu'il découvrit tendit ses muscles à se rompre.

Quelques gros bras encerclaient le tribun de la plèbe Publius Sulpicius tandis que ses crieurs excitaient la foule par des slogans démagogiques : « *Un Italien, un Romain, un*

---

2 « Que les consuls veillent à ce que la République ne subisse aucun dommage. »

vote ! », « *Les affranchis sont nos frères, appartiennent à nos tribus* », « *Bientôt les Comices, venez voter la réunion de l'Italie et de Rome !* ».

Le visage du tribun était maigre, presque squelettique, toutefois il ne manquait pas d'énergie. Il allait de droite et de gauche, il serrait des mains, faisait campagne comme lors d'une élection. Depuis la fin de la guerre sociale, qui avait opposé Rome à ses alliés italiens, ces derniers avaient acquis le droit de citoyenneté romaine et de vote. Mais leurs voix ne pesaient pas lourd face à celle des habitants de Rome.

Quand ces personnes votaient, les autres n'avaient plus qu'à se soumettre. Aussi Publius Sulpicius, en protecteur du peuple, s'élevait-il pour obtenir qu'une loi mélange les Italiques au sein des électeurs romains afin de rétablir un équilibre.

Cet argument populiste courait dans les rangs aristocrates depuis la fin de la guerre, Marius en était l'un des principaux défenseurs. Il avait manifestement trouvé un allié de poids avec le représentant de la plèbe. Un instant, les yeux sombres de Sulpicius se posèrent sur le sénateur, un bref moment de communion qui arracha un sourire à ses lèvres minces.

Interprétant ce regard comme une provocation, Ofella se retint de descendre de son piédestal puis de fendre la foule afin de se venger du tribun. Assassiner un individu de son rang conduisait automatiquement à la mort. Il espérait vite trouver un moyen de se venger de cet homme et de son chef Marius.

S'arrêtant quelques mètres plus loin, Publius Sulpicius commença à haranguer les citoyens avec un réel talent, assisté des mouvements amples qui faisaient partie intégrante de l'art oratoire. Il parlait d'égalité, de justice face aux aristo-crates réfractaires, de la possibilité d'une nouvelle guerre ci-vile dont la foule ne voulait pas et le faisait bruyamment savoir.

C'est sous les cris de haine et de conviction aveugle qu'Ofella prit discrètement le chemin du Palatin, toujours plus inquiet de la situation qui empirait, toujours plus har-gneux envers les meurtriers de sa famille.

Chapitre 4

Le début de matinée s'ouvrait inexorablement sur le même rituel : Ofella se consacrait à la tâche publique et rejoignait tous les jours le bureau prêté par Lucullus afin de recevoir quelques clients en quête de privilèges ou de conseils. Avant d'admettre ses invités, il mastiqua une pâte composée de farine d'orge, de vinaigre, de miel brûlé, de sel minéral et d'huile de nard au goût peu agréable, mais réputée pour blanchir les dents et renforcer leur solidité.

L'aristocratie romaine s'assurait pouvoir et contrôle sur la société italienne grâce aux liens, étroits, noués entre les puissantes familles et les commerçants, bourgeois ou jeunes ambitieux, gravitant autour d'elles. Des sénateurs recevaient facilement des plébéiens. Ces échanges ne se rompaient pas, toutefois ils tendaient à se concentrer sur quelques grands hommes, comme Marius et Sylla, au sein d'un système pyramidal : les parlementaires leur devaient tous un privilège, un poste ou une faveur.

Proche du général, Ofella en profitait pour attirer à ses côtés de nombreux contacts qui jouaient tour à tour les rôles d'informateurs, d'appuis à ses affaires, de soutiens à diverses manœuvres économiques ou politiques. En échange, il agissait quand il le pouvait et usait de son influence afin de rendre quelques services.

La matinée touchait à sa fin, le vent sifflait en s'engouffrant entre les volets du bureau quand il partit rejoindre son ami Cnaeus Papirius Carbo. Âgé de quarante-quatre ans, sénateur expérimenté, il était rompu aux joutes politiques et un partisan acharné de Marius. Mais les deux hommes partageaient de lointaines origines plébéiennes qui les liaient face aux sénateurs de sang pur.

Après quelques minutes à remonter les rues écrasées par la chaleur, Ofella arriva chez Carbo. Sa demeure était invisible de l'extérieur, cachée par une imposante enceinte. À son introduction, Ofella patienta dans l'antichambre avant d'être conduit à l'étage. Les murs de la maison se couvraient de sphinges aux ailes déployées, exposant en médaillon des scènes de la grande histoire de la famille de Cnaeus. Ofella se rappela avoir appris par cœur la signification de ces petites scènes dans sa jeunesse, quand il jouait avec son ami.

Dans l'escalier, un tableau représentait le père de Carbo, reçu par Antiochos VIII à Délos où le souverain faisait élever une stèle de remerciement dédiée au dignitaire romain. Le reste du mur était encore vierge, dans l'attente des succès futurs de la famille.

Le bureau de son camarade était couvert de papyrus, mais cette charge n'entachait en rien la bonhomie du personnage. Son embonpoint se retrouvait également dans ses joues gonflées et son léger double menton mis en valeur par un rasage de frais. Seuls ses sourcils en V donnaient un peu de sévérité à cet aristocrate qui avait hérité de tous les comportements de son rang : tête levée, buste en avant, fierté portée en étendard.

Ils se saluèrent chaleureusement et l'invité prit place sur l'un des divans. Les premiers échanges s'attachèrent à des banalités, les souvenirs de leur enfance commune, mais aussi les drames et la politique qui occupaient toutes les pensées.

— Je suis si triste pour toi. Je n'arrive pas à comprendre ce qui s'est passé, fit Carbo avec sincérité.

Ofella ne voulait pas rétorquer qu'il connaissait les instigateurs de son malheur. Il faisait confiance à son ami, mais pas à son jugement qui le portait à servir des assassins. Ils étaient à présent dans deux camps au bord de la guerre civile et il préféra réorienter la discussion vers les événements actuels.

— Mon drame est partagé par bien des familles à Rome.

— La situation empire, se lamenta Cnaeus Papirius en prenant une coupe de vin posée sur la table basse à ses côtés. Ce n'est pas fini. Je n'ai pas tous les détails, mais il va probablement se passer quelque chose de grave quand les deux consuls feront leur déclaration.

Dans l'après-midi, Sylla et son collègue Quintus Pompeius Rufus devaient annoncer sur les rostres, en bout de Forum romain, la suspension de toute activité civique en raison des troubles des dernières semaines. Ensuite Sylla partirait directement rejoindre ses légions, installées en Campanie depuis la fin de la guerre sociale, pendant que son collègue contrôlerait strictement la sécurité de la cité et attendrait que le calme revienne.

Cette procédure, appelée *iustitium*, n'avait plus été mise en place depuis la mort de Tiberius Sempronius Gracchus, alors que les deux hommes n'étaient que des enfants. Les souvenirs affluaient de leur éducation par la même nourrice aux jeux d'une jeunesse dorée. Cette maison en constituait l'écrin, au même titre que la demeure des *Lucretii* aujourd'hui disparue.

— Marius a perdu, assura Ofella. Le sort a préféré Sylla afin de conduire la campagne dans la province d'Asie. Ses partisans sont trop peu nombreux pour rétablir l'équilibre. Il n'a aucun moyen légal de récupérer ce commandement. Qu'il se fasse une raison : à son âge, on attend que la mort vienne nous prendre sur les bancs du sénat, heureux de connaître une gloire éternelle.

Tous avaient assisté à la traditionnelle attribution de la campagne militaire par le Sénat. À chaque fois qu'un ennemi s'élevait face à Rome, la vénérable assemblée devait choisir qui mènerait les légions. De par son statut politique éminent et ses nombreux succès militaires passés, Marius apparaissait comme une alternative solide à Sylla, consul désigné.

De plus, une campagne rapportait toujours beaucoup d'argent et faisait donc l'objet de convoitise. Mais les vieilles familles de l'aristocratie avaient appuyé de tout leur poids, joué de leur influence pour que l'un d'entre eux conduise cette guerre. Et Marius en nourrissait une grande rancune, disait-on.

— Le renard argenté pense pouvoir mener cette bataille et j'ai confiance en sa capacité de persuasion. Ne nous a-t-il pas si souvent sauvés ces dernières années ? En tout cas, il se rend depuis six jours sur le champ de Mars pour faire des exercices et des jeux d'armes. Il veut montrer qu'il a gardé sa forme intacte. Tu devrais aller le voir.

Ofella avait entendu parler de cette histoire, les sénateurs en raffolaient. L'ambitieux Marius s'exhibait tous les matins pour s'entraîner avec son fils Marius le Jeune et ses camarades, un coup de force et de communication à destination de la plèbe dont il se voulait traditionnellement le champion. Il tenait à prouver sa bonne condition et n'hésitait pas à affirmer aux sénateurs de passage qu'il surpassait plus jeune, plus frais et plus costaud que lui.

— Tu l'en crois vraiment encore apte ? Voyons, Cnaeus, soyons un peu réaliste…

— J'ai une nouvelle proposition à te transmettre. Elle vient directement de ses lieutenants. Il t'offre de le rejoindre.

L'information transperça le cœur d'Ofella tel un poignard. Comment cet homme qui avait tué sa femme et son fils pouvait oser solliciter son ralliement ?

— Ne crois-tu pas que cette offre tombe… *peu à propos* ? rétorqua Quintus avec l'espoir de se contrôler. Je cherche d'abord à me venger. La politique ne m'intéresse pas, surtout aux côtés de *certains*.

Son malaise le poussa à palper la bourse à sa hanche, à travers laquelle il sentait les formes imprécises de ses proches. Une expression de dégoût se peignit sur son visage. Il se détourna, aussi blême que les masques mortuaires qui ornaient l'office et auxquels le vent faisait murmurer le chant des morts.

— Pardonne-moi, poursuivit Carbo après de longues minutes d'un silence pesant. J'ai été un peu brusque et ne voulais pas te choquer. Je te présente mes excuses.

Leurs échanges reprirent de nouveau, à coup de bravades réciproques sur la valeur de ces chefs charismatiques. Mais Ofella ne parvenait pas à occulter l'injurieuse invitation de Carbo : ce ne serait que la première d'une interminable série qu'il s'attendait à recevoir.

— Je ne comprends pas pourquoi tu t'impliques dans ce conflit, Cnaeus, lança Ofella, agressif. Tu es un membre respecté du Sénat et tu ne devrais pas associer ton nom à l'affrontement à venir.

— J'ai l'ambition de servir la République, mais aussi d'inscrire mon nom dans l'Histoire.

— Tu ne devrais pas chercher à te frayer un chemin parmi ces grandes personnalités. Tu ne risques qu'une chose : te brûler les ailes tel Icare. Et là…

— Tu ne me crois pas à la hauteur ?

— J'essaie juste de te rappeler où est ta place.

— C'est moi qui déciderai où est ma place. Personne d'autre.

Cnaeus Papirius passait d'un sujet au suivant sans revenir à cette fâcheuse question. Il n'avait pas demandé une rencontre privée pour parler essentiellement politique, sinon ils auraient pu le faire à l'entrée du sénat. Non, il cherchait une occasion et la trouva au moment où la discussion glissa à nouveau sur la défection d'Ofella.

— Ta décision d'aller vivre chez Lucullus m'a surpris, Quintus. Hortensia ne cachait pas sa lassitude de te voir courir le monde au service de Sylla. Et tout le Palatin craignait la verve de ta femme.

— Viens-en aux faits, s'il te plait. Je te sais meilleur diplomate qu'artiste, tes détours le long de la vérité me chagrinent.

Orateur entraîné, Carbo se leva et commença à mettre en branle la formidable éloquence dont il disposait.

— Sylla ne partira pas et tu le sais très bien. Nous allons le démettre de ses fonctions pour les confier au soldat le plus à même de l'emporter contre Mithridate. Et cet homme, c'est Marius, le protecteur de Rome. Tout est prêt. Nous avons seulement besoin d'un officier capable d'empêcher les légions de Sylla de se rebeller quand elles apprendront qu'elles ne partent plus pour la Grèce.

— J'ai servi à leurs côtés et tu veux que je les trahisse ?

— Tu protégeras la patrie. Afin d'éviter une guerre civile aussi dangereuse que délicate, qui retarderait encore le départ de la campagne.

— C'est donc à moi que vous réservez ce rôle. Et qu'est-ce que j'y gagne, à part salir ma réputation et mon nom en passant pour un traître ? Il y a des limites à mon amitié, Cnaeus.

Carbo secoua la tête avant de répondre.

— En politique, la trahison est une question de dates et l'ère de Sylla est bientôt terminée. Penses-y. Marius te promet l'élection à la préture. Et tu pourrais même voir plus loin.

Consul. Aucun des deux hommes n'osa le prononcer, mais Ofella se voyait offrir la plus haute dignité, l'apothéose d'une carrière politique et civile. Hortensia serait folle de joie si elle l'apprenait… non, Hortensia n'en pensait plus rien. Elle était morte. À cause de l'assassin qui proposait, à travers son ami, de rejoindre le camp adverse.

Depuis que sa maison avait brûlé, Ofella se persuadait qu'il avait trahi les siens. Que Sylla, Lucullus, l'armée, restaient ses seuls proches encore de ce monde. Des valeurs impossibles à renier. Pouvait-il se permettre de tourner le dos à l'une ou l'autre grande figure romaine de son temps ? Non, évidemment pas. Ces hommes considéraient souvent que si vous n'étiez pas de leurs partisans, alors vous étiez contre eux. Il serait donc un opposant à Marius. Définitivement.

Sa fidélité inébranlable envers Sylla, fruit d'un long service côte à côte, comptait beaucoup à ses yeux. Trop pour qu'il sacrifie ce lien au profit d'un titre.

— C'était donc vrai : la mesure du *iustitium* va être un argument pour empêcher Sylla de partir, lança-t-il afin de détourner l'attention.

— Bien entendu. Elle nécessitera que les deux consuls s'emploient à rétablir l'ordre. Comme la guerre ne peut attendre, il faudra à notre République un nouveau champion prêt à partir. Marius sera alors une évidence pour tous. Tu sais combien il a de soutiens parmi les pères conscrits.

Des appuis qui n'avaient pas empêché Sylla d'hériter de la campagne, se retint d'avancer Ofella. Circonspect, il examina les pièces de l'échiquier.

— Qu'en sera-t-il si Sylla ne renonce pas à sa campagne ?

— Il y a beaucoup de voies qui mènent au succès. Et à Rome, le succès fait l'histoire. Penses-y, tu sais où me trouver quand tu auras ta réponse. Mais ne tarde pas. J'ai convaincu mes amis de compter sur toi. Tu es mon frère de lait et cela ne s'oublie pas, d'où ma sincérité. Ne me trahis pas. Je te remets ce pli cacheté. Ouvre-le après être revenu des rostres : tu verras que tu reconsidéreras ta position.

Cnaeus Papirius Carbo se leva et conduisit chaleureusement son invité à la porte de sa demeure. Et Ofella rumina. Il se trouvait entre les pièces en mouvement. Les forces se mettaient en place. Pour lui, c'était une promesse que le sang coulerait de nouveau et il ne voulait y participer qu'au prix de sa vengeance.

La tête pleine de plans, il rejoignit la maison de Lucullus, inquiet et prêt à se battre.

~*~

La terrasse de la maison de Lucullus offrait moins de tranquillité en journée. Le brouhaha des rues environnantes se trouvait renforcé par les exclamations qui montaient des marchés du Forum romain. Assis sur deux lits de banquets mitoyens recouverts d'étoffes pourpres, Sylla et Lucullus profitaient du soleil en piochant dans une corbeille de raisins.

Les joues rouges du consul et la transpiration visible sur son front témoignaient de la chaleur ambiante, mais l'homme d'État riait fort. Son lieutenant gardait un flegme à toute épreuve, à peine perturbé par un sourire de connivence ; sa toge immaculée prouvait son insensibilité aux rayons de l'astre du jour, ou peut-être confirmait-elle sa réputation d'être à sang froid comme la mort.

Les deux hommes accueillirent Ofella avec effusion, mais la mine sombre de l'officier les ramena à plus de gravité. Un serviteur apporta des coupes de vin et Quintus s'installa aux côtés de ses deux amis.

— J'ai vu Carbo. Il a tenté de m'attirer dans leur camp, commença-t-il sans préambule.

Résigné à trahir Carbo, Ofella rapporta la teneur de leur conversation. Le brillant Lucullus comprit vite combien la situation s'annonçait préoccupante. Plus encore qu'il ne l'imaginait.

— Nous allons devoir nous préparer à faire face en conséquence, fit Lucullus à l'intention de Sylla.

Installé confortablement sur son lit, le regard perdu au-dessus de Rome, le consul réfléchissait. Il mesurait l'importance des prochains jours. Quand il se redressa, les deux autres surent que la cause était entendue.

— Tu as déjà assez fait. Je souhaite que tu rejoignes l'armée à Capoue sur l'heure. Si la journée de demain dérape,

prends la tête des légions et fais ce qui te semblera nécessaire. J'aurai Quintus à mes côtés. N'est-ce pas ?

La question de pure rhétorique, associée à la confiance
de son chef, gonfla Ofella d'une foi inébranlable. Décidé à aller jusqu'au bout, il tira de sa ceinture le pli cacheté remis
par Carbo et le tendit à Sylla.

— Voilà la proposition de Marius. Je ne l'ai pas décache-
tée. Je te la donne, car je ne veux rien te cacher. Je serai à tes
côtés quoi que tu me demandes.

Le général s'en empara, brisa le sceau et parcourut la
missive. Ses yeux filèrent sur les mots sans s'arrêter, sans
exprimer le moindre sentiment. À peine achevé, il froissa le
papier.

— Ce lâche paiera. Il croit pouvoir t'acheter, te séduire.
Nous sommes ta famille désormais, nous t'aiderons à te venger de ces perfides. Rappelle-toi Jugurtha, mon ami. Nous
avons été plus rapides que le jeune Marius autrefois, nous le
serons encore avec le fantôme de ses gloires passées. Grâce à
ton aide.

Ainsi adoubé, Ofella se sentait prêt à renverser des montagnes. Dans son esprit se matérialisait le plan du Forum, les
possibles lieux d'embuscade et la situation tactique se préci-
sait, tout comme le nombre d'hommes qui devraient l'accompagner. Il décida de partir à la recherche de quelques
bras en vue de la réunion des rostres. Un combat déséquilibré s'annonçait : la plèbe allait défier les patriciens au nom
d'un ambitieux aristocrate.

Chapitre 5

Lucius Cornelius Sylla et Quintus Pompeius Rufus venaient de monter sur les rostres, l'antique tribune construite en tuf et revêtue de marbre, accolée au Sénat, d'où les orateurs pouvaient s'adresser à la foule : elle faisait face à l'ensemble du Forum où avait lieu l'activité civique. Les harangueurs se tenaient devant les grands héros de Rome, statufiés sur la tribune circulaire bordée d'une balustrade.

Le peuple s'était amassé afin d'entendre la proclamation du *iustitium*. La place noircissait de monde. Réunie au pied de l'estrade, la foule des sénateurs en ordre dispersé se mélangeait en partie aux citoyens. Ofella se trouvait parmi eux, loin de la tribune encerclée par les licteurs, gardes personnels des consuls.

Avec sa carrure de légionnaire, il résistait sans mal aux mouvements de la foule. Au contraire, le fils du consul Rufus, Quintus le jeune, se laissait tancer trois rangs devant et lui avait adressé un salut poli entre deux coups de coude. L'héritier du consul était également le gendre de Sylla, car il avait épousé la fille du général, Cornelia, une femme douce et conciliante qu'Ofella appréciait.

Il n'avait pas eu l'occasion de croiser le regard de Sylla, car le consul s'entretenait depuis son arrivée avec son collègue. Drapé dans la dignité de son *paludamentum*, manteau pourpre maintenu par une fibule en forme d'aigle symbolisant son rang, Sylla paraissait particulièrement inquiet.

Rufus s'avança face à la foule et s'arrêta au seul emplacement dépourvu de balustrade. Il leva les mains afin de demander le silence. Son visage rond et bouffi suintait de transpiration. Malgré l'importance de la populace, le calme qui régnait sur le Forum annonçait la gravité des décisions à venir.

— Romains ! En même temps que la grandeur de notre cité s'étend, les menaces se font chaque jour plus inquiétantes. De puissants ennemis nous attaquent de l'extérieur, tuent nos citoyens, volent et pillent nos commerces. Nous allons faire le nécessaire dans le but de rétablir la paix à nos frontières grâce à mon dévoué collègue, Lucius Cornelius Sylla, qui mènera nos légions contre Mithridate dès demain.

« Mais aujourd'hui un autre péril, plus profond encore, nous menace ici, chez nous. Il revêt toutes les formes et ne se prive d'aucune traitrise. Notre République est en péril, à cause des dangers issus de son sein. La *concordia* n'est pas assurée. Nos rues ne sont plus sûres. Des citoyens meurent, Romains ! Et il nous revient d'y mettre un terme.

« Pour empêcher notre cité de périr, moi, Quintus Pompeius Rufus, consul, et Lucius Cornelius Sylla, consul lui aussi, déclarons dès à présent la suspension de toute activité civique et judiciaire tant que ces troubles n'auront pas cessé. La mesure du *iustitium* a été approuvée par le Sénat à l'unanimité. »

Un grondement parcourut la foule, mêlé à des sifflets. Une bousculade initia un mouvement en direction des rostres, compressant les gens les uns contre les autres.

La proclamation effectuée, les consuls n'avaient pas besoin de l'approbation du peuple, car ce n'était qu'une vacance temporaire du pouvoir semblable à celle maintenue pendant les fêtes religieuses et les jeux. Elle permettait généralement une trêve et la paix des esprits. Ofella n'appréciait pas l'état d'urgence instauré, la suspension du pouvoir démocratique sur la volonté d'une assemblée. Cela stopperait-il un absolutiste comme Marius ?

— Tout ceci n'est que mensonge et calomnie ! tonna enfin une voix sortie de la foule. La vérité, peuple de Rome, c'est que je venais sur cette place proposer des lois opposées aux exigences des aristocrates, et les consuls ont décidé de bâillonner la plèbe, rien de plus !

La suite du discours de Rufus ne vint pas. Comme beaucoup d'autres, Quintus Lucretius se retourna pour découvrir qui avait osé interrompre le consul et il se retrouva face à face avec le tribun Publius Sulpicius, accompagné d'une masse impressionnante qui s'était frayé un chemin à travers les badauds. Sa garde ne ressemblait pas à l'image que l'on pouvait avoir de jeunes plébéiens avides de côtoyer le monde politique, mais plutôt à une bande d'assassins recrutée dans la première taverne venue.

Pourtant, le tribun s'imposait par son charisme et, malgré ses épaules menues, il fendait la foule. À ses côtés se trouvaient même quelques sénateurs liés à Marius. L'affaire se compliquait. Publius Sulpicius persistait à invectiver les consuls avec toute sa verve coutumière.

— Fais attention à toi, Sylla. *Arx tarpeia Capitoli proxima.*[3] Et te voilà au bord du précipice.

----

3 « Il n'y a pas loin du Capitole à la roche Tarpéienne. »

Alors que le tribun de la plèbe continuait ses menaces à peine voilées, du ton sûr de celui qui croyait avoir tous les droits, des silhouettes imposantes se mouvaient comme des navires au milieu de l'océan de la foule. Dans cette mer de visages, rien ne ressemblait plus à un légionnaire qu'un mercenaire dont le soleil avait cuit la peau et qui gardait la même attitude alerte, véloce, une fois revenu dans les flots de la vie civile.

La forte carrure la plus proche d'Ofella fendait l'écume des badauds, écartant les gens d'amples gestes d'épaule. L'homme peinait à cacher sa main droite qui étranglait une petite poignée, celle d'un glaive à lame courte. Il entendait frapper vite et juste.

Les licteurs l'avaient également remarqué, mais ils gardaient leurs positions pour protéger la tribune de la foule. Plusieurs silhouettes similaires s'approchaient, Ofella vit les gardes du corps des consuls mettre ostensiblement en avant leurs haches entourées d'un faisceau de verges. L'avertissement n'eut que peu d'effet.

Un cri perçant suffit, celui d'un cochon qu'on égorge, ou d'un malheureux pris entre les pointes de plusieurs dagues. Le signal lancé, la panique emporta tout sur son passage et les mercenaires se jetèrent sur les licteurs alors que la cohue gagnait la place. Ofella retrouva instantanément ses réflexes et se précipita en avant.

Ses gestes furent rapides, précis, soignés : il posa ses mains sur le menton et le front de l'assassin, les fit pivoter brusquement alors qu'un craquement sinistre bloquait les élans du meurtrier. Il tenait à présent un glaive.

Entre quelques badauds en train de fuir, il vit le jeune Rufus s'effondrer, une dague plantée au milieu de l'abdomen. Le corps se fit piétiner dans d'horribles bruits d'os brisés avant qu'il ne puisse réagir. Le criminel présumé eut droit au procès expéditif de la lame d'Ofella. En vain : le fils du consul lâcha un dernier râle dans ses bras avant de rejoindre ses ancêtres.

Un instant, les mèches blondes du garçon lui rappelèrent Lucius et cette vision insupportable l'incita à s'emparer du corps sans vie afin de le ramener à la tribune. Rufus le remarqua le premier et l'aida à monter, assisté de deux licteurs.

Ofella rendit le défunt à son père qui éclata de rage. Debout sur la tribune, l'ancien soldat prit un moment afin de balayer la place du regard. Le chaos se transformait peu à peu en bataille rangée et les troupes consulaires frisaient la déroute. Malgré leur courage, ils n'étaient pas assez nombreux pour retenir les hommes de Publius Sulpicius. Inquiet du sort des deux consuls, il s'approcha de Sylla en train de subtiliser un glaive à un cadavre.

— Une retraite s'impose, lança-t-il sans préambule, attentif à ne pas se faire surprendre par une brèche dans leurs maigres défenses.

— Rejoignons ma maison, mes hommes nous y protégeront plus facilement.

Sylla posa sa main sur l'épaule du centurion en charge des licteurs, Forgeus Spongius. Le soldat, grand et carré dans ses formes, se distinguait par le panache blanc de ses cheveux, toison qu'il ne devait pas à la vieillesse, mais à une spécificité familiale. Le consul glissa à son fidèle protecteur quelques mots à l'oreille afin de l'encourager à garder sa position, puis fit signe à Ofella de se tenir prêt.

— Nous allons mener une sortie avec deux licteurs pour détourner ces vermines de l'estrade, ainsi les autres pourront raccompagner Rufus en lieu sûr. Regarde-le, ils ont tué ce qu'il avait de plus cher en ce monde. Ils le paieront.

Ofella ne put s'empêcher d'observer Rufus, penché sur le cadavre de son fils, la rage étouffée par les sanglots. Le père apparaissait brisé, Quintus ne pouvait que comprendre ce sentiment de détresse submergé par l'appel de la vengeance. L'image resta gravée en son cœur, bien après le début de leur course au milieu du Forum, et la silhouette de Lucius accompagna chaque foulée de son père.

La progression des quatre hommes fut difficile. La fibule et le manteau pourpre trahissaient le rang de Sylla qui dut ferrailler afin de défendre sa vie. Ofella prit l'initiative de les retirer et le symbole du pouvoir militaire romain recouvrit le sol poussiéreux. Quelques comparses de Sulpicius le piétinèrent. Et le bijou disparut sous les ruades.

L'objectif de filer vers la maison familiale fut vite mis en déroute par les assassins lancés à leurs trousses : certains d'entre eux bloquaient la rue, où engager le combat aurait obligé Sylla et ses hommes à stopper leur marche en avant. Cette décision pouvait se révéler fatale. Freinés dans la tentative de fuir le Forum, ils passèrent derrière la *basilica sempronia*, hall rectangulaire encerclé par un *ambulatorium*, passage couvert servant à circuler à l'abri.

Un assassin s'approcha trop près du consul qui l'écarta prestement d'un geste de l'épaule. La ruade attira une dizaine d'hommes de Sulpicius. L'unité meurtrière convergea vers le bâtiment, l'arme au poing. On pouvait voir, derrière eux, le tribun arborer son sourire le plus mauvais alors qu'il avançait à son tour.

À la recherche d'une possibilité rapide de s'en sortir, Ofella scrutait les rues alentour. Une grande artère montait vers l'Aventin. Ils se lancèrent tous les quatre à l'assaut de la colline qui abritait les quartiers populaires.

Pas un étal ne débordait sur la rue, toutes les portes et fenêtres étaient condamnées par anticipation des troubles. Le peuple de Rome avait senti le soufre porté par le vent de la déclaration des consuls et s'était barricadé chez lui. Avec le recul, Ofella ne pouvait lui en vouloir. Les pas se faisaient pressants dans leur dos et ils arrivaient au sommet de la colline, sans avoir pu se faufiler à l'abri des regards.

Ce fut Sylla qui trouva une solution, abattant son pied sur la porte secondaire d'une immense demeure avant de tirer ses amis dans son sillage. Un licteur referma derrière eux et s'appuya contre le bois pour résister à toute pression. Ofella se glissa à ses côtés et cracha un mollard sur le sol damé, le souffle court.

— J'ai cru venue l'heure de rejoindre mes ancêtres, fit le garde du corps.

— Ce n'est pas passé loin. Quel est ton nom, licteur ? interrogea Ofella.

— Servilius Maximus.

— Écoute-moi Servilius : maintiens cette porte fermée aussi longtemps que possible. Je vais accompagner le consul en lieu sûr.

Le licteur répondit d'un geste affirmatif de la tête, décidé à mener sa mission à bien. Son collègue vint l'aider et prit la place d'Ofella, parti aux côtés de Sylla.

— Sais-tu où nous nous trouvons ?

— Non, répliqua sincèrement Quintus Lucretius.

— C'est la maison de Marius. J'ai pensé, sur les conseils de Lucullus, que nous pourrions être à l'abri ici. Notre vieil ami avait vu juste sur les événements d'aujourd'hui. Il voulait que j'aille négocier. Autant prendre le taureau par les cornes.

Ofella ouvrit de grands yeux à cette nouvelle : les voilà dans la demeure de leur pire ennemi, le soutien du tribun Sulpicius, l'instigateur de cette agitation, commanditaire de l'assassinat de sa famille. Il s'était pourtant juré de ne pas être étonné par l'un des plans ambigus de Lucullus.

Je dois me contrôler. Ne pas déraper. C'est important. Le consul avant tout.

— Voilà un choix *surprenant* de ta part, fit Quintus d'une voix rauque, tiraillée par l'émotion.

— Et je ne le regrette pas. Perçois-tu comme moi ce danger insidieux qui rôde ? Je me sens mal à l'aise ici. Mais repartir n'est pas une option.

Derrière eux, des coups s'abattaient contre la porte et les licteurs s'employaient à la bloquer avec courage. Le bout d'une hache traversa le mince panneau et éparpilla des éclats. Ofella voulut les rejoindre, mais Sylla le retint d'une main sur l'épaule.

— Il y a trop à faire : je dois rencontrer Marius et négocier. C'est important. Nous ne pouvons tolérer l'agitation qui règne.

Mais Quintus Lucretius ne concevait pas la négociation avec cet homme. Il voulait le tuer et seul cela importait.

Se retenir de frapper. C'est crucial.

Les deux soldats s'engagèrent dans un dédale de couloirs sombres. Un grand fracas tonna quand la porte céda, quelques bruits de lutte et puis plus rien. Ofella sut qu'ils ne pouvaient pas faire machine arrière à cet instant. Il eut une pensée pour Servilius Maximus et le remercia en silence de son sacrifice. Attentif, il marchait devant, prêt à bondir sur le premier ennemi qui voudrait abattre le consul. Mais personne ne vint.

Des flambeaux ornaient désormais les couloirs. Ils débouchèrent à une intersection, prirent à droite et arrivèrent à l'entrée d'une grande salle. Le bras de Sylla écarta la lourde tenture élégante qui en barrait l'accès.

L'éclat d'une quinzaine de torches installées en cercle contrasta avec la semi-obscurité de la maison. Au milieu de cette clarté soudaine se tenait, sur un trône d'ébène, un crâne nu, plissé, tanné par des années de guerre : ce fut le premier détail qu'Ofella et Sylla remarquèrent. Une couronne de cheveux blanchis par le soleil évoquait ce surnom de renard argenté qu'un chef cimbre avait donné à Caius Marius par respect.

L'homme assis dormait, sa face ridée reposant sur son poing massif. C'était peut-être de l'ennui : il paraissait avoir contemplé la carte de l'Italie, affichée sur le mur à sa gauche, pendant une éternité de réflexion avant de s'assoupir. C'était mal connaître le militaire rodé toute sa vie par les camps et les batailles : son attention aiguisée n'avait jamais faibli et deux perles noires se posèrent sur les nouveaux arrivants. Marius se redressa sur son siège et retrouva la silhouette large d'un légionnaire endurci.

Pourtant, des détails trahissaient son âge. Sa lèvre inférieure pendait misérablement, dévoilant les restes de ses dents, mais Marius faisait tout pour le cacher en appuyant ses doigts sur son menton.

— Je t'attendais plus tôt, poupon.

La pique sur le teint pâle de Sylla fit mouche, les deux généraux retrouvèrent aussitôt cette rivalité qui existait entre eux depuis la victoire contre Jugurtha.

Marius avait la voix rauque et emplie de colère. Sa jambe gauche était couverte de cicatrices à la légende célèbre : elle gardait les traces d'un chirurgien qui lui avait retiré bon nombre de varices. Quand le médecin voulut soigner l'autre jambe, le grand général aurait répondu : « *je vois que la guérison ne vaut pas la douleur qu'elle cause* » puis l'aurait congédié, laissant son mollet déformé.

— Je ne pouvais pas venir, tu le sais très bien, contre-attaqua Sylla, qui rougissait à vue d'œil.

— Tu n'as jamais su faire autre chose que chercher des excuses. Il faudra trouver mieux si tu ne veux pas finir la tête au bout d'une pique.

Depuis des années qu'il suivait le consul, Ofella n'était pas surpris de cette haine qui transparaissait de chaque propos. Marius ne digérait pas que son légat eut osé lui voler la victoire sur le roi de Numidie, puis utilisé ce succès pour se prétendre de son rang. Non, personne ne pouvait s'élever au niveau de Marius, le sauveur de Rome, l'*imperator* invaincu. Personne.

Leur collaboration quelques mois plus tôt afin de venir à bout des Cimbres, des Teutons ne s'était faite qu'au nom de l'unité nationale contre le danger. À présent, ils pouvaient exprimer toute leur rancœur l'un envers l'autre, un ressentiment qui se traduisait par l'opposition de deux camps au Sénat. Par les meurtres qui secouaient Rome. Et par le coup d'État de Sulpicius qui se déroulait sous leurs yeux.

— Je reconnais bien là ton goût pour les négociations cordiales, ironisa Sylla avec un petit sourire en coin. Dis-moi plutôt ce que tu veux afin d'arrêter ce massacre.

À présent debout, Marius fit mine de réfléchir à la question du consul, mais nul n'ignorait ce qu'il souhaitait vraiment. Aussi, il énonça ses conditions avec le ton rude du chef militaire qui annonce une série d'ordres à respecter à tout prix.

— Ce n'est pas à toi de partir pour l'Orient, tu t'es bien trop engraissé sur mon dos et cela, je ne peux plus le supporter. Abandonne ton projet, demande au Sénat de me nommer à ta place.

— C'est hors de question, rétorqua Sylla, impitoyable malgré la situation. Je ne peux faire cela. Tu connaissais déjà ma réponse, alors je te le demande : fais-moi une proposition que je puisse accepter.

Le jeu se mettait en place et Marius peinait à contenir son hilarité : voir son ancien lieutenant à la recherche de compromis le comblait d'aise.

— Très bien, mais le prix sera lourd. Je veux que tu lèves immédiatement le *iustitium* afin que Sulpicius puisse faire passer des lois favorables au peuple, que tu valideras en compagnie de Rufus. Je veux également ta promesse que mon fils, Marius le jeune, sera nommé consul aux prochaines élections. Et enfin, je crois savoir que ta fille est désormais veuve. Un mariage entre nos deux familles me semblerait bienvenu.

Marius le Jeune sortit d'un recoin sombre de la pièce. Il salua Sylla et Ofella, sa large stature et sa haute taille faisant passer les deux soldats pour de frêles esclaves. Physiquement impressionnant, il se murmurait qu'il n'avait pas hérité de l'intelligence de son père, seulement de ses traits quasi identiques.

Aucun d'eux n'ignorait que cette union serait très mal vue des rangs aristocratiques qui reprochaient au doyen de la famille *Marii* son côté populiste, ostensiblement à la recherche de l'amour du peuple. Fils de paysans, le vieil homme s'était élevé par ses seules qualités militaires. Ofella songea que la politique romaine était bien malade pour qu'un soldat se retrouvât en situation de diriger seul la République. Surtout ce soldat. Ce meurtrier. Quintus avait les doigts tremblants de ceux qui retiennent un geste malheureux. À cet instant, Marius tenait la cité et les aristocrates entre ses mains, ce n'était pas le moment de l'assassiner.

La réponse du consul se fit attendre. Pourtant, le temps pressait comme le soulignaient les pas qui approchaient dans le couloir, signe que les mercenaires avaient retrouvé leur trace. Des ombres dansaient sur les murs autour de Marius père et fils. Sylla devait renoncer à tenir tête à son ancien chef. Il n'avait pas le choix.

— Je vais retirer la mesure dès que je sortirai d'ici, confirma-t-il d'une voix teintée de certitude. Tu as également ma promesse de soutenir ton rejeton pour le consulat. Mais le mariage... la période de deuil n'a même pas encore commencé. Il serait mal venu d'annoncer un mariage précipité. Il faudra quelques semaines, mais je t'assure ici que cette union aura lieu avant la fin de l'année.

Ainsi se comportait Sylla, prêt à insuffler toute sa persuasion dans ces quelques mots, car ils pouvaient convaincre son adversaire de stopper les troubles. Ofella savait que le consul choisissait de mettre son ego de côté afin de sauver la République. Mais cela, plus que tout autre, se paierait.

— Cette proposition me semble équitable. Dans ce cas, je te garantis de ne pas interférer au moment de ton départ en campagne. Tu peux rejoindre tes troupes l'esprit tranquille. En échange, je veillerai sur *notre* famille. Et sur Rome.

Il tapa dans ses mains et une servante apporta quatre coupes remplies de vin. Ils trinquèrent en silence, alors que les mercenaires pénétraient dans l'édifice et chacun jugea l'accord scellé.

— Je vais vous faire raccompagner, fit Marius pour conclure leur entretien. Les rues sont si peu sûres ces derniers temps, il serait dommage qu'il arrive quelque chose de fâcheux sur le chemin du Forum.

Il fallut à Sylla beaucoup de contrôle de soi afin de ne pas étrangler Marius sur-le-champ. Ofella devait également se contenir, conscient de la catastrophe que serait la mort du renard argenté à cet instant. Il n'était qu'un témoin, non l'acteur, de cette négociation pour la survie de la République. Aussi, il décida de suivre le consul en direction du Forum, prêt à se sacrifier si un piège se faisait jour.

Le retour sur les rostres se fit au milieu des exécutions, des menaces, sous le regard d'un Sulpicius hilare de voir Sylla entouré d'une escorte de sa connaissance. Le consul monta sur la tribune et demanda le silence sur un ton si dur que chacun s'arrêta de tuer, bastonner, maltraiter.

— Citoyens de Rome, lança-t-il avec une voix vibrante de colère. Moi, Lucius Cornelius Sylla, consul, déclare nulle la mesure *iustitium*. Le tribun Sulpicius pourra proposer les lois qu'il juge nécessaires au bon fonctionnement de la cité. Le

Sénat jugera. Je pars en campagne et je peux vous l'assurer : le Pont tombera !

Noble et hautain comme pouvait l'être l'un des membres les plus en vue du parti patricien, Sylla descendit avec prestance les marches de la tribune. Les regards s'attardèrent et Ofella pensa à ce moment, a posteriori, comme à une victoire du consul sur la plèbe déloyale et traitresse représentée par le tribun.

Pourtant, Sylla n'ignorait pas l'ampleur du désastre. Entouré de quelques fidèles, il quitta la place et, arrivé au premier carrefour, prit Ofella par le bras afin de l'attirer pour lui murmurer à l'oreille :

— Je n'ai pas confiance en ce diable de Marius. Tu as vu le sourire satisfait de Sulpicius ? Quelque chose d'autre se trame.

La discussion avec Carbo revint à Ofella sous un nouveau jour.

— Je pense qu'ils vont s'attaquer à ton commandement, général. J'ai mes informations, crois-moi.

— Je te fais confiance, mon ami, et ne doute pas de la fourberie de ce vieux renard. Sans toi, je n'aurais pu échapper à ce traquenard. Ce fou attente à la vie d'un consul et croit pouvoir dicter sa loi à Rome. Je vais prouver le contraire. Peux-tu me rendre encore un service ?

Cette confiance flatta Ofella, prêt à obéir aveuglément si le consul demandait, à cet instant, l'assassinat de son vieil ennemi.

— Qu'attends-tu de moi ?

— Je vais rejoindre les troupes en campement. Pompeius Rufus a dû retrouver sa demeure avec la dépouille de son fils. Je ne peux le laisser aux mains de ce duo habité par les divinités infernales. Ramène-le-moi, et nous aurons tout le poids du consulat pour faire pencher la balance de notre côté. Car ne te trompe pas, Ofella : ceci n'est que le prélude à un affrontement plus terrible.

Quintus Lucretius jura en frappant du poing son torse :

— Il rejoindra tes légions sain et sauf ou je mourrai en essayant.

Ils s'offrirent une accolade virile pour sceller cet accord et, escorté de quelques hommes, Sylla se dirigea vers son foyer, le *paludamentum* tâché entre ses mains, des certitudes gravées au fond de son cœur.

— Lucullus et moi t'attendrons à Capoue, Lucretius, lança-t-il en se retournant une ultime fois avant de disparaître au coin de la rue.

Ofella n'oublierait pas ce rendez-vous à sa deuxième maison : Capoue, ville autour de laquelle siégeait la garnison des troupes syllaniennes depuis plusieurs années. Dès le début de sa carrière, il y avait passé plus de temps que dans sa propre *domus*. Il allait y retourner si les dieux le voulaient bien.

CHAPITRE 6

Passer la porte ouest de la cité sans éveiller les soupçons se révéla difficile. Lancé au galop, Quintus Lucretius Ofella menait la petite troupe de six chevaux. Il entraînait dans son sillage le consul Quintus Pompeius Rufus, la femme du magistrat, leur fille et l'épouse de leur fils assassiné : Cornelia. La jeune femme suscitait toute l'attention, car elle était aussi la fille de Sylla et le général ne pardonnerait pas qu'il lui arrive malheur. En queue de peloton, Forgeus Spongius, le centurion aux cheveux blanchis à la craie, fermait la marche.

La pluie hésitait à battre les plaines du Latium. Les nuages s'amoncelaient, mais retenaient leurs gouttes, comme curieux de connaître le sort de la troupe. Les chênes et les pins parasols se disputaient les places de spectateurs autour de la *via Appia* qui allait les conduire le long de la côte jusqu'à Capoue.

Ofella osait à peine regarder par-dessus son épaule. Il ne craignait pas de croiser les yeux tristes de Rufus, mais se savait traqué depuis des lieues. Il en avait détecté les prémices en quittant la demeure de Marius. Des hommes à cheval au milieu d'une foule. À la paranoïa se substitua vite l'expérience des combats passés. L'évidence s'imposa : les silhouettes des destriers rôdaient sans cesse alors qu'il se dirigeait vers la maison de Rufus.

Une fois traversé le Forum, où persistait un rassemblement de citoyens inquiets, sa progression sur le calme Palatin contrastait étrangement avec l'agitation à peine éteinte, comme un signe funeste. Il hâtait le pas afin de retrouver le consul entouré de serviteurs. Rufus, agenouillé devant la banquette où reposait la dépouille de son héritier, pleurait à chaudes larmes aux côtés des membres de la maison.

Ofella savait son temps compté avant que les assassins de Sulpicius n'arrivent pour exterminer la famille. Sylla privé de son binôme à la tête de la République, tout serait possible pour les sombres desseins politiques de leur ennemi.

Il demanda plusieurs chevaux ainsi que des armes et des vivres. Puis il força Rufus à se reprendre. Mais le consul ne ressemblait plus à la force tranquille qui présidait hier encore le Sénat : ses rondeurs ne faisaient qu'enfoncer ses yeux rouges et meurtris. Un pli affreux barrait son front. Le sénateur tenta de le consoler, sans succès, avant de les conduire à l'entrée ouest, d'où il comptait rejoindre Capoue. Depuis, ils chevauchaient à bride abattue.

L'ennemi n'était pas loin. Peut-être trente foulées en arrière, rien de plus. Ces assassins se comportaient comme des cavaliers de talent, contrairement aux femmes peu habituées à tel rythme. Rufus perdait régulièrement toute concentration et avait failli basculer trois fois de son cheval. Une telle équipée ne pourrait aller bien loin.

Cette poursuite s'achèverait avant leur arrivée à Capoue, Ofella doutait de pouvoir protéger *toute* la petite famille de plusieurs guerriers avertis – car il était évident que le consul déchu n'avait pas la tête aux combats. Un plan. Voilà ce qu'il leur fallait.

Au loin se détachait un bosquet. Ofella réfléchissait vite. Si son groupe conservait suffisamment d'avance, il pourrait les y cacher et peut-être surprendre les tueurs à leur poursuite. Il ne disposait que de quelques instants pour se décider. Aussi, sa main orienta son cheval vers le bois, suivi du clan Rufus. Ralentissant l'allure, il se laissa dépasser pour arriver au niveau du licteur en couverture.

Aucune parole ne fut échangée. Ofella fit un geste ample du bras et approuva de la tête une question muette alors que Spongius lançait son cheval dans la direction inverse, avec l'espoir d'emmener quelques meurtriers à sa suite. La légion avait formaté ces deux soldats à obéir au moindre geste.

La petite troupe, privée de son arrière-garde, atteignit rapidement la semi-obscurité protectrice du bois. Ofella descendit le premier de son cheval et avança sous le couvert d'un arbre. Six silhouettes se détachaient au loin. Bien trop pour un seul homme, même de son habileté.

Du regard, il chercha le soutien de l'ancien consul qui fixait le sol, hagard, toujours vissé sur son cheval. Il ne prenait même pas la peine de répondre à sa femme qui s'interrogeait sur la raison de cet arrêt.

Tant pis. *De toute façon, nous n'arriverons jamais à Capoue à ce rythme. Je suis un soldat de Rome : je vais tous les tuer, ou mourir en essayant.*

— Consul, emmenez votre famille en sûreté auprès de Sylla. Je m'occupe de les retenir.

Malgré la souffrance manifeste qui embrasait ses yeux, Rufus apparut revigoré par cette demande. Sauver sa famille serait le dernier acte d'honneur qu'il pourrait encore accomplir. Sa carrière brisée, sa descendance partie rejoindre ses ancêtres, son nom serait définitivement lié à ce désastre. Mais il pouvait encore faire quelque chose, il le savait. Son signe affirmatif de la tête fut synonyme de son réveil. Son cheval lancé au galop devança ceux des femmes de sa maisonnée.

La pluie commençait à tomber, dessinant un horizon de soufre. Les six cavaliers approchaient rapidement, silhouettes troublées par l'humidité, semblables à des créatures envoyées sur Terre par les divinités infernales implacables. Aucun d'eux ne suivit le licteur parti vers l'opposé.

Ofella glissa un poignard entre ses doigts, tout prêt à dégainer son glaive. Le premier reître fut vite au bois, un homme au visage fin et aux yeux fourbes, un Étrusque sans aucun doute. Le sénateur-soldat lança son poignard en pleine poitrine, faisant choir l'assaillant.

Profitant de la surprise, le soldat romain tira son glaive, se jeta hors de sa cachette et embrocha le deuxième cavalier, lui extirpant les boyaux à l'air libre.

Plus que quatre. Mais la stupeur laissa place à la colère chez les survivants. Deux d'entre eux stoppèrent le galop de leurs montures et descendirent, armes aux poings, bien décidés à venger leurs amis. Lucius dut se dissimuler derrière un tronc pour éviter une lance, puis se mit à foncer entre les arbres alors que l'averse devenait drue. Sa course éloignait les agresseurs du chemin pris par la famille de l'ancien consul, mais rapidement un ennemi aux épaules démesurées passa à cheval et le mit à terre d'un coup de pied.

Ofella sentit l'homme tout proche, prêt à le transpercer, son ombre révélée par un éclair surpuissant. Il se jeta sur son adversaire et lui cassa le nez de la garde de son glaive, avant de l'éventrer sans remords. L'arme de poing extirpée du cadavre, il fit volte-face juste à temps pour voir arriver le géant monté sur son hongre, équipé d'une lance. Esquivant la pointe, Ofella découpa le flanc de l'étalon qui s'écroula dans un bruit d'os brisés.

Encore deux. Concentré sur le combat rapproché, le Romain ne fut pas attentif au deuxième cheval qui se précipitait au galop, dans la foulée du précédent. Le temps se suspendit, le tranchant du glaive fondit sur Quintus. Soudainement, un tourbillon d'éclairs issu du déluge interrompit l'attaque, s'empara du cavalier et le projeta au sol, geste divin dont il faudrait remercier Fortuna.

Était-ce l'orage qui avait frappé ainsi ? En bon légionnaire, il refusa de questionner immédiatement la providence, ayant mieux à faire. Ofella s'approcha de l'assassin coincé sous le corps mort du cheval. Il fit pivoter la lame vers le sol entre ses doigts experts, puis acheva le pauvre hère qui se vida de son sang dans un râle incroyablement long.

Restait le dernier tueur. Ofella n'entendait plus de hennissements et de courses, seulement la pluie battante qui frappait le sol comme une armée de tambours en marche. Peut-être ce guerrier avait-il décidé de s'enfuir ? En tout cas, l'origine de la foudre demeurait incertaine et jetait un doute dans l'esprit du Romain. Serait-il le prochain à périr sous le feu des dieux ? Son instinct, aiguisé par de nombreux combats, lui dictait la prudence.

L'averse redoublait. Elle battait la cadence de l'attente, noyait les arbres sous des trombes. Il s'essuya le front et les yeux du revers du bras afin de dégager son attention et sa vision d'une mèche rebelle.

Un craquement sur la gauche attira son regard vers un chêne au corps fin. Dans le mouvement pour faire face, Ofella savait déjà qu'il ne serait pas assez rapide et il encaissa le premier impact de glaive tout le long de l'épaule gauche, parvenant à détourner une partie du coup avec sa propre lame. L'homme s'acharna, jetant le soldat à terre, mais Ofella réussissait à parer chacun des coups malgré la douleur.

Pourtant, sa force déclinait sous l'effort et un voile se levait devant ses yeux comme la pluie balayait son visage. La fin du combat était proche, impossible d'en sortir vainqueur. Finalement, Quintus brandit son arme une dernière fois, épuisé. Son adversaire l'écarta d'un geste impérieux avant de se dresser au-dessus de son torse offert, lame pointée vers le sol, prêt à la transpercer.

Le criminel savoura sa victoire, mais perdit son avantage à cause de son immobilisme. Avant d'avoir pu finir sa besogne, l'assassin fut soulevé du sol et projeté contre un tronc d'arbre par une pluie d'éclairs. Son corps se transforma en une masse fumante parcourue de convulsions. Ofella n'en croyait pas ses yeux : la foudre divine venait des bois. Il en était certain. La peur s'empara de son cœur.

Ses avant-bras le firent souffrir, mais soutinrent son rétablissement. Son esprit chercha à comprendre, son regard inspecta la semi-obscurité pluvieuse afin d'identifier la source de ce feu providentiel.

Ofella secoua légèrement la tête en apercevant son sauveur. Malgré sa grande taille, le vieil homme progressait arqué sur un bâton de marche qui le dépassait. Bien bâti pour son âge avancé, l'ancien aux cheveux gris et à la barbe blanche soutenait sur ses épaules le poids de nombreuses années. Il portait pour unique vêtement une toge dont la clarté blanchâtre éclairait le bois plongé sous des trombes d'eau.

— Je suis seul, l'assura l'inconnu en clopinant vers lui.

L'arpenteur tourna la tête vers les corps éparpillés et approcha davantage d'Ofella. Un détail effraya le soldat, signe de mauvais présages : le vieil homme gardait les yeux ouverts autour de pupilles blanches. Il était aveugle, mais savait parfaitement se diriger. Ofella le craignit encore plus à la découverte de ce détail.

Arrivé face à lui, le vieillard leva ses pupilles vides vers le ciel et fit taper son bâton de marche contre le sol.

— Me voilà sauvant la vie de citoyens romains, lança-t-il d'une voix forte qui ne reflétait pas son état physique. Ô Aphrodite, que tes sarcasmes me torturent…

Le culte d'Aphrodite était pratiqué un peu partout en Méditerranée et dans les régions touchées par la conquête d'Alexandre le Grand. Ofella connaissait bien la religion grecque, pour s'y être intéressé du temps où son grand-père avait mené des recherches d'archives avec le pontife de Rome sur les relations entre divinités grecques et romaines.

Ses pensées le guidèrent d'Aphrodite à Vénus, son équivalente romaine, patronne des campagnes de Sylla. Cette réflexion le rassura. Il en tira donc une conclusion évidente.

— Merci, ami grec.

Le visage impassible du Nestor passa au cramoisi. Sa prise se resserra aussitôt sur sa canne. Ses doigts en blanchirent à se confondre avec sa robe et il ne fit rien pour cacher sa vexation.

— Ne m'insulte pas alors que nous nous connaissons à peine. T'ai-je traité de Samnite, fils de la Louve ?

— Je ne voulais pas…

— On ne veut, mais on peut. Tu pouvais ne pas tirer de conclusion hâtive, toutefois tu l'as fait. Et me voilà profondément blessé. J'ai connu des patriciens mieux élevés.

Sur cette surprenante leçon de morale, le vieillard commença à s'éloigner, son bâton l'aidant à progresser plus rapidement. Ofella tenta de se relever pour le rattraper. Au moment où il se redressa, l'homme disparut.

Il fouilla le bois, craintif d'y découvrir un passage vers l'autre monde. Son sauvetage, cette apparition, en voilà trop pour un homme blessé et désorienté. Assis sur un tronc moisi par l'humidité, il contempla les cadavres de ses adversaires, seuls habitants du bosquet.

Il dut se résigner à ne rien découvrir, très perturbé par ce qu'il venait de vivre. Spongius et Rufus devaient être loin à présent. Mais sa promesse à Sylla l'engageait. Conscient de son devoir, il serra sa bourse et pria pour les siens. Un cheval laissé à l'abandon lui permit de se remettre en route afin de rejoindre son général.

Chapitre 7

Capoue était une petite cité au pied du mont Tifata, devenue célèbre lors de l'invasion cimbro-teutonique pour avoir été le point de départ des troupes de Sylla, puis leur camp de campagne avancé. Le consul désigné était revenu à Capoue vainqueur de la bataille décisive de Verceil, acclamé par ses troupes – digne d'être couvert de gloire par Rome.

Alors que les alliés de la cité maîtresse d'Italie se révoltaient, la ville assiégée conserva sa fidélité à Sylla, qui y reçut la distinction de *corona obsidionalis* suite à sa libération. En récompense pour la chance dont il bénéficiait à chaque passage des portes ouvragées de la cité, le général fit élever par ses soins un temple dédié à la déesse Fortuna.

Une fois obtenue la mission d'aller affronter Mithridate, Sylla décida naturellement de lancer sa campagne de ce lieu fétiche, afin de faire perdurer cette réussite.

Après trois jours de chevauchée à travers les plaines du sud de Rome, la vision de Capoue installée le long d'un bras du fleuve Volturno fut d'un grand réconfort pour Ofella. Sa blessure au bras le brûlait malgré l'eau d'une rivière utilisée pour nettoyer la plaie à vif. Voir le gros fortin entouré de murailles, ce centre routier bien connu, le revigora. La belle dame restait fidèle à son souvenir.

Le camp de légionnaires formait une excroissance hors les murs, une image familière et rassurante. Aux côtés de son général dans les secousses de l'histoire récente de Rome, Quintus Lucretius se souvenait du plaisir intact de revoir ces murs. Pour lui, Capoue représentait un foyer, le Panthéon de ses succès.

Mais de vieilles blessures se réveillaient avec ce retour. Sa cicatrice profonde à l'épaule gauche, héritée d'une lance cimbre, rappelait le prix à payer pour l'emporter et rentrer à Capoue.

Malgré la fatigue, la douleur et la poussière, il progressait vers un lieu où il se sentirait plus en sécurité.

Émerger auprès des sentinelles qui gardaient le camp à l'entrée de la ville réchauffa son cœur. Les hommes le reconnurent aussitôt et se firent une joie de le voir rejoindre les rangs, malgré l'épaisse couche de poussière collée à son épiderme, deuxième peau qui asséchait son visage et ses lèvres.

La rumeur se propagea dans le camp comme une traînée de poudre. Bientôt, les deux principaux magistrats furent mis au courant et le consul Rufus vint à sa rencontre, un grand sourire aux lèvres, un pichet de vin à la main. Le magistrat remontait le *decumanus*, l'allée est-ouest conduisant à la tente du général, tandis que la foule de légionnaires se regroupait le long des tentes qui en parsemaient le bord.

— Mon ami, je ne sais comment te témoigner ma reconnaissance, lança l'édile en lui tendant le pichet.

Ofella but goulument : il avait profité de l'eau fournie en chemin par les affluents du Volturno, mais le vin réchauffait son cœur et son estomac.

Ensemble, ils firent quelques pas jusqu'au centre du camp. Ofella put y tremper son visage dans un bac d'eau claire avant d'être soigné par le médecin de la légion.

À peine remis, il fut introduit à l'intérieur de la tente de Sylla. Il eut la joie et la surprise d'y découvrir beaucoup de ses anciens camarades réunis pour fêter son arrivée.

Le premier à le serrer entre ses bras fut l'immense Lucius Licinius Lucullus, qui le surplombait de deux têtes ; malgré sa jeunesse et son visage de bébé, l'homme menait bien des combats depuis dix ans, et en gardait quelques stigmates, dont une protubérante cicatrice à la gorge. Premier légat de l'armée consulaire, allié indéfectible de Sylla, il empoigna virilement son ami Ofella qui rendit franchement son étreinte.

S'avança alors devant lui le juvénile Lucius Lucinius Murena, officier de valeur malgré ses vingt-cinq ans. Il avait passé beaucoup de temps avec Murena lors des derniers affrontements de la guerre sociale, assez pour juger de son courage. C'était le plus jeune des officiers supérieurs de l'armée de Sylla. Son visage fin et anguleux était souligné par un filet de barbe très brun comme ses cheveux, ses yeux et ses sourcils broussailleux. La rumeur le disait plus intéressé par la chose militaire que par la politique. Mais Ofella savait surtout qu'il était intelligent, infatigable et aimé de ses hommes. Une solide fraternité les unissait même s'ils ne parvenaient pas toujours à rapprocher leurs points de vue. Murena adressa un grand sourire à son aîné et l'embrassa lui aussi.

Marius Spurius Catulus fit un clin d'œil rapide quand ils se serrèrent la main. Fils de l'ancien général qui avait conduit Sylla à son premier combat, il cultivait l'amitié liant leurs deux familles. De rares cheveux couvraient encore son crâne dégarni par l'âge, des rides parcheminaient son visage. À soixante et un an, Catulus était le vétéran de l'armée sylla-nienne, mais ses épaules restaient larges et sa carrure impo-sante. Son grade différait de ses collègues : *praefectus fabrum*, sa charge consistait à organiser la construction et l'ingénierie des campagnes. L'homme dynamique n'avait visiblement rien perdu de son espièglerie.

Dès qu'il croisa le regard naturellement sévère de Lucius Cornelius Sylla, Ofella se sentit empli de fierté. L'étreinte chaleureuse de son chef eut l'effet d'un pont où ils se trans-mirent leur bonheur du devoir accompli et partagèrent leur force. Sylla se montrait toujours d'une grande familiarité avec ses amis. Ofella eut droit à ce traitement de faveur. Aus-sitôt, l'*imperator* lança quelques bons mots, commença à dé-tendre l'atmosphère, son visage déjà rouge devenant rubi-cond alors même qu'il riait à une plaisanterie grasse de Catulus.

Lors de leurs premières armes ensemble, Ofella se rappe-lait que la troupe prenait l'habitude de se moquer du teint de farine de son supérieur : en effet, son visage parsemé de taches blanches était mis en valeur par ses joues de poupon. Pourtant, il n'en avait jamais tenu rigueur aux hommes. Sylla savait, comme tout bon officier, que seuls comptaient ses actes, aussi il se montrait très actif, arrachant le respect des soldats non par sa stature et sa beauté, mais par son courage et son habileté au combat.

— Saluons notre ami de retour et notre équipée ainsi complète, lança Sylla, hilare, avant de retrouver subitement son sérieux. Reste à savoir où notre campagne va nous mener.

Le silence se fit, et alors qu'il prenait le temps de se rafraîchir au-dessus d'un seau d'eau, Ofella constata immédiatement les deux camps qui se formaient naturellement de part et d'autre du général : d'un côté on trouvait Lucullus et Catulus, à l'opposé Murena et lui.

Lucullus lança les hostilités.

— Maintenant que Rufus est en sûreté, il nous faut réagir avec la plus grande fermeté. Frapper fort. Écraser nos ennemis.

— Nous connaissons tous ton point de vue, tempéra Murena. Mais attaquer Rome afin de déloger des ennemis politiques serait une erreur stratégique grave. Nous sommes d'abord des soldats au service de la cité : nous ne pouvons pas l'attaquer. Le pouvoir militaire ne peut piétiner le pouvoir civil. Ce serait l'affrontement.

— Cette guerre court déjà. Comment qualifies-tu l'attaque subie par les deux consuls ? L'humiliation de Rufus sous prétexte qu'il a proposé au peuple une loi ? Est-ce digne de la République que nous servons ? Est-ce seulement encore la République ? Tu sais que, depuis des semaines, un conflit meurtrier oppose nos partisans et ceux de Marius. Et que les derniers événements du Forum relèvent d'abord de la trahison. Chasser deux consuls élus, voilà un coup d'État ! C'est une honte et je refuse de cautionner pareil comportement.

Plus militaire qu'habile politique, porté par la fougue de sa jeunesse, Murena rougissait de colère alors que Lucullus terminait sa démonstration. Par politesse, il attendit que son aîné se taise avant de prendre la parole.

— J'aimerais rappeler que cette armée a été mobilisée dans le but de venir à bout de Mithridate VI, roi du Pont, et non de Caius Marius, ancien consul et héros de la République. Qu'aucune armée, dans notre histoire, n'a eu pour vocation de régler des problèmes internes à la cité. Que certains ici veuillent l'utiliser à des fins politiques afin de satisfaire leurs ambitions…

— Naïf que tu es ! explosa Catulus. Gouvernement et guerre sont intimement liés à Rome, peut-être devrais-tu t'intéresser plus…

— … afin de satisfaire leurs ambitions et parader devant le Sénat comme des sauveurs, grand bien leur en fasse, mais tu es au-dessus de cela, *imperator* !

— … t'intéresser plus aux deux, ainsi serais-tu crédible dans pareille discussion !

— Assez ! tonna Sylla en frappant du poing sur la table.

La controverse tournait trop vite au dialogue de sourds et le général détestait en arriver à ce point. Partisan de l'échange acharné, il savait se montrer brillant orateur quand il le fallait, mais restait un redoutable guerrier, gémeaux apte à dominer son temps.

Ofella comprenait, au fil de ce bref débat, que deux solutions s'opposaient dans l'esprit de Sylla : il pouvait partir plusieurs années en campagne en Orient et abandonner Rome à la politique politicienne ; ou alors violer bien des lois anciennes afin de délivrer sa cité des Marius et autres Sulpicius qui voulaient l'assujettir à leurs volontés.

Les deux options se valaient par leur haute valeur patriotique. C'était l'habit du patriote que Sylla souhaitait revêtir plus que tout en cette époque, car un consul ne pouvait se permettre d'être égoïste et de ne penser qu'à sa carrière. De toute façon, son *cursus honorum* s'arrêterait là.

L'*imperator* scrutait son état-major, obligeant ses plus proches légats à reprendre leurs esprits. Toutes les têtes se tournèrent alors vers Ofella et la question de Sylla ne tarda pas à tomber :

— Tu as été le plus touché d'entre nous par ces drames causés par nos ennemis. Penses-tu vraiment que je dois rester sans rien faire, partir en Grèce et ne plus regarder en arrière ?

Depuis ses dernières péripéties en dehors des murs de Rome, Quintus Lucretius retrouvait ses réflexes de soldat. Il avait acquis cette habitude de parler franchement à son commandant. À sa haine venaient se greffer son sens du devoir et sa haute opinion, idéaliste, de sa cité et de ses pouvoirs. Les temps anciens étaient loin. Il répondit avec l'humilité qui le caractérisait :

— Tu es consul et, à ce titre, le premier protecteur de la cité. Nous avons tous les deux vu comment Marius réglait les questions politiques quand elles le dérangeaient. Aussi nous ne violerons aucune règle, car Marius reconnaît qu'il n'y a pas de règle. Il faut restaurer l'ordre à Rome avant de partir et je serai heureux de t'y aider.

Aux oppositions virulentes ripostèrent les soutiens les plus sincères. Sylla leva les mains et demanda aux quatre soldats de se taire :

— Merci de ta réponse franche. Je ne compte pas prendre ma décision dans l'immédiat, j'ai besoin d'y réfléchir. Je suis sensible à vos arguments, mais c'est mon choix, non le vôtre. Nous en reparlerons plus tard, je déteste penser le ventre vide ! Allons manger !

Lucullus s'approcha d'Ofella et lui serra la main, affichant un grand sourire. Le plus vieux des frères de la *gens Licinia*, fils de préteur et petit-fils de consul, aimait les victoires et il semblait bien en avoir remporté une nouvelle dans cette discussion ; en habile stratège, il n'ignorait pas que la balance penchait dans son sens grâce à son ami.

Leur échange porta sur la villa laissée en arrière, les domestiques et la famille de Lucullus emmenée en lieu sûr. Pendant qu'ils marchaient, ils évoquèrent en frères d'armes le front commun face à Marius.

À la table du général, les camps se rompirent et Lucullus prit place aux côtés de Murena, frottant de ses longs doigts fins son front dégarni. Chacun se servait de fruits et de fromages tout en arrosant le repas de vin.

Mais Murena, toujours agacé, ne put que revenir au combat, afin de démontrer le bienfait de son raisonnement.

— L'armée se doit de ne pas se mêler de la politique intérieure sauf si elle y est appelée. La cité respecte cette sacrosainte règle depuis la naissance de notre glorieuse République, et n'a jamais mené de guerres qu'à l'extérieur de ses murs. Pourquoi vouloir vaincre Marius ainsi, alors que, brillants orateurs que vous êtes, vous n'auriez aucun mal à le défaire et convaincre les sénateurs ?

Lucullus sourit. Il avait une certaine tendresse pour la naïveté et l'idéalisme de son cadet, aussi se lança-t-il sans aigreur dans le débat.

— Parce que tu vois la politique avec les yeux de tes aïeuls, non les tiens. Nos chers sénateurs n'ont plus cette vision des choses depuis longtemps : certains d'entre eux souhaitent s'adjuger les bonnes grâces du peuple et cherchent son soutien par tous les moyens. Alors ils tentent de décrédibiliser le Sénat au profit des assemblées populaires, où des tribuns peuvent faire les propositions qui les arrangent sans que personne ne puisse s'y opposer. C'est ce qui se passe avec Marius, qui doit payer grassement ce Sulpicius afin de dénigrer deux consuls et faire passer ses lois iniques à son profit.

— Et si Sulpicius agissait seulement pour accomplir la volonté du peuple ?

— Le peuple est versatile : il élit un homme, le porte aux nues, et le destitue le lendemain. Nos institutions doivent être plus stables, assurer une cohésion et la rigueur nécessaire à la conduite de l'Empire.

— C'est ton sang d'aristocrate qui parle, l'avertit Murena en s'emparant d'une cuisse de poulet. Vous cherchez juste à sauvegarder votre place sans forcément en référer au peuple. Regarde ce qui est arrivé au tribun Gracchus : il a été assassiné, car l'aristocratie refusait un partage plus équitable des terres.

— Le peuple a toujours le dernier mot. Reste à l'aiguiller dans la bonne direction. Puisque tu parles de Gracchus, il était de noble lignée, comme toi et moi. Tout ça, ce n'était que quelques mesures populistes qui lui ont coûté cher, comme elles vont coûter cher à Marius.

— Si je suis idéaliste, je te trouve bien calculateur.

— Pragmatique est un mot que je préfère. Nous sommes faits pour gouverner à la destinée de cette cité, ne l'oublie jamais.

Lucullus avait la langue acérée et le ton dur, mais Murena ne se laissa pas déstabiliser par son interlocuteur.

— Reste que Marius n'utilise aucune armée pour garder le pouvoir. Tu sembles oublier que si nous marchons sur Rome, ce ne sera rien de moins qu'un coup d'État militaire, une trahison valant la peine de mort.

— Marius possède, grâce à Sulpicius, la plus puissante armée du monde : la plèbe. Et tout politique craint le peuple, car il fait et défait les puissants, parce qu'il s'étonne, s'outrage et se passionne pour ce qui influe sur sa vie et ses jours. Ne crois pas que je le méprise. C'est un peu le cas, mais je respecte sa force.

Le repas se poursuivit avec des débats vifs et enflammés comme quelques amis de Sylla se joignaient à leur table : étaient présents le poète asiatique Ducan, l'acteur Publius Mordius et le philosophe grec Alceste. Nul ne pouvait penser qu'une guerre pourrait commencer dès le lendemain en entendant ces hommes chanter, disserter, s'amuser sous la direction de leur général et ami.

La journée avait été particulièrement longue pour Quintus Lucretius Ofella. Chaque visage qui le regardait, chaque main qui se portait sur son épaule était l'occasion de retrouver un compagnon connu de longue date : le borgne Aulus Terminus, l'espiègle Appius Festus dont la beauté était la meilleure arme, le dévoué et débonnaire Forgeus Spongius avec son panache blanc, ils se présentèrent tous à Ofella et le félicitèrent de son sauvetage du consul Rufus.

Ses pensées s'échappaient fréquemment, elles poursuivaient ce vieil homme qui avait épargné sa vie. Qui pouvait-il être ? Et quels étaient les mystérieux pouvoirs dont il jouissait ? De pareils prodiges, il en avait déjà vu chez les indigènes d'Afrique pendant la campagne de Jugurtha. Il avait rencontré souvent les Voix des dieux, des hommes à la peau noire de jais qui prétendaient s'entretenir avec les divinités et en tirer quelque avantage. Les éclairs lancés par le vieillard faisaient partie de ces miracles dévolus aux fidèles du Panthéon.

La campagne numide avait été la grande aventure de son début de carrière. Aux côtés des vétérans, il avait beaucoup appris sur la guerre, la fraternité, le commandement. Les dunes du désert recelaient de créatures impressionnantes, de lieux maudits, de pièges mortels. Les bienfaits des oasis et des guérisseurs venaient apporter aide et secours. Assailli d'images, il pouvait sentir le vent ensablé sur sa peau tannée.

Harassé par les souvenirs, agressé par le vin, Quintus Lucretius s'isola. Il passa derrière sa tente et s'assit, la tête tournée vers les étoiles. Des feux de camp, il ne voyait que la lumière projetée sur les arbres qui dessinait un halo en mouvement, mettant en évidence le feuillage inégal et des silhouettes fines.

Ses pensées dérivaient vers sa famille perdue : sa bourse de ceinture ne le quittait pas et il la palpa, conscient que le souvenir de chacun d'eux l'accompagnerait tant qu'il la porterait. Le sort des siens lui pesait.

— C'est l'alcool qui te pèse, fils de Rome, dit une voix enrouée à ses côtés. Essaie de dormir, tu verras…

La surprise du dévoilement de ses pensées le fit sursauter. Ofella n'eut pas besoin de se tourner pour reconnaître cette intonation particulière, elle l'avait déjà marqué trois jours auparavant. Le vieil homme, son sauveur, se déplaçait avec discrétion.

— Vous ? Que faites-vous ici ?

— Je te suis, rustre personnage. Montre un peu plus de respect à ton aîné, je te prie.

Un court instant, Ofella pensa que son imagination, l'alcool, l'ivresse, la fatigue produisaient ce mirage. Mais l'autre, comme il semblait lire son esprit, lui asséna une claque tout à fait réelle sur l'arrière du crâne.

— Il est vrai, reprit l'officier un brin décontenancé, que je ne vous ai pas assez remercié pour votre intervention providentielle.

— Rien n'est providentiel avec les dieux, apprends-le dès à présent. Laisse-moi t'instruire, patricien.

La sentence l'intriguait autant qu'elle l'interpellait. Cet aveugle entendait-il parler au nom des dieux ?

— Je suis fatigué. J'accepte à une condition, vieil homme : présente-toi et appelle-moi par mon nom.

— Appelle-moi Romanipleustès, s'il t'en convient, car mon nom ne te dira rien.

Le voyageur de Rome, voilà un nom étonnant. Quintus Lucretius se souvenait de sa conjuration sur le sauvetage de Romains, sa langue acerbe au sujet des aristocrates. Tout cela donnerait matière à réflexion, mais il n'en laissa rien paraitre.

— Je saurai m'en contenter. Je t'écoute.

— As-tu lu Platon ?

— Comme il se doit.

— *Eutyphron* ?

— Évidemment.

— Alors peut-être connais-tu ce passage, que je vais citer de mémoire. Pardonne de possibles oublis : « *il a été dit aussi que les dieux ont souvent entre eux des inimitiés et des haines, et qu'ils sont souvent en conflit.* »

— Je m'en souviens : Socrate essaye de démontrer à Eutyphron la stupidité de son raisonnement, c'est là une étape transitoire.

— J'ai une autre impression à sa lecture grâce aux connaissances que j'ai acquises et dont je vais t'instruire quelques instants. À vrai dire, je prends Platon pour un génie, car tout en démontrant la profonde stupidité des accusations portées contre son maître Socrate, il dénonce également bien des vérités qu'il a pu constater de lui-même.

— Peux-tu me donner un exemple ?

— Oui. Socrate dit également que « *les dieux aussi sont divisés par le juste et l'injuste, sur l'honnête et le déshonnête, sur le bien et le mal.* » Crois-moi ou non, Ofella, mais ce qu'il affirme est vrai et je le sais. Les dieux s'affrontent, se battent, et nous en sommes aussi bien les témoins que les acteurs. Moi-même, j'y participe à ma façon.

— Veux-tu dire que tu es comme un devin qui s'entretient avec les dieux ?

— Si tu souhaites le voir ainsi... Toujours est-il que Socrate dénonce les guerres entre les dieux, l'image humaine que nous en avons. Pourtant, ils sont ainsi, ils utilisent les hommes tels que toi, moi, ou Sylla, pour mener à bien leurs affrontements. Cette armée, tu t'interrogeais afin de savoir qui elle servait. Eh bien, je vais te le dire : elle sert Vénus, car Sylla est désormais à elle.

— Comment connais-tu les sujets qui m'interpellent ? Ah ! Je peine à réfléchir, voilà que tu embrouilles tout. Le vin t'a visiblement affligé, mon ami, prends donc un peu de repos à mes côtés sous ma tente, avant de poursuivre ta route avec nous. Je ne crois pas à de telles choses. Les dieux sont là pour nous aiguiller, non dans le but de dominer nos vies.

— Je ne te demande pas de me croire, Ofella. Rappelle-toi de cette discussion quand tu seras témoin de choses qui te dépasseront. Je reste à ta disposition si tu as besoin de moi. Et tu auras besoin de moi.

L'ombre happa le vieux Romanipleustès et il s'en fut, laissant le légat de Sylla à ses doutes. Il se retournait à peine qu'un messager spécial vint le trouver : Murena se tenait devant sa tente, livide et choqué.

— Est-ce le vin qui te met dans cet état ? demanda Ofella, soucieux de détendre l'atmosphère.

— Le Sénat vient de valider une décision prise par les comices centuriates : Sylla est destitué de la guerre de Mithridate au profit de Marius. Et notre armée est dissoute.

Chapitre 8

Les cités alliées d'Italie occupaient un rang ambivalent au sein de l'empire bâti par Rome. Leurs habitants devaient remplir beaucoup des devoirs attachés au rang du citoyen romain sans en avoir les avantages. Ils ne pouvaient prétendre à la citoyenneté qu'en cas de grand service rendu, en aidant notamment leur protectrice dans ses relations commerciales.

Le plus simple restait de se signaler au combat, car les *imperatores* s'appuyaient sur des troupes fournies par les cités amies. Elles s'avançaient en première ligne, synonyme pour les soldats de mort rapide, mais aussi de gloire en cas de succès. Cette première force de la légion représenterait un atout dans la campagne que Sylla préparait, où les non-Romains formeraient une part importante des unités.

Ces légionnaires servaient le général depuis Jugurtha. Des troupes aguerries, des soldats dont c'était le métier, selon la volonté de Marius au lendemain de la victoire sur les Cimbres et les Teutons. Capoue avait souhaité fournir une petite garnison, désireuse de montrer à Sylla sa loyauté. Le général se rendit dans la cité campanienne afin d'y recevoir officiellement ce présent.

Encadré de Lucius Licinius Lucullus et de Quintus Lucretius Ofella, Sylla passa la porte principale sous les acclamations d'une foule qui criait son soutien avec un entrain non feint.

— Espérons que le peuple de Rome soit aussi magnanime, glissa le général à ses deux légats en saluant la masse.

Lucullus et Ofella s'adressèrent un sourire entendu : le général n'avait pas eu à trancher le débat de conscience qui l'occupait. En lui ôtant son commandement, le Sénat lui laissait pour seule alternative de se rendre à Rome et réclamer ce qui revenait de droit à son armée. Pourtant, il semblait toujours douter des actes à venir, attendait une confirmation dont Quintus ignorait la source.

Un cortège les escorta en grande pompe vers la *domus populi*, longue demeure centrale de pierre servant à la fois de salle de réunion des magistrats et de marché sous alcôve les jours d'influence. Les décorations mélangeaient les gravures en l'honneur des hommes au service de la cité et le rappel d'épisodes glorieux comme les victoires de Sylla.

Ils purent s'attabler autour d'un colossal banquet solennel avec les patriciens de Capoue. Ofella et Lucullus partageaient un attrait pour ces repas mondains qu'un Murena, par exemple, ne goûtait guère. Ils savaient se montrer aussi fins diplomates, si la nécessité les y poussait. Des compétences dont Sylla raffolait tant il aimait jouer avec les habiletés des uns et des autres.

L'*imperator* fit bonne figure malgré les événements. Il s'empêcha de rire bruyamment, ne but que de l'eau et complimenta ses hôtes sur sa saveur : on lui indiqua qu'elle venait d'une source de montagne, d'où sa fraîcheur et sa pureté.

Les plats biens entamés, Ofella comprit l'étrange sobriété de son supérieur : il souhaitait se rendre au temple de la Fortune qu'il avait fait ériger. Les deux légats se joignirent à une petite délégation de nobles, réunie dans l'optique de l'accompagner jusqu'au luxueux bâtiment. L'édifice était orienté plein nord et l'on pouvait observer le pied du mont Tifasa depuis ses marches.

En levant les yeux, le légat remarqua un voile blanc qui planait au-dessus de la cité, une immensité de nuages déchiquetés en courants d'air, qui serpentaient et cachaient le bleu azuré du ciel. Ofella pensa après coup, lui qui n'était pourtant guère enclin à voir des signes divins partout, que les dieux avaient jeté sur Capoue un voile dissimulant ce qui s'y déroulait.

Les colonnades finement ouvragées se dressaient devant le petit groupe quand Sylla demanda aux patriciens de les laisser seuls. Et ce fut à trois qu'ils passèrent sous la représentation miniature de la Fortune assise et ailée, armée de la roue et d'une corne d'abondance débordante de raisins.

Une statue grandeur nature de la déesse trônait au centre de la salle principale, similaire à celle du fronton, incarnation d'une beauté animale et figée dans l'éternité. La construction du temple avait été supervisée par Sylla lui-même. Il avait demandé la peinture de fresques mythologiques sur les quatre murs de l'édifice. Ofella les connaissait par cœur, adorant s'abandonner à leur contemplation et y laisser vagabonder son esprit.

Sur le mur à sa gauche, la *Fortuna Romana* à la corne d'abondance jetait un regard bienveillant sur la ville de Rome vers laquelle elle tendait les bras, alors que la cité était surplombée d'un soleil étincelant et entourée de champs de blé. Le bandeau qui cachait habituellement ses yeux, censé symboliser le hasard, se trouvait piétiné sous les pieds de la déesse.

La paroi derrière la statue figurait une *Fortuna Victrix* en armure dorée, un casque sous le bras gauche et une lance dans la main droite, remportant à nouveau la bataille de Verceil. Elle écrasait à elle seule des hordes de barbares cimbres et teutons, observée depuis les nuages par le panthéon qui se réjouissait.

À la droite des trois hommes, *Fortuna Conservatrix*, casque et lance à terre, tenait entre ses mains le visage d'un légionnaire illuminé par un rayon tombé du ciel, alors que toute une légion attendait à genoux la bénédiction de la déesse.

Derrière eux, au-dessus et autour de la porte, un portrait de *Fortuna Huiusque* irradiait de sa chevelure rousse. Sa coiffure charriait une roue de la Fortune, un gouvernail, un aigle, une corne d'abondance ainsi que des boucliers de toutes sortes, reproductions des armes des vaincus. Le sillage de la déesse s'étendait sur la partie gauche, son corps nu à droite. Elle souriait en considérant les visiteurs venus l'observer.

Sylla posa genou à terre devant la statue, imité par ses deux légats.

— Ô Fortuna, jette ton regard bienveillant sur moi, fit humblement l'*imperator*.

Aussitôt Ofella parut perdre pied, déséquilibré par une onde similaire à un tremblement de terre. Pour éviter de tomber, il appuya une main au sol et la retrouva noyée jusqu'au poignet dans un océan de cheveux roux. Ébahi, il se tourna vers la porte du temple et constata que la divinité avait disparu. Malgré le choc qu'il en éprouva et la surprise qui le déstabilisait, il dut s'écarter pour laisser un aigle prendre son envol juste à ses pieds. Lucullus vint le soutenir afin de l'empêcher de s'écrouler de tout son long.

— Qu'est-ce qui se passe ? demanda-t-il, hagard devant un tel spectacle.

Autour d'eux, les peintures prenaient vie et rejouaient interminablement les mêmes scènes, dans un théâtre perpétuel qu'ils pouvaient toucher à l'envi. Lucullus affichait une mine sereine malgré les événements.

— C'est l'antichambre de la déesse. Rassure-toi, Sylla m'a déjà conduit ici. Nous ne risquons rien.

Leur général se tenait toujours le genou à terre devant la Fortune, mais la statue s'animait maintenant dans sa toge d'un blanc immaculée. Elle avait pris entre ses mains le visage de Sylla. Ses lèvres remuaient, mais aucun son ne parvenait aux oreilles des deux légats.

Une deuxième femme émergea des gravures et frontons pour se joindre à la reine du temple. Elle aida l'*imperator* à se relever. Ses yeux exprimaient une admiration sans bornes pour Sylla, une colombe perchée sur son épaule observait la scène avec attention. Un fin vêtement cachait à peine la nudité de la nouvelle venue et elle devait en retenir un pan, pour ne pas se retrouver dans le plus simple appareil.

— Et elle, qui est-ce donc ? interrogea à nouveau Ofella.

— Tu ne la reconnais pas ? Nous l'avons si souvent vue dans la *domus* de Sylla : c'est Vénus, notre mère, notre chance.

La légende voulait qu'Énée, qui avait fui Troie détruite pour fonder la cité de Rome, fût le fils d'Aphrodite, avatar grec de Vénus. La première avait été assimilée à la seconde, jusqu'au point de faire de cette déité la mère de tous les Romains, surnommée *Felix*, car elle apportait la chance, se rapprochant ainsi de la Fortune.

Tout autour d'eux, les peintures bougeaient et se dotaient d'une vie propre. Des portes s'ouvraient sur chacun de ces mondes. Ofella ne comprenait pas très bien comment tout ce qui se déroulait sous ses yeux pouvait être possible. Son esprit faillit s'enfuir vers un monde puis un autre, mais un violent sentiment d'oppression le retint parmi les vivants. Il décida de se concentrer sur son supérieur, toujours debout à quelques pas.

Un dialogue silencieux s'établissait entre les déesses et Sylla, qui reçut quelque chose de Vénus avant de ployer à nouveau le genou. Une lumière intense le frappa, l'atmosphère changea brusquement autour d'eux.

L'espace se transforma en maelstrom sans perturber les deux incarnations. L'égérie de la Fortune tendit une main vers Ofella, l'invita à s'approcher à son tour, mais Vénus s'interposa et la tempête redoubla de puissance.

Les différentes scènes se trouvaient contaminées par d'étranges particules, de l'obscurité pure qui en rongeait la peinture et en faisait disparaître un à un les éléments. En un clignement de paupière, les trois hommes se tenaient à nouveau debout dans le temple, encerclés par les représentations immobiles de la Fortune.

Un rêve. Ce ne pouvait qu'être un rêve. Pour s'en assurer, Ofella frôla chaque mur du bout des doigts, observant le moindre détail, à la recherche de la plus petite étincelle de vie. Il ne vit rien d'autre qu'un superbe travail de composition qui restait désespérément froid, élégiaque, grandiloquent et immuable.

Quelle puissance pouvait ainsi les attirer dans un autre monde ? Était-ce vraiment les dieux ?

— Je viens d'avoir une grande révélation, mes amis, attaqua un Sylla debout en train de réajuster son *paludamentum*. Je ne peux partir en laissant Rome à mes ennemis. Ce serait abandonner la patrie.

— Tu me donnes enfin raison, fit Lucullus. Que t'ont dit nos déesses bien-aimées ?

— Elles m'apportent leur soutien dans la lutte qui va s'ouvrir. Rome doit sortir vainqueur. *Je* sortirai vainqueur. Voilà ce qu'elles m'ont confié pour réussir.

Ofella et Lucullus s'approchèrent. Des mèches de cheveux d'un rouge feu serpentaient le long des lignes de sa main, s'y mêlant presque. En leur cœur, un joyau brillait, amulette magique dont le centre s'animait d'une force étrange.

— Nous voilà donc au pied du mur. Êtes-vous avec moi ?

Les deux légats se raidirent et frappèrent leurs cœurs du poing.

— Nous te suivrons pour délivrer Rome ! firent-ils en duo.

— Bien. Lucius, prépare les troupes et fais circuler l'information parmi nos légionnaires. Nous ne pouvons nous permettre d'avoir une mutinerie sur le dos aux portes de Rome. Quintus, trouve-moi un augure qui aura le cran de juger notre opération conforme aux souhaits des dieux. Ce n'est pas dans la panse d'un mouton que doit se jouer notre avenir, car il s'est déjà écrit aujourd'hui, en ce temple. *Dea locuta, causa finita est !*[4]

---

4 « La déesse a parlé, la cause est entendue ! »

Leur mission fixée, les deux légats quittèrent le général, laissé seul avec les quelques notables de la ville restés à l'attendre. À cheval, ils regagnèrent le camp installé non loin, puis informèrent Murena et les autres de la situation.

Chacun rejoignit sa légion avec cette nouvelle à faire courir. Il était hors de question d'annoncer devant toutes les troupes les ambitions de leur chef, de peur qu'un espion ne se trouva dans les rangs. Certains risquaient de s'émouvoir de marcher sur Rome, un sacrilège aux yeux des citoyens. Les légats allaient en discuter avec les centurions et soldats en lesquels ils avaient confiance, puis charge à eux de propager la rumeur en attendant un discours de Sylla.

De retour sous sa tente, Ofella sollicita Aulus Terminus, Forgeus Spongius et le centurion Caius Gargatus pour les informer. La réaction fut vive, car marcher sur la patrie représentait à leurs yeux l'acte d'un roi et non d'un général protecteur de la cité. Quintus Lucretius dénonça ces arguments, avança leur long service auprès de l'*imperator* et pour établir une simple vérité : ils ne pouvaient douter de sa fidélité aux principes de la République.

Racontant les événements qui étaient survenus dans la cité avant son départ précipité, il parvint à les convaincre que Marius et le tribun Sulpicius étaient les vrais traîtres, ceux qui aspiraient à gouverner à la place du Sénat et du peuple. Sylla entendait réparer cette injustice, ensuite il ferait route vers la province d'Asie pour affronter Mithridate VI, roi du Pont.

Rassurés sur la possibilité d'obtenir leur solde et de partir en campagne – car les légions étaient d'abord motivées par le profit qu'elles pouvaient en tirer –, les trois soldats se mêlèrent à leurs amis afin de répandre la nouvelle.

Mais Ofella restait hanté par le spectacle divin auquel il avait assisté le matin même. Ces images mouvantes l'obsédaient et le mettaient mal à l'aise, car elles signifiaient pour lui une présence *réelle* des dieux : non pas une représentation de valeurs à respecter et à louer, mais des personnes qui pouvaient ressentir, haïr, aimer... des êtres peut-être même de chair et sang. Il passa plusieurs heures sombres à ruminer les implications terribles que cette idée pouvait lui évoquer.

Ces réflexions furent interrompues par Forgeus Spongius qui revenait faire son rapport sur la décision des troupes. Très grand, l'homme se distinguait par sa musculature improbable et son humour qui ne correspondait en rien à son gabarit, tant le commun conservait à l'esprit qu'un légionnaire ne pouvait se comporter qu'en monstre antipathique et menaçant. Sa chevelure d'un blanc de craie adoucissait encore ce sentiment.

— Ils ne sont pas ravis, mais ils suivront, résuma-t-il en substance après avoir été introduit.

— Voilà tout ce qu'on leur demande.

Le soldat remarqua vite que quelque chose contrariait Ofella, aussi voulut-il l'aider à se détendre.

— Allez-vous nous rejoindre ? Les hommes aimeraient vous voir.

D'un geste machinal, le légat approuva de la tête et sortit de la tente avec Forgeus Spongius. Les jours ne duraient pas encore très longtemps et le soleil disparaissait tôt, provoquant la levée des torches et l'éclosion des feux aux quatre coins du camp militaire. Le gibier apporté par les habitants de Capoue cuisait déjà sur les broches, les distributions de grains se déroulaient à merveille et, mieux que tout, le vin coulait à flots. Quelques femmes circulaient parmi les soldats, déconcertante vision que les ombres jetées par les flammes contribuaient à exacerber.

Des marchands à peine arrivés s'installaient dans un quartier de cette ville démontable à loisir, censée assurer la sécurité des troupes pendant le repos. Ils offraient bien des plaisirs et délices où le légionnaire pourrait dépenser sa solde durement gagnée. De leur capacité à suivre une armée en mouvement dépendrait leur richesse. Les commerçants seraient encore nombreux à se joindre à cet amalgame hétéroclite avant le départ pour la Grèce, première étape de la guerre contre Mithridate.

On pouvait découvrir leurs petits commerces, çà et là, au gré des chariots croisés. Un camp comme celui-ci ressemblait plus aux rues de Rome que n'importe quelle cité d'Italie ou du monde connu, se dit Ofella en observant tout autour de lui. Il ne pensait pas à l'Aventin ou au Palatin, où vivaient les patriciens de bon sang, mais à la Suburra où les échoppes pullulaient comme les cadavres, où les odeurs de morts et d'excréments se mêlaient aux parfums des fruits frais et des jarres d'huiles en provenance de Grèce ou d'Égypte.

Ofella aimait se promener dans ces petits quartiers, même si ce n'était pas toujours sans danger : ils lui rappelaient les campagnes et les camps, le seul endroit où il se sentait à la maison. Sa demeure réduite en cendres fila devant ses yeux puis disparut comme ses pensées suivaient un chemin différent.

Cette ambiance d'intense activité lui rendit le sourire en le poussant à réfléchir à d'autres choses. Il acheta une grappe de raisins à un commerçant avant de se mêler aux hommes. Accompagné de Forgeus Spongius et d'autres, il refaisait quelques combats, réécrivait les batailles, racontait des histoires réelles ou inventées, tout autant de souvenirs qui les liaient tous aux légions.

Les étoiles firent rapidement leur apparition dans un ciel clair et dégagé. Allongé dans l'herbe, Ofella les contemplait, les doutes toujours à l'esprit, mais armé d'une certitude : ils allaient se battre pour Rome, afin que la cité garde son éclat, et cela était ce qui importait. S'il pouvait en profiter pour se venger, il n'hésiterait pas.

Quand Forgeus Spongius vint le rejoindre, ses gigantesques mains cachant presque deux pichets de vin, il demanda :

— En quoi crois-tu ? Est-ce que ce sont les dieux, Rome, ou ton général qui te motivent à te battre ?

— Vous le savez : c'est l'appât du gain, l'appât du pain et, bien sûr, l'appât du bon vin ! fit-il en buvant une longue rasade.

Ils éclatèrent tous les deux de rire, et ce fut ainsi que Quintus Lucretius Ofella se sentit véritablement de retour chez lui. La nuit bien avancée, il rejoignit sa tente accompagné de sa bonne humeur. Mais une surprise l'y attendait.

Le vieillard du nom de Romanipleustès se tenait à droite de l'entrée, dans l'obscurité, sa présence à peine trahie par le mouvement de son bâton de marche. Quintus Lucretius ne s'attarda pas sur l'improbable infiltration de sa tente et interrogea sèchement l'intrus.

— Aurai-je le droit à ta visite chaque soir ? J'aurai du mal à philosopher avec toi aujourd'hui, aussi ne m'en veux pas de te demander sans détour pourquoi tu es là et ce que tu souhaites réellement.

— À ta guise, je vais aller au plus direct. Depuis sa dernière campagne, Sylla a changé. Tu ne l'avais pas encore constaté, car tu te trouvais auprès de ta famille, décision qui mérite le respect et que je comprends. Mais va demander à Murena si tu doutes de ma parole : ton général a passé beaucoup de temps autour de Capoue et a commencé à jouer à des jeux dangereux.

— C'est donc de ça dont j'ai été témoin : un jeu dangereux.

L'homme sortit de l'obscurité, ses traits marqués à peine cachés par une épaisse tignasse blanche. Il avait abandonné sa barbe, rasée de près, ce qui mettait d'autant en évidence les rides et la maigreur maladive de son cou. Son regard en disait bien plus : l'étincelle était toujours là, y brûlait la flamme blanche des joueurs.

— On peut appeler cela ainsi. Je n'attends rien de précis de ta part, je sais seulement que Sylla t'a demandé de trouver un devin et que je me propose d'être cet homme.

— Ainsi donc, tu es un devin ?

— C'est toi qui m'as présenté sous ce terme, rappelle-toi. Il est dans mes capacités de lire ce que Sylla souhaite que je lise au creux des entrailles d'un mouton, d'un bœuf et même d'une chèvre. Je pourrais voir l'heureux présage de la guerre dans les eaux du port d'Ostie !

— Épargne-moi tes sarcasmes. Qu'est-ce que tu cherches en obtenant ce poste ?

Un léger mouvement de main de Romanipleustès échappa à l'attention d'Ofella. La conséquence fut d'adoucir le légat, dont la position s'infléchit sur l'instant.

— Je peux t'assurer que je ne veux rien de mal à Sylla. J'espère juste être au cœur de l'Histoire qui est en train de s'écrire. J'aime Hérodote. Pas toi ?

— Ne me lance pas sur pareil sujet ce soir. Nous en parlerons plus sérieusement dès demain. Reviens me voir dès l'aube.

— Et tu ne m'offres même pas un endroit où dormir ? Tu me déçois, *legatus*. Je vais donc profiter des bonheurs de Capoue, j'ai déjà tant abusé de ses bienfaits…

La phrase resta en suspension comme le vieillard disparaissait dans l'ombre.

Quintus Lucretius commençait à s'interroger sérieusement au sujet du cycle apparition, sarcasme, disparition qui caractérisait le vieil homme. Un devin ? Les *magus* pullulaient sur les routes, héritiers des prêtres perses aux pouvoirs étranges. Ces individus, mercenaires du culte aux mœurs détestables, seraient prêts à tout afin de gagner de l'argent. Le vieil homme allait peut-être chercher à se faire grassement rétribuer pour ses actes. Ou peut-être Vénus et Fortuna voyaient en cet homme la possibilité de transmettre un message à l'armée. Les attributs divins de l'ancien ne le laissaient pas indifférent. Inconsciemment, il l'associait à sa chance. Peut-être ses auspices seraient-ils de bons présages en vue des combats à venir. Oui, un bon présage, voilà de quoi ils avaient besoin.

Malgré son aigreur due à l'alcool, Ofella devait avouer que le mystérieux personnage lui plaisait. Philosophe, ironique, tranché dans ses positions, il n'avait rien d'un terne obséquieux aux griffes tendues vers sa bourse. Il aimait leurs échanges et savait lui devoir la vie. Il testerait demain ses capacités à mettre en scène une lecture d'entrailles, puis aviserait Sylla en conséquence.

Fatigué, il s'allongea de tout son long et entreprit de rejoindre les bras de Morphée. Pourtant, ses rêves furent nourris par les visions qui l'avaient déstabilisé le matin même. Ses songes s'animèrent de batailles imaginaires où des femmes ailées, armées de lances et de cornes d'abondance, affrontaient des hommes nus affublés seulement d'un *pileus* et d'une outre de vin.

Chapitre 9

L'armée consulaire se mit en route dès le lendemain, décidée à défendre l'honneur de son chef et les richesses qu'elle espérait tirer de l'expédition en Orient.

Sylla avait planifié leur avancée avec méthode, si bien qu'Ofella n'eut qu'à enfiler son plastron, monter sur son cheval et partir à la tête de son unité. Il dirigeait la deuxième des six légions, derrière les troupes du général qui ouvrait le cortège, accompagné de son collègue Rufus. Le rythme rapide les porta en six jours à Tarracina, d'où la *via Appia* les mènerait directement à Rome.

Alors que Murena s'assurait du ravitaillement sur le marché du vieux port, que Lucullus organisait les éclaireurs et Catulus les sentinelles, la garde vint annoncer que deux tribuns nommés par le peuple souhaitaient voir le consul en charge de l'armée. Intrigué, Sylla se fit installer un siège au milieu du camp de ses soldats et les invita à stopper leurs activités pour assister à l'entretien.

Debout à ses côtés, Ofella et Rufus formaient une garde proche en vue d'impressionner les deux émissaires.

— Je ne vous cacherai rien, camarades, avait assuré Sylla à l'armée alors qu'on introduisait les deux envoyés.

Le tribun militaire dirigeait généralement une fraction de la légion, appelée cohorte, composée de six cents hommes. Il servait d'état-major sur le terrain au légat ou au consul, et donnait les ordres aux centurions dans la bataille.

Quand Ofella vit arriver deux officiers d'une quarantaine d'années et fraîchement rasés, il fut surpris et choqué. Surpris de l'envoi de deux hyènes usées pour affronter le roi de la jungle ; choqué, car Marius et Sulpicius commettaient là une insulte bien mesquine. Ils ne pouvaient venir que pour une raison, Sylla le savait. Mais il les força à se présenter à haute voix et à expliquer les motivations de leur visite.

— Mon nom est Flavius Aemilius Calpurnius, fit le plus grand, blond aux yeux bleus. Et voici mon collègue Marcus Fabius Ambustus. Le Sénat souhaite que vous remettiez votre armée sous le commandement du peuple. Notre autorité.

Les soldats commencèrent à les huer, Ambustus les balaya d'un regard plein de haine. Petit homme à la calvitie naissante, il n'inspirait guère de sympathie à Ofella.

— Le Sénat ou Sulpicius ? demanda Sylla armé d'un petit sourire en coin.

— J'ai avec moi un ordre du Sénat, confirma Calpurnius. La motion du tribun Sulpicius a été adoptée à l'unanimité : c'est Marius qui mènera cette campagne, non vous.

— Puisque Marius est si brave devant le Sénat, qu'il vienne lui-même prendre le contrôle des légions ! hurla un soldat de la troupe.

— Insolent, pesta Ambustus en cherchant le coupable. Qui a osé ?

Son glaive sortit du fourreau. Il parcourait les rangs du regard, calme, les sourcils froncés. Un premier légionnaire fit un pas en avant pour se désigner – Ofella reconnut Forgeus Spongius – puis d'autres, en signe de provocation. Ambustus s'avança face à eux : il était dominé d'au moins deux têtes en taille, mais ne se démontait pas.

— Vous méritez le fouet, grommela-t-il en les fixant droit dans les yeux.

Au moment où Ofella voulut intervenir, la main de Sylla se posa sur son avant-bras. L'ordre était clair.

Les légionnaires faisaient maintenant face à Ambustus : son collègue ne désirait pas s'en mêler. Pourtant, personne ne bougeait, attendant un mouvement, une parole de trop, la bravade conduisant à l'incident.

— Ainsi donc, voilà de quoi est composée l'armée de Sylla, siffla Ambustus. Une bande de lâches, indisciplinée et indolente, qui cache son incapacité derrière quelques gros tas de muscles bronzés par les années de fainéantise. Jamais vous ne partirez pour la Grèce : vous feriez honte à notre cité !

L'ultime sortie du tribun fut de trop : Ambustus ne s'attendait pas à ce qu'on ose lever la main sur lui. Agresser un officier de son rang valait la peine de mort. Tout membre de la légion le savait. Mais cette fois, rien ne les arrêta. Les hommes menés par Forgeus Spongius se jetèrent sur les deux tribuns et les rouèrent de coups. Bientôt, d'autres vinrent les rejoindre. L'opposition tourna au lynchage.

— Non, tenta de s'interposer Ofella, avant de solliciter le consul.

Personne ne l'écouta. Sylla avait détourné la tête : il autorisait ainsi ce massacre en règle de deux officiers. Nul n'empêcherait la justice sommaire et expéditive menée par ces quelques légionnaires en colère. Quintus Lucretius observa, interdit, avant de suivre le consul dans sa tente où il se retirait sans un mot. Sans un ordre.

Il n'osait y croire.

Hors de question de remettre en cause son chef devant la troupe. Mais son sang bouillonnait dans ses veines. Il se retint à grand-peine jusqu'au moment où ils pénétrèrent dans la tente du consul.

— Te rends-tu compte de ce qui vient de se passer ? demanda Ofella sur un ton familier qui irrita aussitôt Sylla.

L'*imperator* considérait que quand il commandait, on ne devait plus se montrer familier avec lui.

— Note que je n'ai rien fait, rien ordonné. Ce sont les hommes qui ont décidé de leurs actes.

— Il faut les punir pour ce qu'ils ont fait.

— Non.

La réponse cinglante incita Ofella à se ressaisir. Il prit une grande inspiration, se pinça le haut du nez afin de canaliser son énervement, l'empêcher de sortir, puis opta pour un ton plus respectueux.

— Tu le dois. Ils ont agressé un officier supérieur et doivent être châtiés en conséquence.

— Ces tribuns n'étaient supérieurs à personne, Lucretius. Ils n'appartenaient pas à *mes* troupes. N'avaient aucune autorité.

— Mais…

— L'incident est clos. Tu peux disposer, *legatus*.

Sur cette cruelle défaite, Ofella se retira auprès de ses hommes et rumina jusqu'au lendemain. Ce soir-là, il ne participa pas aux repas autour des feux, préférant la solitude de sa tente. Ce que Sylla était en train de faire ne lui plaisait pas : on pouvait remettre en cause Marius sans bafouer les règles élémentaires. Des commandements antiques, qui avaient fait leurs preuves au cours des siècles, ne devaient pas être dédaignés par intérêt.

Mais il n'y a plus de règles, c'était ce qu'il avait déclaré à Lucullus et sa phrase sonnait à son oreille comme une inquiétante prophétie.

Il n'avait goût à rien. L'un de ses légionnaires, le séduisant Appius Festus, tenta bien de le convaincre de venir écouter quelques chansons et boire un peu de vin, mais Quintus Lucretius restait marqué par ce dédain affiché pour ce qu'il considérait comme des règles immuables : un *imperator* pouvait-il se permettre de mépriser un gradé sous prétexte qu'il ne l'avait pas nommé ? Ces légions, assemblées dans ce gigantesque camp, étaient-elles celles d'un homme ou représentaient-elles Rome ? Même Sylla ne devait pas se tromper à ce sujet, car les combats qui approchaient se feraient au nom de la cité et non de son généralissime.

L'affrontement ne pouvait se limiter à un duel entre Sylla et Marius. Ce serait Rome contre les ennemis de sa propre souveraineté. Affronter Marius se justifiait, car il refusait de se soumettre aux décisions du Sénat et avait pris les armes pour s'assurer d'être écouté, non parce que ses actes déplaisaient à Sylla. Il prit la résolution d'aller en parler à son commandant dès le réveil. Le sommeil l'emporta avec ses idées noires. Dans l'ombre d'une nuit sans lune, une silhouette tapie le regardait, assise, droite comme un i.

— Il t'écoutera, fils de Rome, affirma sur un ton rude une voix lourde du poids du temps passé. Il t'écoutera, mais ne sera pas d'accord avec toi, car il cherche d'abord à garder sa campagne contre Mithridate afin de réussir la mission divine que lui a confiée Vénus : marcher sur les temples grecs, en faire la dominante de tous les autres dieux dans cette partie du monde.

Le silence tomba un instant, les cris et chants du camp couvrirent la respiration fatiguée de Romanipleustès. Nul ne pouvait deviner que le vieil homme écoutait une logorrhée qu'il était le seul à entendre.

— Oui, fit-il toujours à haute voix, je sais pourquoi tu m'as ramené du panthéon des héros. Mais nous ne pouvons pas rester à attendre et à voir. Je vais agir. Je vais tuer Sylla.

~*~

Au matin, les six légions se remirent en route. Les jours passèrent et Rome se rapprochait de plus en plus. Le Sénat – ou plutôt le sinistre duo qui s'en était emparé – envoya plusieurs représentants au-devant de Sylla pour réclamer de stopper cette folie et de négocier. À chaque fois, le consul écoutait leurs doléances et les renvoyait en refusant poliment. En réponse, il n'affirmait qu'une chose aux sénateurs : « *J'entends délivrer Rome de ses tyrans.* »

Affalé sur son cheval, Ofella essayait de rattraper les nuits de sommeil qui se perdaient dans d'interminables réflexions. Depuis que le prétendu devin s'était entretenu avec lui, le légat dormait mal et ses rêves ne comportaient plus que des batailles homériques, des conflits théâtraux dignes de Sénèque et des images dont le sens profond lui échappait. Mais le repos tardait à venir alors que l'affrontement ne cessait d'approcher.

À ses côtés, seul le légionnaire Appius Festus parvenait à le distraire de ses pensées obsédantes. Volontiers espiègle, le soldat suivait son chef partout et avait toujours un bon mot à glisser. Sa beauté, soulignée par de courts cheveux noir de jais, séduisait toutes les femmes qu'il pouvait croiser. Il en tirait une source intarissable d'anecdotes à raconter. Malgré la bonne humeur d'Appius, Ofella restait l'esprit embrumé de tracas et de pensées. Dans ces cas-là, seule une lecture pouvait l'apaiser. Il finit par descendre de cheval à proximité d'un temple bâti au bord de la voie. Il glissa à l'oreille de son compagnon :

— Va, mon bon Appius. Trouve-moi un manuscrit d'*Euthyphron*, je te prie. Nous allons sans doute préparer la prise d'auspices ici. Je vais organiser la cérémonie et ensuite, nous aurons un long moment pour en parler.

L'autre mérite de ce guerrier était de savoir lire, lui le cadet d'un patricien peu en vue de la cité de Capoue. Aussi, il avait fréquenté Platon et en discutait régulièrement avec Ofella.

Ce fut l'occasion pour Festus de remonter l'impressionnante colonne, flèche lancée sur Rome que rien ne pouvait arrêter. Combien étaient-ils au juste ? Plusieurs milliers, il le pensait et n'était pas loin de la vérité. Ils soulevaient un épais nuage de poussière à travers la Campanie, ombre qui se levait dans leur sillage et annonçait leur venue. Derrière les lignes de soldats, dont les cuirasses cliquetaient au pas lourd des légionnaires, se cachait la masse des anonymes qui suivaient la campagne.

Car comment vivrait une armée sans réserves, comment occuper les hommes sans jeux et sans femmes, comment dépenseraient-ils leur solde si chèrement arrachée au cours des batailles ? Le curieux cortège de l'arrière pouvait tout fournir, à condition de payer. Le fait de marcher sur la Grèce ou Rome ne faisait pas de différence, le profit ne changerait pas.

Peut-être même que le gain de la rapine serait plus élevé dans la capitale, qui pouvait savoir ?

Une jeune femme invita Appius dans sa carriole, mais il n'en avait cure, sans doute à cause des pustules qui ne la rendaient plus très fraîche malgré son âge. Tout ce qui l'intéressait tenait dans un petit chariot, tiré par un âne fatigué, aux côtés duquel marchait Démétrios, un marchand grec à la silhouette râblée et au crâne pelé.

Connu pour vendre tout ce qui se faisait du fin fond du Péloponnèse aux pentes du mont Olympe, Démétrios affichait avec fierté ses origines au point qu'un légionnaire, mécontent de ses services, avait coupé sa langue afin de l'empêcher de fanfaronner à nouveau. Mais le commerçant avait été vengé par d'autres clients et restait fidèle aux troupes.

Appius demanda le rouleau du procès de Socrate, paya et retourna à l'assaut du long cortège qui battait la plaine italienne.

Habituellement, Sylla prenait lui-même les auspices à l'approche d'une bataille. Il considérait son pouvoir et ses actes comme issus de la volonté divine et devait le confirmer à la vue de tous. Étant donné la gravité de l'action menée, son caractère exceptionnel, le général avait décidé de confier la tâche à un tiers pour la rendre objective. Une bourse pleine récompenserait cette initiative.

La rencontre d'Ofella avec un mage étranger avait résolu ce problème rapidement. Alors que le vieil homme se préparait à l'observation à l'abri du temple, Festus rejoignit son chef. Quintus Lucretius supervisait la sélection de la brebis qui allait être sacrifiée à Jupiter afin d'ouvrir les yeux à l'armée.

Une table fut dressée devant les marches, la petite créature rapidement attachée, ventre tourné vers le soleil. Romanipleustès s'approcha, salué par le *augurium salutis* chanté par les citoyens romains. Une dague passa entre ses deux mains, éventra la brebis sous les yeux de Sylla, Ofella, Lucullus, Catulus et Murena au premier rang des troupes.

Très rouge, en raison de la chaleur, Sylla ne cessait de s'éponger avec un mouchoir trempé régulièrement dans un seau d'eau par son aide de camp. Son attention s'attardait plus sur l'augure que sur les viscères : si l'homme ne jouait pas le jeu, il devrait agir seul et convaincre les légionnaires du bien-fondé de la guerre civile.

— Les dieux soutiennent votre action, fit Romanipleustès sans hésitation.

Un cri de guerre salua le verdict comme le général, souriant, s'avançait dans le but de prendre les entrailles et de confirmer la bénédiction. L'augure contourna son autel de fortune, empoigna la dague de l'auspice et se jeta sur Sylla dans un geste rapide.

Plus prompt à réagir, Ofella s'interposa et para le coup. Emporté par son élan, l'ancien posa sa main sur le cou du légat afin de le repousser. De la fumée s'échappa de la peau du militaire qui cria, appelant le renfort de ses légionnaires. Appius le premier se porta à son secours.

Ofella révéla sur sa gorge l'empreinte d'une main, la marque d'une brûlure qui découpait la forme de chaque doigt sur sa peau. Et quand des soldats voulurent appréhender le coupable, ils se tournèrent vers Romanipleustès.

Le vieillard criminel se préparait au combat sans se montrer impressionné : son bâton de marche tenu à deux mains, il s'apprêtait à affronter la menace. Subitement, un halo lumineux l'entoura. Un changement imperceptible commença dans ce phare éblouissant. À sa place, un cerf se tenait, fier, avec une musculature prodigieuse. Son brame résonna dans le temple au moment de sa fuite et les soldats ne trouvèrent plus personne à malmener. Le légat, imperturbable malgré la douleur qui déformait ses traits, lança à Appius :

— Il n'aurait pas dû. Non, non... non...

Appius soutint son chef qui voulait se relever. Ofella ne cessait plus de regarder de droite à gauche, observant des détails fantomatiques que lui seul voyait.

Chapitre 10

Depuis l'agression commise par Romanipleustès, Quintus Lucretius ne parvenait pas à se concentrer sur son environnement direct. De plus en plus fatigué, il se laissait happer par des songes obscurs, insensés, au cours de somnolences où il voyait sa femme, son fils, ou de curieuses représentations d'une Rome en feu. Parfois, une jeune vierge nue lui apparaissait et parlait un dialecte si étrange qu'il n'en comprenait pas un traitre mot.

La tension régnait autour de lui. Lors de ses moments de conscience, Lucullus ou Murena restaient à ses côtés. À plusieurs instants, il perçut la voix de Sylla, un aboiement d'ordres continus qui ne ressemblaient pas à l'orgueilleux général. Il interrogea Lucullus du regard.

— La troupe a pris peur suite à la prise d'augure. Ce Romanipleustès a semé le trouble dans les esprits persuadés que nous sommes maudits, que Diane a envoyé un messager pour stopper notre marche folle sur Rome. Sylla doit reprendre la main.

Le lendemain, Ofella fut tiré de son sommeil agité afin d'assister à une nouvelle prise d'augure. Sylla officia lui-même, exhorta les légionnaires, réalisa le sacrifice avant d'observer dans le vol des oiseaux le vent de la victoire. Peu

convaincue, l'armée se laissa impressionner par l'éclair doublé du son de la foudre qui acheva la longue tirade de son
chef. L'*imperator* avait recouvré sa maîtrise des esprits, au
moins de manière temporaire. Seule une victoire sur le
champ de bataille scellerait sa reprise en main de la
situation.

La nuit olympienne avant leur arrivée aux portes de
Rome offrit au légat le loisir de récupérer suffisamment de
force. De retour en selle, Ofella mena sans distraction sa colonne de légionnaires. Au milieu de la matinée, ils par-
vinrent tout près des hauts murs de la ville. Les hommes
l'observaient avec inquiétude, guettant sa défaillance, mais le
soldat avait pris le dessus sur son étrange maladie. Il portait
toutefois des stigmates avec l'empreinte des doigts que le
vieil augure avait apposée sur sa glotte et sous son menton.

Un foulard cachait les brûlures et le torturait avec son
frottement contre la peau à vif. Une telle douleur le maintenait éveillé et sa volonté d'accomplir son devoir fit le reste.

Face à l'armée en marche, un groupe fut annoncé par
l'avant-garde. Une dernière délégation venue du Sénat les attendait et après une brève entrevue avec Sylla, ils repartirent
discrètement vers le champ de Mars.

Descendu de cheval pour participer à la discussion,
Ofella fut rattrapé par un haut-le-cœur et transforma en
jeûne une matinée où il avait bien mangé. Se relevant, il sentit des étourdissements et tomba à genoux : des visions s'em-
parèrent de lui.

Il ne se trouvait plus aux portes de Rome, mais dans un
champ de blé prêt à être récolté. L'odeur sèche de graine et
de son se mélangeait à celle de la terre brûlante sous ses
pieds. Une femme aux traits proches d'Hortensia offrait une

main ouverte pour l'aider à se relever. Ofella tendit un bras dans sa direction, mais ce geste provoqua une transformation inattendue : son épouse perdit tous ses vêtements, gardant seulement autour de la taille une ceinture aux éclats dorés. Sa paume abritait à présent un coquillage. Dans son autre creux, elle tenait une rose entourée de branches de myrte.

Cette vision la rendait si fragile, si magnifique, si voluptueuse que Quintus Lucretius eut immédiatement envie d'elle. Il essaya de se redresser, de se rapprocher. Son effort fut vain. Et la frustration le rattrapa quand Appius Festus brouilla son rêve. Le retour à la réalité avait un goût amer.

— Tout va bien ? demanda le beau guerrier dont l'ombre masquait au légat le soleil.

— Ne t'inquiète pas, je tiens le coup. Mes brûlures me torturent et me gardent en éveil. Je serai avec vous au moment du combat. Prépare les hommes, je vais voir le consul.

Son envie de se battre permettait d'atténuer les visions qui se multipliaient. Mais une image se gravait dans son esprit : celle d'Hortensia. Il ressentait le désir de retrouver leur maison et de rester avec les siens, mais c'était impossible. Sa main se serra sur la bourse de cuir à sa ceinture. Quelque part, leurs âmes se trouvaient à ses côtés.

Face à l'armée, les murs de Rome s'élevaient et la bataille ne tarderait pas. Quelques légionnaires finissaient d'installer la tente du consul où Sylla s'entretenait déjà avec Lucullus. Les autres légats arrivèrent au compte-gouttes, Ofella le dernier. L'*imperator* ne souhaitait pas tergiverser.

— Marius a fait promettre la libération aux esclaves de la cité s'ils se battaient aujourd'hui aux côtés de ses partisans. J'entends lui montrer que la légion romaine reste la meilleure

armée qui soit, que quelques hommes mal nourris ne pourront pas la défier. Lucullus ?

— Deux de mes centuries se préparent à prendre d'assaut la porte Esquiline, ce qui devrait concentrer l'attention.
Ofella et Murena, je veux que vous forciez la porte Colline.
Ils ne sont pas suffisamment nombreux pour faire face à une
attaque sur deux fronts. Dès que l'un des points tombe, le
reste de l'armée s'engouffre dans la brèche et réalise la jonction sur le Forum.

Sylla se porta alors au centre du cercle de ses officiers et
regarda chacun d'eux dans les yeux.

— C'est notre patrie. C'est Rome. Pas de pillage. Pas
d'assassinats. Pas de vengeances. Nous devons capturer le
maximum de prisonniers. Je m'occuperai moi-même de ceux
qui transigeront. Seule exception : je veux la tête de
Sulpicius. Nous verrons le reste ensuite. Bon retour chez
vous, messieurs.

La réunion levée, Ofella adressa un signe de tête à son
homologue Murena : depuis plusieurs années, ils tra-
vaillaient ensemble et n'avaient plus besoin de se parler pour
se comprendre. Quelques minutes de marche séparaient
Quintus Lucretius de ses hommes. Sa légion se mit en branle
vers la porte Colline, au nord de la cité. Les alentours calmes
et apaisés tremblaient sous le rythme des unités en mouvement, le pas martial devenait un tambour de guerre.

À cheval, le légat progressait aux côtés de sa première
ligne, concentré sur l'affrontement à venir. Les visions
n'avaient pas leur place, il parvenait désormais à les maintenir à distance. Le combat ne laisserait pas le temps pour
d'autres pensées que celle de gagner.

L'enceinte légendaire construite par Servius Tulius abritait Rome, mais aussi les ennemis de la République. Ses seize portes étaient autant de rayons du soleil régnant sur la mer Méditerranée. Ces murs constituaient la limite sacrée à l'intérieur de laquelle détenir une arme était puni de mort. À présent, une bataille allait avoir lieu, prête à rompre à jamais la sacro-sainteté de la muraille.

La légion arriva face à la porte Colline. Les soldats pensaient, comme Ofella, que leur devoir imposait de restaurer cette inviolabilité. Devant eux, un amas désorganisé d'hommes se groupa dans l'encadrement de la construction monumentale, essayant d'élever une barricade de fortune. Personne ne comprit jamais pourquoi les portes n'avaient pas été closes.

L'édifice de tuf volcanique datait de la période des anciens rois de Rome. Couvert par des tours de défense de part et d'autre, il avait été dépassé par quelques habitations à cause de la rapide expansion de la vie hors les murs. Mais les fortifications restaient imposantes, même pour des Romains habitués à les franchir régulièrement.

Au trot devant sa première ligne, Quintus Lucretius tira son glaive, puis le pointa sur les adversaires qui se montraient avant de lancer :

— Vidons l'enceinte sacrée des armes qui la souillent !

Un cri de rage plein de conviction fit trembler la plaine, une clameur née des voix de plusieurs centaines d'hommes prêts à défendre leur idéal, leur cité, leur maison.

La légion s'avança sur trois lignes dans le martèlement des pas cadençant la progression en bon ordre. L'excitation du combat gagna jusqu'au cheval d'Ofella. L'animal respirait très fort et grattait parfois des sabots le sol afin de manifester son impatience.

Face à eux, à quelques centaines de mètres, un agrégat mal armé se dépeuplait à mesure de leur approche. Les esclaves se mêlaient aux vieillards, à de très jeunes hommes, mais aussi à quelques guerriers expérimentés pour tenir l'entrée de la cité. La peur embrasait ce camp adverse, nourrissait les légionnaires.

Quand il lança sa charge, Ofella se porta le premier sur l'ennemi. Son glaive tomba à plusieurs reprises, beaucoup de sang coula et à peine les deux lignes se touchèrent que les partisans de Marius se débandèrent. Le légat fut le premier à passer la Porte.

La colline qui lui prêtait son nom s'érigeait sur sa gauche, couverte de maisons bigarrées. À droite, quelques mercenaires furent rapidement maîtrisés par la troupe. Rome s'ouvrit sans résistance. Ses rues étaient désertes. De loin en loin, les portes fermées et les barricades dressées à la hâte témoignaient de la peur des habitants.

Par-delà l'amas de construction, une fumée noire et épaisse s'éleva, cheminée de soufre annonciatrice de malheurs. Demandant à ses centurions de sécuriser la porte et tout le quartier alentour, Ofella se lança au galop pour contourner le mont et découvrir l'origine du sinistre.

À son arrivée, une partie du quartier de l'Esquilin brûlait, surtout des entrepôts. Des légionnaires agenouillés face à un mur eurent la gorge tranchée par leurs officiers sous la supervision de Sylla lui-même. Pied à terre, le légat rejoignit son général.

— Que se passe-t-il ?

— Des hommes s'étaient perchés sur les toits pour nous lancer des pierres, des tuiles, tout ce qui leur passait sous la main. Ces imbéciles n'ont pas trouvé mieux que de brûler les maisons afin de les déloger. Je dois faire un exemple.

— Cela risque de compliquer notre avancée. La population pourrait se rebeller.

— *Oderint dum probent.*[5] Je serai celui qui se sera frayé un chemin dans Rome par le fer et les flammes. Fais avancer ta colonne. Le Sénat et les rostres doivent être nôtres.

Les rues abandonnées accueillaient la parade des troupes derrière Quintus Lucretius, lancé sur son cheval. Les légionnaires se rendaient maîtres du dédale romain rapidement mis sous contrôle.

Seul régnait le silence. Les rues désertes paraissaient interminables et malgré la chaleur, Ofella ressentit le froid du vide alors que les murs des maisons perdaient leurs couleurs chaudes sous les ombres noires des soldats.

Le légat pénétra le premier sur le Forum déserté. Pas un commerçant. Personne pour haranguer la foule. Les rostres balayés par le vent. Cette vision le blessa profondément : le cœur même de la cité avait cessé de battre.

Un jeune garçon d'une dizaine d'années quitta précipitamment une cachette improvisée derrière les rostres. Ofella crut d'abord reconnaître les traits de Lucius, trompé par la forme du visage, la silhouette, la couleur des cheveux. Il stoppa net son avancée avant de se rendre compte de son erreur : son fils était bien mort. L'avatar lança un regard apeuré avant de fuir dans une rue adjacente, ce qui mit le soldat dans un étrange mal-être.

---

5 « Qu'ils me haïssent pourvu qu'ils me craignent. »

Des fantômes erraient entre ces murs. Il voyait leurs silhouettes sans visage se découper dans l'obscurité des impasses, à l'abri du soleil. Ces réminiscences évoquaient son grand-père, son père, sa femme et son enfant perdus. La place bruissait de souvenirs, table d'orientation au cœur de l'histoire mouvementée de la République et de sa généalogie.

Les marches du temple de Castor et Pollux étaient hantées par de vieux rois au costume rongé, à la couronne brisée, exilés depuis longtemps par le peuple hors les murs. Au pied de la colonne de Caton l'Ancien gisaient un plébéien et un aristocrate, symboles de l'opposition fratricide des deux camps traditionnels au sein de la vie publique. Embrochés sur les proues des navires qui ornaient les rostres, les membres assassinés de la famille Gracchus demandaient réparation. Ces fantômes fusionnèrent en un magma d'obscurité et de haine où ils devinrent tous identiques.

Porteur des valeurs de Rome, Ofella avait à cet instant l'impression de perpétuer un cercle de violence qui ne correspondait pas à son idéal de la République. Ses hommes occupèrent la place, le laissant à sa réflexion sur le bien-fondé de l'action menée par son chef.

Pendant quelques heures, les troupes sécurisèrent la ville, mais on ne trouva trace ni de Marius, ni de Sulpicius. Cette situation agaça profondément Sylla et ses légats. D'une décision commune, ils organisèrent la *vie via* : chacun à leur tour, ils se relayèrent dans les plus grandes allées de la cité pour pousser le peuple à les rejoindre au pied des rostres, restaurant cet antique principe démocratique de la harangue à la foule. Plusieurs milliers de personnes se regroupaient à présent, masse informe, peureuse et colérique, qui attendait de savoir à quel général se vouer.

Drapé dans le *paludamentum* qui soulignait sa noblesse autant que son rang, Sylla prit lui-même la parole sur cette tribune où il avait subi, peu de temps auparavant, sa plus terrible défaite lors du coup de force du tribun Sulpicius. Maître orateur, il captiva la foule, prononçant constamment de nouvelles accusations contre les partisans de son adversaire en fuite :

— Les ennemis de Rome ne trouveront pas de repos tant que chaque Romain, chaque allié, appuiera nos légionnaires courageux qui ont libéré la cité des complots et des félons. Ne te trompe pas, citoyen ! Nous sommes toujours en danger ! Je compte bien continuer mon œuvre et venir à bout de ces envoyés des divinités infernales, prompts à semer la discorde, souillant le nom de notre patrie par leurs actes iniques !

Ses charges lyriques frappaient comme une masse sur le camp en déroute. Et ainsi tomba la sentence :

— Les traîtres doivent payer. La mort sera la seule sanction pour Caius Marius, Publius Sulpicius, Quintus Servilius Maximus…

Et les désignés furent connus, nom après nom, famille après famille. La première liste de proscriptions gagna douze noms, auxquels bien d'autres viendraient s'ajouter au cours des jours suivants. Des panneaux furent érigés sur le Forum, le camp aristocrate y afficha des listes. La dénonciation permit aux uns de se venger d'un voisin encombrant, aux autres de supprimer un adversaire politique, alors que des nuages s'amassaient au-dessus de Rome.

Assis en bout d'estrade, agacé de ne pouvoir participer au spectacle de vengeance en cours, Ofella touchait son cou meurtri par les brûlures. La peau tirait, la douleur l'irradiait. À cet instant, il regretta de ne pas avoir retrouvé Marius ou Sulpicius, afin de les confronter à leurs crimes. Mais des heurts agitaient les rues. Il enfila son casque à cimier et retourna entretenir la justice, valeur bafouée par ses camarades.

En fin d'après-midi, du sang tomba en averse sur Rome, signe que les dieux pleuraient.

DEUXIÈME PARTIE :

ANTAPODOSIS

(représailles)

« Le combat est père et roi de tout. Les uns, il les produit comme des dieux, et les autres comme des hommes. Il rend les uns esclaves, les autres libres. »
Héraclite d'Éphèse

CHAPITRE 1

Dyrrachium – Grèce – Printemps 87 av. J.-C.

La *via Egnatia* partait de l'entrée du port de Dyrrachium et s'élevait vers les montagnes du Pinde sous un beau soleil de début de printemps. Quelques troupeaux de moutons ou de chèvres jalonnaient le parcours difficile qui s'ouvrait à travers l'Épire pour les cinq légions en marche.

Quintus Lucretius Ofella fit pivoter son cheval et observa le port saturé par le millier de voiles qui leur avait fait contourner la botte italienne par cabotage, puis traverser la calme mer Ionienne. Les barges s'étaient rajoutées aux nombreux navires marchands qui profitaient de l'arrivée des beaux jours pour relancer leurs activités. La densité de bois sur les flots était telle qu'elle cachait l'eau, pourtant claire et agréable à l'œil par ce temps divin.

Nul n'avait espéré soleil aussi radieux pour leur débarquement. Lucretius n'attendait rien de sa découverte de la Grèce, néanmoins l'astre l'accueillait de ses bras chauds et bienveillants. La lourde chaleur compliquerait la marche à venir. Après avoir replacé la bande de tissu qui protégeait son cou, le légat essaya d'oublier la douleur lancinante de l'empreinte laissée par Romanipleustès.

Sculpté comme nombre de ses légionnaires, Quintus Lucretius portait les marques de ses batailles passées. Son avant-bras droit était scarifié sur toute sa longueur, souvenir d'un Teuton chanceux. Sa cuisse gauche arborait également une cicatrice héritée d'un Lucanien trop agressif. Quand il observait ses hommes qui émergeaient de la cité, il pouvait y trouver sans peine d'autres stigmates bien plus voyants, cachés derrière les *scuta*, les boucliers traditionnels de la Légion. De nouvelles balafres seraient la mémoire de la campagne à venir.

Son regard se porta à l'horizon, où le légat espérait apercevoir la côte. Ces dernières années, sa carrière militaire l'avait conduit aux quatre coins de l'Italie, en Gaule, et dans la province d'Afrique. Elle l'amenait cette fois en Grèce où de nouveaux combats attendaient d'être livrés et remportés par les glorieuses légions romaines.

Les sandales des soldats battaient le pavé de la voie alors que Quintus ne détachait toujours pas ses yeux de l'horizon, en vain. Partir en campagne faisait partie intégrante de sa vie et il n'hésitait jamais le moment venu. Mais à chaque départ, il avait une pensée pour sa femme et son fils. Cette fois, l'image du présent fut remplacée par le souvenir du passé. Sa famille, inscrite pour toujours sur la *tabula*[6] de la légende de sa *gens*, s'imposa brièvement à son esprit. Il serra la bourse sur son flanc.

Un hennissement le tira de sa contemplation. Le cheval de Lucius Lucinius Murena se glissa aux côtés du sien.

---

6 *Tabula* : tablette, registre ou archive qui peut être rattaché à une famille, une administration ou une cité.

— Somnus t'aurait-il emporté ? lui demanda Murena, un grand sourire aux lèvres.

Ofella tourna la tête à l'évocation du dieu du sommeil et remarqua que son jeune camarade ne portait pas son casque, révélant sa chevelure noire et son visage poupon. Murena n'en était qu'à sa deuxième grande campagne, sa première en tant que légat. Pourtant, il dégageait une assurance et un calme hors du commun.

Sentant le regard de son collègue s'attarder sur lui, Quintus posa la main gauche sur la fusée de son glaive et reprit un air neutre, avec l'espoir de retrouver un peu de consistance.

— J'attends Terminus. Je me languis d'apprendre ce que nos *speculatores* ont tiré de leur court séjour en ville.

— Par Jupiter, Velus a déjà rapporté que la route serait dégagée jusqu'en Thessalie. Je ne vois pas ce que tu veux savoir de plus.

Fabius Velus menait les *speculatores* chargés des missions de reconnaissance pour le compte du consul Sylla. Ses dix hommes avaient pris plusieurs heures d'avance sur la flotte afin de s'assurer que le port de Dyrrachium permettait d'accoster sans risque. Ils en profitèrent pour explorer les environs et confirmer que personne ne les attendait le long de la côte, ou plus loin dans les terres.

Le légat le savait puisqu'il avait assisté au rapport effectué par Fabius Velus à son chef. Toutefois, cela n'interdisait pas de prendre les informations de son propre *speculator*, surtout si celui-ci parvenait à glaner quelques éléments auprès des indigènes.

— Je veux seulement être sûr.

— À ta guise. *Il* te demande de t'assurer que le ravitaillement suit en bon ordre. Comme *Il* le répète souvent (il prit un ton dur et sec) : *les écueils de Verceil ne seront plus miens*.

Murena parvint à arracher un sourire à son collègue par le rappel de ce souvenir. Lucius Cornelius Sylla avait servi comme légat, lors de la tentative d'invasion de l'Italie par les Cimbres et des Teutons, quinze ans plus tôt. Il avait connu de graves problèmes de ravitaillement avant la bataille décisive de Verceil. Aujourd'hui consul, le soldat méticuleux qu'il était faisait particulièrement attention à ce détail, dans les rouages bien huilés du fonctionnement des légions.

— Voilà que tu joues les messagers pour notre *imperator* ? interrogea Lucretius.

— Nous arrivons à peine que je m'ennuie déjà. Alors j'ai décidé de faire un peu de zèle avant le grand départ. Lucullus va enrager en l'apprenant.

— Espérons que tu t'ennuieras encore un certain temps.

Les deux amis rirent de bon cœur à cette boutade. Les aigles, symboles des légions, se mettaient en marche sur la voie. Les corps d'armée suivaient, imperturbables, dans un ordre parfait.

L'armée consulaire s'avançait à travers les terres depuis un long moment, large colonne faite de légionnaires, d'auxiliaires, de cavaliers italiens et d'une caravane hétéroclite chargée du ravitaillement – et d'autres choses. Le soleil déclinait sur les montagnes qui se découpaient à l'horizon quand une dizaine de cavaliers se porta à la hauteur d'Ofella et de Murena. Aulus Terminus les menait, le visage affable enserré dans un casque trop étroit, l'œil droit définitivement clos par une méchante blessure héritée de la guerre sociale.

— Alors ?

— Rien d'intéressant, répondit Aulus de sa voix grave. On n'a pas vu le moindre soldat depuis longtemps par ici, et surtout pas les troupes pontiques. Selon les rumeurs, des combats ont lieu en Béotie, mais peu de renseignements sont arrivés ces dernières semaines.

— Autant dire que l'on ne sait rien.

— Si. Je sais au moins qu'Athènes et Thèbes ont rejoint les rangs ennemis.

Cette information ne faisait que confirmer les réquisitoires parvenus à Rome. La campagne en avait découlé : elle visait à éliminer Mithridate VI, roi du Pont, accusé d'avoir massacré des Italiens dans la province d'Asie et retourné diverses alliances de cités grecques. Au Sénat, on ne parlait que de la trahison de certaines villes. Athènes en faisait donc partie, elle, la plus importante cité de Grèce centrale.

Maudits Grecs, pensa Ofella alors que ses *speculatores* s'éloignaient rejoindre les autres éclaireurs. Leur réputation de fourberie avait fait cent fois le tour de Rome et se vérifiait encore à cette occasion. Peu importait, l'armée allait remettre les choses en ordre, selon le souhait de son consul et du parlement qui avaient organisé cette expédition.

Même si la rumeur proclamait Mithridate comme un ennemi redoutable, Quintus Lucretius Ofella n'arrivait pas à être impressionné. Toutes les campagnes commençaient ainsi depuis qu'il suivait le consul Sylla. Des ambassadeurs leur avaient annoncé qu'ils affronteraient le maître de l'Afrique et Sylla avait ramené Jugurtha pieds et poings liés. Les peuples cimbres menaçaient de raser Rome, Sylla avait vaincu et fait prisonnier leur barbare de chef, Copillus. Pendant la guerre sociale, le général avait même fait tomber la capitale présumée imprenable des insurgés : Bovianum.

— Athènes, Thèbes, Sparte s'il le faut, rien de tout cela n'arrêtera notre *imperator*, confirma Ofella.

— Ni nous, ajouta Murena, plein d'entrain.

La compagnie du jeune aristocrate avait cet autre avantage : en plus d'être un excellent guerrier, c'était également un incurable optimiste. Entendre les généraux se plaindre à longueur de journée alors qu'ils jouissaient d'un confort relatif mettait Ofella dans une fureur sourde contre ses semblables. La bonne humeur de Murena l'en préservait.

Dyrrachium laissait échapper la queue de l'impressionnant serpent qui se préparait à fondre sur sa proie. Chacun put juger qu'un orage se dessinait devant eux : le ciel virait au noir sur la montagne. Les deux légats chevauchèrent un temps pour passer la petite butte et s'engouffrer dans une pinède à l'odeur printanière. Un tapis de vieilles aiguilles de pin indiquait la route à l'armée romaine, en mouvement à travers les oliveraies proches de la cité.

Sous les moutons évanescents qui couronnaient la chaîne de montagnes du Pinde, son piémont baignait dans un nuage gris annonciateur de sévères averses. Mais ce n'était pas un orage qui arrêterait la marche de Rome.

— Ça pisse dur, lança encore Murena, un sourire aux lèvres.

— Nous allons tout prendre à notre arrivée sur la première pente, ce qui risque de compliquer notre avancée. La masse est bloquée entre les monts, c'est parti pour durer.

— Puissent les dieux nous garantir un sauf-conduit quand leur royaume se soulage ainsi sur nous.

Ils rirent tous deux. Ofella aurait aimé laisser les dieux en dehors de tout cela. Depuis les événements de la guerre civile, il s'interrogeait sur le but précis des combats : préserver la République ou assouvir la volonté de Vénus et Fortuna ? Tout se mélangeait dans son esprit alors que les visions inspirées par Romanipleustès restaient vivaces.

Plus que tout, il pensait à Hortensia et Lucius. Après les brefs affrontements aux portes de Rome et les proscriptions, le légat avait beaucoup prié devant les petites figurines de bois représentant sa famille disparue. Malgré d'intenses recherches, Sylla était toujours sans nouvelles de ce renard de Caius Marius, contrairement à Publis Sulpicius qui avait eu la tête tranchée par un esclave de sa maison avide de toucher la récompense. Ofella en nourrissait une haine décuplée contre l'assassin des siens et se jurait de le retrouver où qu'il soit.

Marius allait réapparaître, il n'y avait aucun doute à ce sujet. D'autres présages faisaient peser une incertitude sur l'issue de la campagne. Trop concentré sur les batailles à venir, aucun Romain ne vit, à la lisière des sombres nuages, un bataillon de gouttes d'eau se réunir afin de dessiner, sur l'horizon, un troupeau de biches lancé dans une course entre les monts.

Chapitre 2

Chéronée – Grèce – Printemps 87 av. J.-C.

La traversée des montagnes du Pinde s'était faite sans embûches malgré le mauvais temps et le sentiment constant d'être épié. Sylla avait décidé d'accélérer la marche, si bien que l'armée ne mit que cinq jours pour passer en Thessalie, où elle put se ravitailler auprès des cités restées fidèles à Rome. Son avancée se poursuivit sur les vastes plaines thessaliennes jusqu'à Héraclée de Trachis.

De là s'ouvrait la route vers la Béotie à travers le mythique défilé des Thermopyles. Les légionnaires longèrent en silence la stèle qui rappelait le sacrifice du roi Léonidas et de ses Spartiates afin d'arrêter l'envahisseur perse. Ils purent voir, gravée bien en évidence sur une roche, l'épitaphe de Simonide : *Va dire aux Spartiates, passant, que nous reposons ici pour avoir obéi à leurs lois.*

Ofella stoppa son cheval et lut le grec à voix haute à ses hommes. Cette phrase l'avait tant marqué à la lecture d'Hérodote. Elle suscitait en lui des valeurs de bravoure, de sacrifice, mais aussi la leçon ultime de la mort au service du bien public. Hérodote l'avait passionné pendant sa jeunesse, au même titre qu'Aristote. La famille d'Ofella faisait partie des

135

plus vieilles lignées de Rome et, pour cette raison, il avait eu une éducation à la hauteur de ses glorieux aïeuls.

La maîtrise des auteurs anciens, furent-ils grecs, constituait un bagage culturel répandu au Sénat. Son rang nécessitait d'obtenir quelques savoirs en politique, en philosophie, tout en se formant à la lecture de la langue hellène. Ces connaissances théoriques avaient complété l'enseignement pratique reçu de son père.

Pour la première fois, il fut heureux d'avoir souffert de longues heures sur ces parchemins, dont les auteurs n'étaient pas aussi doués que Platon. Tout n'était pas vain et son savoir reposait, en partie, sur une vérité, un vécu. Le constater de ses yeux lui tira un sourire respectueux.

Chéronée se dressa bientôt sur leur chemin. La Béotie exposait de grandes plaines monotones sur des lieues à la ronde, au milieu desquelles trônait la petite cité. Ofella flatta l'encolure de son hongre et prit le temps d'observer ces quelques pierres entassées au sommet d'une colline : plusieurs fermes s'étaient réunies autour de la *tetrapyrgia*, construction fortifiée bordée par quatre tours, prête à accueillir habitants et bétail en cas de danger.

Un mur enserrait l'ensemble, auquel s'adossait un camp militaire quatre fois plus grand que la ville : Lucius Licinius Lucullus les y attendait avec sa légion.

La cible de cette mission, Athènes, ne se trouvait qu'à quelques lieues. Mais les embûches se multipliaient depuis leur arrivée sur les plaines : des sabotages réguliers handicapaient les chariots de vivres, à la plus grande inquiétude de l'état-major. Ofella y voyait un signe que des envoyés de Marius se cachaient au sein du cortège. Pourtant, l'objectif se rapprochait. En route vers le camp, le légat se dressa sur son cheval pour essayer de distinguer la riche cité attique sur l'horizon, sans succès.

Les retrouvailles furent chaleureuses, Lucullus avait accumulé boissons et victuailles pour le plus grand plaisir des soldats qui avaient marché à bon rythme. Mais quand les chefs militaires se retirèrent tous ensemble dans les quartiers de Sylla, la façade joyeuse se lézarda, laissant poindre les prémices de l'inquiétude.

— Athènes est bien tenue par nos adversaires, commença Lucullus en prenant place sur une banquette. Ils sont nombreux, leurs réserves en nourriture sont importantes, leur foi en Mithridate inébranlable. Le roi du Pont a envoyé plusieurs garnisons, sous le commandement d'un général expérimenté du nom d'Archélaos, afin de s'assurer la fidélité de la cité en cas de siège.

La situation apparaissait conforme aux craintes initiales : nul ne pouvait douter de la détermination de criminels capables d'assassiner, en quelques instants, plusieurs milliers d'Italiques.

Ofella avait entendu, en séance plénière du Sénat, le témoignage de rescapés de ce drame. Tous décrivaient un plan minutieux, une traque sans pitié et une exécution sommaire, qui au coin d'une rue, qui dans son lit, qui sous les yeux de ces enfants éliminés juste après. Ce récit avait beaucoup pesé au moment d'accepter de suivre Sylla dans cette nouvelle campagne. C'était avant la guerre civile. Avant la mort des siens.

Sa main frôla les empreintes de doigts cicatrisées le long de son cou et de son trapèze droit. La brûlure se réveillait à chaque songe d'une guerre homérique entre des animaux, des créatures fantastiques, des objets parfois ; il rêvait chaque nuit depuis son départ.

— Et quelle est la situation des autres cités attiques ? demanda Murena.

— C'est là que j'ai rencontré les plus grandes surprises : ces cités se sont retournées contre Rome, ont exécuté nombre des nôtres, mais demeurent sans protection. Il y a bien quelques milices, des magistrats retors, des murailles imposantes. Aucune d'elles ne veut négocier. Chacun de mes émissaires a trouvé, au mieux, porte close.

— Une cité influence-t-elle les autres ?

— Thèbes, c'est incontestable. Un certain Épaminondas le vieux, populiste et brillant orateur, se prend à rêver d'une carrière similaire à celle de son aïeul.

En des temps anciens, Épaminondas avait mené sa patrie contre les forces de Sparte et d'Athènes, qui tentaient de dominer les autres villes grecques. Il mourut au combat après avoir triomphé d'Athènes sur mer et de Sparte sur terre.

— Nous devrons résoudre ce cas rapidement et faire un exemple, conclut Sylla, péremptoire. Côté athénien, que peut-on attendre ?

— Rien qu'un siège long et éprouvant.

Cette information mit le consul de bonne humeur : les points blancs sur ses joues se déformèrent avec l'apparition d'un sourire.

— Rien qui ne puisse faire peur à Rome.

Tous se détendirent comme ils commencèrent à boire. De la musique adoucit leurs corps meurtris par cette longue chevauchée et ils profitèrent de la soirée, Ofella tout à ses pensées des batailles à venir.

La nuit tombée, Quintus Lucretius Ofella rejoignit ses légionnaires : Aulus Terminus, chef des éclaireurs, le fidèle Aulus Festus et le centurion Forgeus Spongius. Malgré les campagnes passées ensemble, le légat prenait plaisir à entendre ses hommes raconter leurs histoires de guerre, de vie et de mort, avec un recul et une réserve qu'ils prenaient tous pour une posture aristocratique.

À dire vrai, cette idée était fausse : les trois amis l'impressionnaient et quand il les écoutait, distillant questions et remarques pour montrer son intérêt, il se passionnait de toutes ces choses qu'il apprenait à leurs côtés. Ils l'accompagnaient depuis que, jeune aristocrate à peine déniaisé, il avait servi pour la première fois.

Le sentiment d'un attachement profond avec ses camarades se réveillait à chacune de ces communions secrètes où ils se réunissaient autour d'un feu à réécrire leur histoire comme celle de Rome. Leur lien était simple, hiérarchisé et direct.

Cette fois, ses réflexions prenaient le dessus sur son attention à la discussion qui opposait Terminus à Spongius sur le meilleur bouge de Dyrrachium, dont ils avaient fait le tour pendant deux jours. Ofella pensait aux siens, à sa vengeance. Il avait hésité à rester à Rome afin de poursuivre les assassins de sa femme et de son fils.

Un éclat de rire gras le ramena à la réalité. Il chassa le débat qui l'obsédait depuis les premières heures de la guerre civile : il avait fait le choix de servir la République plutôt que de mener une traque personnelle. Maintenant qu'il approchait de la mythique Athènes, Ofella ne pouvait plus reculer, faire son paquetage et rentrer à Rome.

S'il avait remarqué sa rêverie, Festus ne le questionna pas à ce sujet. Il préféra lui lancer, taquin :

— Bon, et si nous nous saoulions ?

— Je ne crois pas que ce soit une bonne idée, tempéra Ofella, le sourire aux lèvres.

— C'est la seule qui me vienne.

— À moi aussi, ajouta Terminus.

— La démocratie a parlé. Je vais chercher un pichet.

— Plutôt deux, rectifia Forgeus Spongius en passant ses mains sur ses cheveux blancs coupés court.

À la soirée succédèrent une nuit claire et un ciel sans nuages, constellés d'étoiles. Une brume recouvrit la tente d'Ofella : l'ombre des rêves, une manifestation magique qui le poussait à s'agiter sur sa paillasse.

Il imaginait une Athènes qu'il n'avait jamais vue. Ses murs gigantesques en faisaient un bastion imprenable. Des armées s'affrontaient sur les murailles, dans les rues, sur les marches des temples rongés par le feu qui gagnait chaque maison de bois, faisant de la cité un écrin brûlant.

Debout au milieu d'une allée encerclée par les flammes, Ofella ne se rappelait plus son arrivée en ce lieu. Seule demeurait en son cœur la force de la cité, son aura imposante héritée de la marche des siècles. Athènes devait être respectée. Incapable de se concentrer sur autre chose que le moment présent, le légat échappa au baiser flamboyant de poutres en bois qui s'écroulaient sur la petite rue.

L'avenue où il déboucha était le théâtre d'une bataille rangée : une ligne de béliers devançait des bataillons de cygnes en armures. Une nuée de chouettes et de gorgones avançait lourdement et maladroitement sur eux. Le choc des deux groupes provoqua le chaos aussi bien au sol que dans les airs.

Alors qu'un nuage de poussière était avalé par la fournaise, Ofella s'éloigna en courant, son attention tournée vers tout ce qui se déroulait autour de lui. Les temples d'Athènes crachaient un bestiaire fantastique dont il ne devinait pas la provenance. Des hordes de loups et de corbeaux émergeaient du temple d'Apollon, se ruant sur un escadron de chouettes en difficulté.

Le sol se consumait sous ses pieds et une chape de fumée s'abattait sur la ville, cachant chaque embranchement. Avec le bruit des combats tout autour de lui, les sens de Quintus Lucretius s'égarèrent à la recherche d'un phare auquel se raccrocher.

Une surprenante vision le tira de sa désorientation. Des volutes grisâtres se dégagea l'éclat d'un *paludamentum* solidement établi sur de larges épaules. En s'élançant, il reconnut la silhouette qui le portait : Sylla se tenait debout au milieu du désordre, équipé et prêt à se battre.

— Consul, lâcha-t-il en l'approchant pour attirer son attention.

— Te voilà. Nous allons pouvoir savourer cette victoire ensemble. Regarde.

Sans s'en rendre compte, Ofella se trouvait désormais sur une butte au côté du général, excroissance de terre qui dominait même le Parthénon pour offrir un panorama unique sur Athènes. La cité se consumait dans un mélange de combats et de flammes. Les statues avaient été mutilées, les temples s'écroulaient les uns après les autres.

Les dernières lignes de l'histoire de la légendaire cité de Thésée ; celle qui avait créé la culture de ce temps, celle qui avait abrité entre ses murs Périclès, Aristote, Hérodote ou Thucydide ; s'écrivaient en ligne de sang et de cendres.

— Comment a-t-on pu ? se lamenta Ofella, les larmes aux yeux.

— C'est la volonté des dieux.

— De quels dieux parle-t-on ?

— Ceux qui gouverneront l'Olympe et feront de nous leurs égaux. La Fortune est à nos côtés. Nous servons Vénus.

— C'est un prix trop cher à payer. Nous ne pouvons laisser faire alors que notre patrimoine se perd sous nos yeux.

— Tu n'es pas en position de l'empêcher, ajouta Sylla en se tournant vers lui.

Derrière ses pupilles bleues, les cornées de l'*imperator* prirent une teinte or éclatant. Un sourire carnassier se dessina sur ses lèvres avant qu'il n'empoigne Ofella et ne le jette de la petite colline.

Figé par la surprise, Quintus Lucretius heurta violemment une pierre saillante et pensa, un instant, à cet esclave libéré qu'il avait vu poussé du haut de la roche Tarpéienne. Quand il toucha le sol, le feu le gagna et lui soutira des cris d'agonie alors que son corps était grignoté, petit à petit.

Son réveil dans la sueur, le souffle court, témoignait de l'intensité de son rêve. Grâce à l'aube naissante, il crut distinguer la silhouette d'un vieil homme arc-bouté sur un bâton, mais quand il se mit debout afin de vérifier, Ofella ne trouva aucune trace de Romanipleustès dans l'enceinte du camp.

L'empreinte des doigts du vieil oracle le brûlait, de la vigueur de ce soleil à peine levé sur les plaines de Béotie.

Chapitre 3

L'armée romaine se remit en marche le matin même, droit sur son objectif. Lorsque Sylla ordonna de placer Athènes sous l'autorité consulaire, les légions furent séparées afin d'encercler la cité et dresser leurs campements : à Lucullus incombait la surveillance du Pirée, grand port de la ville et point stratégique du ravitaillement ; à Ofella et Murena revenaient les murailles nord, les plus longues, celles où les *speculatores* seraient susceptibles de trouver une faille ; au général lui-même le camp face aux portes principales.

Les légionnaires commencèrent aussitôt à s'installer. D'abord ils organisèrent les camps, montèrent les tentes. Et sous l'impulsion de Marius Spurius Catulus, ils entreprirent de creuser un fossé et d'ériger un mur qui les protégeraient de la ville. Coupée ainsi des plaines, Athènes ne devrait qu'aux caprices de la mer Égée ses possibilités de recevoir des vivres.

Debout sur le rebord de la tranchée étayée, la main posée sur la poignée de son glaive, Ofella contemplait la cité fortifiée dont il avait rêvé. La muraille défensive n'impressionnait en rien : elle céderait avec un peu de temps et de travail. Depuis la première destruction de l'enceinte sur ordre de

143

Philippe, ancien roi de Macédoine et père d'Alexandre le Grand, la ville n'avait jamais eu les moyens ni le besoin de construire un rempart infranchissable. Le légat, déçu de la faiblesse de l'ouvrage défensif, gardait bon espoir de découvrir encore les richesses de l'Acropole.

Sa vision de la nuit passée le hantait : leur général comptait-il vraiment détruire l'une des capitales historiques de la culture hellène ? Comme de nombreux membres de l'aristocratie romaine, Ofella avait été éduqué à l'aide des anciens textes grecs. Ces sources constituaient une base d'apprentissage commune, un *habitus* similaire à tout l'empire républicain. Et Quintus Lucretius appréciait les auteurs antiques, particulièrement Platon, Hérodote et Thucydide.

Certes Athènes avait trahi la puissance romaine et devait être châtiée en conséquence, mais pouvait-on traiter de la même façon une cité riche d'histoire et le premier bourg venu ? Dans sa carrière d'officier, il avait déjà vu des villes pillées. Beaucoup de légionnaires suivaient leur général non par idéal, mais dans l'espoir de constituer un pécule suffisant à une vie décente. Quoi de mieux que de se payer sur les vaincus ?

Cette réalité lui échappa comme des archers se montraient au sommet des murs. Il se réceptionna dans la fosse alors que des flèches tombaient çà et là afin de ralentir l'avancée des travaux.

Sa marche à couvert l'amena jusqu'à deux camarades en grande discussion : Aulus Festus et Forgeus Spongius échangeaient vivement. Il les laissa à leur débat sur l'installation de pics de bois le long du rebord de la tranchée et traversa son camp de base. À ses abords, l'habituel cortège des civils s'établissait dans un joyeux désordre au milieu des arbres verts et des oliviers en pleine production sous un soleil de plomb.

Prostituées, cavistes aux fûts montés sur chariots, tailleurs de pierre, vendeurs d'étoffes, ils reconstituaient un semblant de ville en pleine campagne. Pour les légionnaires, cet assemblage représentait un bout d'Italie qui les aurait suivis. Il trouva, au milieu de ce tumulte, le marchand Démétrios en train d'installer des étals devant sa charrette. Il s'approcha et demanda les rouleaux de l'*Histoire de la Guerre du Péloponnèse* de Thucydide.

Le Grec les vendit sans un mot. Ofella regrettait de ne pouvoir échanger avec le muet sur de tels trésors : faire commerce de tant de belles œuvres nécessitait de les avoir lues. Son retour à sa tente se fit dans de grandes réflexions. Ouvrant un rouleau, il tomba sur le passage qu'il cherchait après avoir parcouru quelques lignes. Il le lut à voix haute, pour lui-même :

« Athènes n'était plus une cité, mais une forteresse. Pendant le jour, les Athéniens montaient à tour de rôle la garde aux créneaux ; la nuit tous sauf les chevaliers étaient de faction ; les uns dans les différents postes, les autres sur les remparts ; été comme hiver, ils faisaient ce dur service. Ce qui les accablait surtout, c'était d'avoir deux guerres à mener simultanément. Pourtant les Athéniens déployaient une volonté de vaincre qui auparavant eût semblé incroyable.

Qui eût cru qu'assiégés par les fortifications des Péloponnésiens, non seulement ils n'abandonneraient pas la Sicile, mais qu'ils riposteraient de la même manière en investissant Syracuse, ville aussi importante qu'Athènes ? Tant de puissance et d'audace déconcerta les Grecs ; au début de la guerre on pensait que la ville résisterait un an, deux ans, trois au plus aux invasions des Péloponnésiens. Et voilà qu'au cours de la dix-septième année après la première invasion, les Athéniens étaient venus en Sicile, bien qu'ils fussent complètement épuisés par la guerre. »[7]

Voilà peut-être ce qui les attendait. Ofella leva les yeux et regarda l'assemblage de civils, de légionnaires et les murs de la cité d'où partaient flèches et cailloux. Il se vit en meneur péloponnésien face à Athènes, imagina un siège long de dix-sept ans et hocha la tête, avec l'espoir d'en chasser le spectre.

Malgré quelques tentatives de sortie de leurs ennemis pour briser le rythme de travail, les Romains eurent tôt fini leur œuvre. Et au pied des murailles, d'où quelques archers tiraient des traits isolés afin de terrifier les troupes, Sylla devait attendre.

Il se montra patient et généreux avec ses hommes. Bon vivant, il fit profiter chacun de ses plaisanteries. L'*imperator* parcourut régulièrement le camp en compagnie de Lucullus et Ofella afin d'imposer sa conviction à tous : Athènes allait tomber. L'automne commença et, avec lui, mourut l'espoir d'une fin rapide du siège, avant l'arrivée de la rude saison froide.

Les paysans alentour fournissaient le nécessaire à entretenir ce gigantesque corps d'armée qui s'animait sous les murs de la cité. Il faudrait trouver de nouvelles sources d'approvisionnements en vue des mauvais jours, car l'hiver approchait et tarirait ces livraisons de proximité.

---

7 Thucydide, *Histoire de la Guerre du Péloponnèse, livre 7*, trad. Jean Voilquin.

Ofella incitait ses hommes à travailler ensemble, convaincu que son groupe cosmopolite – issu de toute l'Italie – ne pourrait bien combattre qu'en se connaissant parfaitement. Ils commencèrent à jardiner, échangèrent leurs techniques de culture, purent encore tirer de terre quelques légumes avant le froid. Il s'amusait de constater que ces soldats, réputés dans le monde pour leur art de la guerre et leur soif de sang, s'entendaient à merveille et auraient pu tout aussi bien s'installer en Béotie afin de prospérer.

Mais le tribun ne devait pas perdre de vue la raison première de la présence des hommes au sein de l'armée : l'argent, celui des pillages, celui de la solde. Il ne pouvait imaginer Athènes, glorieuse cité de la culture hellénistique, tomber et être offerte aux saccages. Il se promit d'en parler à Sylla en tête à tête. Mais d'autres éléments occupaient actuellement l'*imperator*. La solde en faisait partie.

Bien entendu, les légions avaient emmené de quoi frapper suffisamment de monnaie pour subir un exil long de plusieurs mois. Mais plus le siège durerait, plus les réserves commenceraient à baisser et tous les légionnaires se tenaient au courant de la situation.

En plein froid, les caisses vides, comment la troupe allait-elle réagir ? Sylla n'avait rien d'un idéaliste et savait qu'il risquait une mutinerie sans une paie régulière. Les racontars qui couraient dans le camp ne l'aideraient en rien : en effet, plusieurs sources indiquaient que Rome serait retombée aux mains de Marius.

Sylla avait envoyé un messager mesurer la véracité de cette médisance. Il attendait, ou plutôt espérait, une réfutation rapide. Difficile de juguler la rumeur car, à part quelques brèves tentatives de sorties athéniennes, il ne se passait rien. Un terreau merveilleux pour les ragots de toute sorte.

Le temps s'écoula, les rares combats s'espacèrent encore comme les feuilles formaient un tapis protecteur tout autour d'Athènes. Cette couverture s'étendait sur les plaines de Béotie en attendant l'hiver. Le camp principal des Romains devenait peu à peu une petite ville voisine de la cité. Autour de la tente du général, les soldats avaient bâti une enceinte de bois de près de mille trois cents mètres de long sur mille deux cents de large. Un imposant fossé hérissé de *cervis*, des pieux taillés et plantés pour ralentir tout assaut, en limitait l'accès.

Convoqués par Sylla, Ofella et Murena patientaient devant le pavillon de toile blanc représentant le *cardo*, centre des allées nord et sud, qui structurait le camp. De long en long, des feux de cuisson gagnaient en vigueur alors que le jour se levait, triste et pluvieux. Drapés dans des capes de laine, ils attendaient l'invitation de leur général à le rejoindre.

Ils battaient du pied avec leurs *caligae*, les sandales des légionnaires qu'ils avaient bourrés de tissus afin de se préserver du froid. Quand ils furent introduits auprès de Sylla, la chaleur les enveloppa bien mieux que leurs vêtements et la tension quitta peu à peu leurs corps.

Penché sur une carte de la cité résistante, le général apparaissait fatigué. Les taches rousses de ses pommettes disparaissaient dans la laiteuse pâleur de sa peau. Même son armure perdait de son éclat malgré les braseros alentour, qui rehaussaient les tentures pourpres et orange décorant les murs.

— Comment vont vos hommes ? demanda-t-il sans préambule.

— L'oisiveté pousse à l'échange et le moral n'est pas égal, l'informa Ofella. Pour l'instant ça va, mais le siège va durer longtemps.

— Justement. Avec le froid qui guette, j'ai bien conscience de ce qui risque de se passer. Je veux vous confier, à tous deux, une mission prioritaire.

— Ordonne et nous obéirons, firent les légats en chœur.

— Nous nous exposons à plusieurs risques : le manque d'or et la carence en bois de chauffage. Je veux y pallier. Vous prendrez avec vous deux centuries et vous irez à Thèbes exiger de la cité sa loyauté. Qu'en échange, elle nous livre du bois, c'est après tout sa grande spécialité. Puis vous vous rendrez à Épidaure demander au grand prêtre de l'or.

À Épidaure ? Le duo savait ce que cet ordre impliquait : ils allaient peut-être devoir piller le trésor du temple sacré d'Esculape, haut lieu de la médecine grecque.

— Et si ces deux villes refusent de nous apporter leur concours ? demanda Murena.

— Je préférerais que ça n'arrive pas. Soyez *persuasifs*. Je veux que vous donniez aux Grecques l'image de soldats venus rétablir l'ordre et la justice. Faites ce que vous pourrez pour conforter cette image, qu'elle se propage dans toute la péninsule.

— À vos ordres.

— Tu as tes ordres, Murena. Laisse-nous un moment. J'ai quelques mots à dire à Quintus.

Maintenant seuls, le consul et son légat pouvaient se parler sans le poids de la hiérarchie. Ofella apprécia cette marque de confiance et songea à évoquer le sort d'Athènes en cas d'issue positive du siège. Son supérieur ne lui laissa pas le temps d'aborder la question.

— Le messager est revenu cette nuit. Rome appartient à nos ennemis et Pompeius Rufus est mort assassiné.

Lucius Cornelius Sylla contourna la table où se trouvait la carte et vint se camper devant son officier. Une étrange lueur brûlait dans ses yeux, semblable à un incendie balayé par le vent qui résistait avec grande peine aux bourrasques. En serrant le poing, le consul fit craquer ses phalanges.

De son côté, le légat n'en croyait pas ses oreilles. Après avoir sauvé de justesse la vie du consul désigné, l'avoir conduit en lieu sûr à Capoue, il ne pensait pas apprendre sa mort si vite. L'ouvrage chèrement travaillé s'effondrait, sans moyen de le remettre sur le métier.

— Comment est-ce possible ?

— Certains de nos partisans ont tourné casaque. Marius est de retour et réclame vengeance. Ton ami Cnaeus Papirius Carbo mène cette trahison.

Même s'il connaissait les accointances de son plus proche ami, Ofella reçut la nouvelle comme un choc. Il avait milité pour que Carbo survive au moment des proscriptions, le présentant comme un politicien dont le camp conservateur pourrait avoir besoin. Mais le politique était devenu homme d'action. Cette prise de position, qui signait la rupture définitive de leur amitié, le peina.

Quant à Marius, il n'aurait pas à aller le traquer dans le terrier où il s'était caché en lâche. Bientôt, Quintus Lucretius accomplirait sa vengeance.

— Je t'assure que je te suis fidèle, répondit Ofella, conscient que la trahison de son ami le mettait dans l'embarras.

— Je le sais. Je t'ai confié la mission la plus importante de ce début de campagne. Ne me déçois pas et garde ces informations. Je ne l'annoncerai que si tu nous ramènes ce qui est nécessaire à notre survie.

— J'accomplirai mon devoir.

Après un dernier salut, ils se séparèrent, l'un prêt à partir, l'autre l'esprit de nouveau absorbé par le siège qui durait.

Un linceul de feuilles recouvrait la terre entrée en hibernation, signe annonciateur de l'hiver. Il craquait sous les pas des légionnaires en train de quitter le camp. Le vent soufflait fort. Chaque membre des deux centuries se protégea comme il put, l'un en resserrant sa cape, l'autre en utilisant son bouclier afin de s'abriter des assauts de l'automne. Les lignes massives d'Athènes disparurent de leur sillage et un paysage de mort s'y substitua : la blancheur du gel tamisait des bois où il ne restait plus le moindre arbre debout.

Par cette saison, Ofella crut parcourir à cheval une plaine de désolation balayée par les éléments, sentit le poids d'un climat anormalement rude et inhospitalier. Son moral comme celui de toute la cohorte en prit un coup.

La Grèce avait une réputation fort agréable auprès des touristes italiques, mais le mauvais temps, l'impression que chaque rafale de vent s'insinuait comme dans une vallée forgée par les bourrasques, annonçait à Ofella un hiver détestable. Il ignorait qu'il se trouvait encore loin de la vérité.

Pour l'instant, les hommes cheminaient sur une piste de boue séchée. La progression de la colonne vers Thèbes se fit rapide et sans embûche. Les éclaireurs ne signalèrent aucun danger, aucune troupe suspecte. En début d'après-midi, les Romains arrivèrent devant leur objectif.

La patrie de Cadmos et d'Œdipe le tourmenté n'avait plus que l'ombre de son prestige passé : de la fière opposante à la tyrannie spartiate, il restait des cendres froides et oubliées. Thèbes avait été rasée par Alexandre le Grand, ce qui avait scellé la fin de sa gloire. Les murs de la ville gardaient des témoignages de ces temps troublés.

Le roi de Sparte Agésilas et Alexandre lui-même s'étaient tenus au même endroit qu'Ofella alors que sa troupe progressait vers l'entrée principale. Qu'avaient-ils imaginé à ce moment ? Détruire Thèbes ? L'asservir ? Ou comme le légat, eurent-ils une pensée pour Épaminondas, ce général thébain qui avait vaincu Sparte et Athènes avant de mourir au combat, laissant sa patrie orpheline de son champion, mais sauvée de toute domination ?

Face à la grande porte à double battant de la cité, Ofella et Murena s'avancèrent sur leurs montures. Les légionnaires restèrent en arrière, prêts à agir, guettant les Thébains installés sur les murs.

D'une voix forte, Ofella dit :

— Je suis Quintus Lucretius Ofella, légat de la deuxième légion sous le commandement du consul Lucius Cornelius Sylla. Je viens en paix rencontrer les dirigeants de votre cité.

Ils s'arrêtèrent à quelques pas du portail vouté et sans ornements. Les chevaux ne marquèrent aucune irritation malgré le temps qui s'éternisa. Silencieux, Quintus échangeait des regards soucieux avec son collègue.

Mais les portes s'ouvrirent au passage d'une délégation. Cinq citoyens reconnaissables à leurs tuniques couvertes, aux épaules, par un himation fermé d'une broche d'argent s'avancèrent vers eux. Le plus vieux, un homme chauve au visage ridé traînant un pied bot, se présenta :

— Mon nom est Épaminondas de Thèbes, je suis le doyen de la Boulè de la cité. Que pouvons-nous faire pour vous ?

Ofella pensa aux paroles de son collègue Lucullus sur cet homme qui se rêvait meneur d'une révolte en Grèce. Pourtant, le fait qu'il se présente en personne indiquait une volonté de conciliation.

L'assemblée des citoyens de Thèbes avait fait le choix d'envoyer une délégation aux troupes romaines. Aucun d'eux ne devait désirer que le siège ne se déplace d'Athènes aux portes de la Cadmée. Quintus Lucretius interpréta cette décision comme une marque de respect et comme une volonté de discuter. Ce qui le poussa à jouer franc jeu.

— Mon général n'est guère satisfait de la participation de Thèbes aux massacres orchestrés par Mithridate. Il souhaite savoir où se place la loyauté de votre cité.

Les Thébains échangèrent quelques paroles, conscients de l'accusation portée froidement : Rome ne se montrait pas clémente envers ceux qu'elle croyait convaincus de trahison. Épaminondas revint vers lui, le visage sévère, avec la gravité de celui qui remplit un rôle important.

— Je peux vous assurer que nos citoyens n'ont pas participé aux massacres qui ont eu lieu. C'est l'œuvre de quelques agitateurs que nous sommes prêts à livrer à la justice de la République. Laissez notre assemblée vous recevoir et nous vous prouverons notre soutien indéfectible.

Après avoir échangé un regard avec Murena, circonspect, Ofella accepta l'invitation. Confiant à Aulus Terminus la direction des troupes qui devraient bivouaquer devant les portes, il demanda à Festus et au centurion Forgeus Spongius de les accompagner.

La délégation les précéda dans la rue principale. Ofella avait déjà participé à de nombreuses ambassades au cours de sa carrière et il comprit aussitôt que Thèbes ne voyait pas d'un bon œil l'arrivée de sa troupe : les habitants se terraient chez eux et les magasins avaient tous fermé leurs portes.

Cette ville vivait dans une peur que chaque visiteur pouvait sentir. Les feuilles mortes portées par le vent se comportaient comme des vautours. Elles tournaient autour du cortège avant de poursuivre leur route, déçues de n'y trouver que des vivants. L'aura de la Cadmée, la citadelle au cœur de la cité, étendait une ombre sur les rues désertées.

Ofella se sentait mal à l'aise et sa cicatrice au cou le faisait souffrir. Le centurion Spongius, à sa droite, l'était tout autant, car il conservait la main posée sur la garde de son glaive.

Faisant mine de ne rien remarquer, Épaminondas se glissa aux côtés des deux légats :

— N'interprétez pas ce que vous voyez comme un aveu de culpabilité. Notre peuple tremble devant la colère bien connue de Rome.

Étonné, Murena prit le premier la parole.

— Pourquoi nous craignent-ils ainsi ? Nous vous avons assurés de notre protection si vous ouvriez les portes.

— Ils craignent ce que vous représentez.

— C'est-à-dire ?

Ne montrant aucune hésitation, le Thébain s'exprima sur ce qu'il pensait être la vérité.

— Chez vous, une différence existe entre les Romains de naissance et vos alliés de quelque origine qu'ils fussent. Vous n'avez pas les mêmes droits. Pour l'avoir déjà vécu, j'ai constaté un certain mépris des vôtres envers ceux que vous appelez avec dédain « vos alliés ». Une guerre leur a octroyé récemment des droits, au prix du sang. Ici, les gens se sentent égaux. Il y a différentes conditions, un ordre établi, mais chacun peut espérer s'élever ou craindre de chuter. Vous représentez un autre système à nos yeux, un système qui nous fait peur.

— Il n'y a aucune raison d'avoir peur, nous sommes là pour vous permettre de retrouver votre vie précédente.

— L'Hispanie, Carthage ou la Numidie sont là et témoignent du contraire. Vous écrasez ceux dont vous venez à bout. C'est votre qualité que de vous imposer dans le temps en construisant un superbe empire qui égalera bientôt celui d'Alexandre. Mais c'est aussi votre pire défaut aux yeux des gens que vous avez autour de vous, car ce nom est funeste pour notre cité.

Ils furent amenés à l'amphithéâtre abritant l'assemblée des citoyens. Les statues d'Amphion et Zéthos, créateurs de la cité basse de Thèbes, en gardaient les portes. La première jouait de la lyre, l'autre poussait en trompe-l'œil le mur afin d'ouvrir la scène aux visiteurs.

Les rangs clairsemés tirèrent à Ofella une remarque cinglante qu'il glissa à Murena :

— Ce sont des sages qui gouvernent aux fantômes, à moins que ce ne soit l'inverse.

Prenant les devants, Épaminondas monta sur scène et présenta la délégation romaine avec emphase. Cette arrivée ne suscita pas un enthousiasme particulier.

Certains regards observèrent Ofella avec méfiance quand il grimpa à son tour sur l'estrade. Un instant, sa marque au cou le brûla avec intensité. Le légat songea alors à sa mission et sut qu'il allait devoir choisir entre deux approches : soit il menaçait Thèbes de représailles suite aux massacres des Italiques, soit il tentait de se faire des alliés dans l'assemblée.

Il décida vite.

— L'*imperator* Lucius Cornelius Sylla adresse ses sincères salutations à la cité de Thèbes. Il regrette de ne pouvoir être présent, mais la guerre le retient et il sait qu'un peuple au passé militaire illustre pourra le comprendre et l'accepter.

Le compliment surprit les Grecs qui se tinrent prêts à entendre un discours bien plus positif qu'une harangue sur le droit bafoué des Romains et la nécessité de faire réparation. Non sans un certain calcul politique, Ofella remonta le fil de l'histoire d'amitié et de loyauté qui unissait depuis longtemps Rome et Thèbes.

Habile au moment de la transition, il précisa que la mort des Italiens devait être le résultat de la trahison de quelques-uns et qu'il ne doutait pas que la cité ferait arrêter les coupables.

Enfin, il en appela au maintien de cette relation :

— Rome a besoin de votre aide afin de faire plier un ennemi de longue date. Athènes la perfide s'est liée à notre plus grand adversaire. Vous ne pouvez pas rester sans rien faire devant cette injustice. Nos légions se préparent à un long siège et l'hiver vient. Si nous tenons, l'adversaire sera vaincu avant l'été. Et nous n'oublierons pas ceux qui nous auront apporté appui et matériel.

Les représentants virent là l'occasion de rattraper leur erreur première : soutenir Mithridate dans son projet fou de tuer les Italiques, afin de rendre leur liberté aux cités grecques sous son patronage. La présence de l'armée romaine à leurs portes les obligeait à se racheter, aussi ils montrèrent beaucoup de gratitude à Ofella de leur offrir cette opportunité.

Poussé par les siens, Épaminondas monta sur l'estrade à son tour et s'adressa directement aux légats :

— Je crois parler au nom de tous en affirmant que Thèbes vous soutiendra dans ce dur combat. La cité s'engage à fournir ce dont vous aurez besoin.

— Thèbes est connue dans le monde entier pour la qualité de son bois, rétorqua Murena avec mesure.

— Et Thèbes est prête à en fournir à son plus proche allié ! Considérez la chose faite.

— Nous vous en remercions.

— Afin de sceller le renouvellement de notre amitié, je vous propose de régler les derniers détails techniques autour d'un repas dans ma demeure, offrit le doyen des représentants.

Cette fois encore, Murena attendit la confirmation d'Ofella avant de répondre : tous deux savaient que la mission n'était pas terminée, mais ils ne pouvaient faire l'impasse sur une grande tradition méditerranéenne. Un signe de tête suffit :

— Nous vous suivons.

CHAPITRE 4

Une large procession les accompagna jusqu'à la résidence d'Épaminondas. Les citoyens de Thèbes marquaient à
leur manière leur satisfaction de l'arrangement trouvé. Le
vieil édile occupait une grande demeure proche de la
Cadmée. Avant d'entrer, les Romains assistèrent au sacrifice
rituel d'une vache dont le partage, au repas, scellerait l'accord. Ofella, habitué aux codes très stricts de la religion romaine, s'étonna de la simplicité de la cérémonie.

Le festin commença dans l'allégresse. Une large salle de
réception accueillait les convives et le vin coulait déjà à flots.
Des domestiques puisaient de longues cuillères dans des
cratères, de grands vases ouverts à double poignée, et
servaient les invités sans mesure. Les relations se réchauf-
faient à chaque gorgée supplémentaire. Les premiers plats
arrivèrent.

Du centurion Spongius jusqu'au doyen Épaminondas,
tous mangèrent avec plaisir et sans retenue afin d'entériner
l'amitié romano-thébaine.

Le représentant de la Boulè s'entretenait constamment
avec Ofella dont il semblait apprécier la compagnie. Il en
était de même pour le légat qui ne pouvait nier l'esprit
brillant et vif du politicien. Tous deux venaient d'être les
artisans d'une paix retrouvée pour la cité et ils ne s'en

cachaient pas. En politique, un vrai repas concluait les meilleurs accords.

— Maintenant, quel est votre objectif ? demanda Épaminondas.

— Trouver de l'or afin de battre monnaie, ce qui permettra aux légions de continuer à toucher leurs soldes. Puis tenir le siège.

Installés contre le grand mur de la pièce, des aulètes tentaient de dominer le bruit par une mélodie entêtante. Cherchant à obtenir quelques renseignements, le maître de maison poussa la discussion sur ce terrain.

— Une épreuve longue et difficile que voilà, alors qu'il se murmure que Rome est en proie aux troubles.

L'information circulait donc rapidement. Ofella retint cette donnée : elle signifiait que les prochaines négociations pourraient s'avérer plus complexes.

— C'est à cause de cette agitation que nous ne pouvons rentrer avant de gagner.

— Mais Sylla a déjà vaincu ses adversaires politiques par les armes et il pourrait être tenté de rentrer, ramener l'ordre…

— … vous laissant seul avec le soutien que vous venez de nous accorder, sans protection contre le courroux du grand roi Mithridate. Ce n'est pas ce qui se passera. Vous avez ma parole.

Épaminondas attrapa une cuisse de chevreau et l'engloutit consciencieusement avant de reprendre, toujours sur le ton de la conversation.

— Je n'étais pas d'accord avec ceux qui pensaient que le parti de Mithridate était le meilleur. Je ne le suis toujours pas.

— Alors, pourquoi ne pas avoir ouvert les portes aux hommes du légat Lucullus quand ils se sont présentés ?

La réponse du vieil édile ne se fit pas attendre.

— Ni le tyran ni le légat ne sont venus en personne pour obtenir le soutien de Thèbes. Vous comprenez maintenant pourquoi nous sommes ravis de vous avoir dans nos murs, ajouta-t-il avec un petit sourire espiègle. Il eut été dommage que le général de Mithridate vienne le premier.

— Nous allons le vaincre et cela vous donnera raison, plaisanta Ofella.

Les deux hommes rirent de bon cœur et continuèrent de longs instants leurs échanges sur la politique. Ofella se fit ainsi une idée plus claire sur la situation des villes proches. Beaucoup avaient suivi Athènes au moment d'appuyer Mithridate, mais les massacres avaient eu lieu sous l'impulsion de quelques extrémistes, car les décideurs hésitaient à trahir Rome.

Ce calcul pouvait bénéficier aux légions qui n'auraient aucun mal à trouver des soutiens et à se voir fournir vivres et matériels. Ces données bien intégrées, Ofella fut content d'avoir accepté la proposition de déjeuner, car il aurait beaucoup à apporter à Sylla, à l'issue de sa mission.

Après trois heures d'une orgie de saveurs, le repas touchait à sa fin. Les premiers citoyens thébains quittaient les lieux et remerciaient chaleureusement les deux légats. Ofella remarqua à cette occasion que son collègue Murena tenait parfaitement l'alcool pour son jeune âge.

Le Romain se satisfaisait de ce succès, le premier en terre grecque. Il pria les dieux et les ancêtres pour que le siège à venir soit court. S'isolant quelques minutes dans une pièce attenante à la réception, Quintus étala ses petits personnages de bois sur une table et cita leur nom comme on récite une prière : Lucius, Hortensia, Gnaeus son père, Domitilla sa mère, Spurius son grand-père. Il prit un long moment pour se remémorer un souvenir concernant chacun d'entre eux.

Alors qu'il venait de raccompagner certains invités, Épaminondas se mit à sa recherche et découvrit la scène. Très attaché à la famille, il respecta ce moment d'intimité et s'assura que personne ne le dérange. Puis il lui proposa de le suivre dans son bureau pour finaliser les quantités de bois nécessaires aux légions et les périodes d'acheminement.

Ensemble, ils montèrent à l'étage, marchant devant quelques peintures murales évoquant les grandeurs passées et actuelles : la bataille de Leuctres où Épaminondas avait défait une coalition menée par Athènes avant de périr ; Alexandre le Grand gigantesque devant une petite cité thébaine ; l'art du bois sous toutes ses formes. Ils longèrent également une statue d'Artémis nue avant de prendre l'escalier.

Un esclave leur ouvrit la porte de la pièce et le doyen des députés précéda Ofella en claudiquant en raison de son pied bot. Le légat était d'excellente humeur et comptait bien interroger son hôte sur son aïeul au sujet duquel il avait tant lu. Pénétrant dans la salle à son tour, il fut surpris de tomber nez à nez avec un vieillard qu'il ne connaissait que trop bien.

— Romanipleustès !

Un couteau apparut aussitôt dans la paume d'Ofella, prêt à tuer son agresseur d'hier. Le vieillard dressa son bâton de marche afin de se défendre. Ce geste eut un effet immédiat sur Quintus : il porta ses mains à son cou, immobilisé par l'intense brûlure. Tombé à genoux, le malheureux soldat tentait de contrôler la douleur qui le torturait, témoin impuissant d'un regard entendu entre son agresseur et son traîtreux hôte.

Sa trachée se contracta jusqu'à l'étouffement. À la recherche d'un peu d'air, il s'allongea et leva la tête.

— Tu es plein de contradictions, fils de la Louve : tu ne cesses de me chercher et, quand tu me vois, tu veux en finir si vite !

Si les yeux d'Ofella avaient pu sortir de leurs orbites pour assassiner l'augure, ils y auraient pris un grand plaisir. En attendant, ils dardaient sur lui deux poinçons bruns prêts à jaillir.

— N'oubliez pas pourquoi nous sommes là, sermonna Épaminondas.

— Si les réjouissances sont terminées, rétorqua Romanipleustès, je vais nous y conduire.

La brûlure mourut aussi vite qu'elle était apparue, laissant Ofella vidé de toutes forces, allongé sur le sol. Sa respiration revint peu à peu à la normale, mais il ne décolérait pas. Dans un effort qu'il sentit à travers chaque muscle de son corps, le légat releva son torse et regarda son adversaire dans les yeux.

— Vous n'irez pas loin si vous espérez m'enlever. Mes soldats sont en bas. Et Sylla attend mon retour. Thèbes risque jusqu'à son existence.

— Ne t'inquiète pas, mon ami, fit le vieil homme. Épaminondas gagnera le temps nécessaire. Là où je t'emmène, personne ne pourra venir te chercher.

Le bâton de marche s'abattit avec violence sur la tête du Romain qui tomba inconscient.

Le coup plongea Ofella dans un rêve étrange, perturbant. Assis sur un trône de pierre partiellement détruit, il glissait sur les nuages, loin au-dessus du sol. Pourtant, cette terre sous ses pieds n'était pas la sienne. Il y percevait des différences qu'il ne sut exprimer. Les mots lui manquèrent. Puis l'attention. Puis la conscience.

La poussière envahissait chaque recoin et saturait l'air. Quand Quintus se réveilla, allongé, face contre le sol de marbre, il toussa violemment, soulevant un nuage qui agressa ses yeux à peine ouverts. De nombreux gravats piquaient sa joue, ses paumes, ses avant-bras. Autour de lui, des échos de pas s'éloignaient puis revenaient à un rythme régulier. Les éclats de voix d'une dispute retentissaient, néanmoins son esprit n'en comprenait pas les tenants. Il tenta de se relever. Son corps refusa d'obéir.

L'effort lui soutira un râle, mais il tourna sur lui-même et se retrouva à observer le plafond. Ou plutôt le ciel. Non, c'était plus imposant que cela : un astre volait au-dessus de lui, comète prête à s'écraser sur l'endroit où il se trouvait. Dans un réflexe, il protégea son visage et attendit. Mais rien. L'impact n'arriva jamais.

La peur lui redonna de l'énergie. Ses bras le soutinrent quand il s'assit. Le légat constata son transport du bureau d'Épaminondas à un temple en ruine. Les colonnes qui délimitaient l'édifice portaient les marques caractéristiques de la guerre et du temps qui passe : pierres noircies, pans brisés gisant çà et là, fissures arborées comme des cicatrices.

Même le marbre se lézardait et les sillons couraient jusqu'à un trône de pierre qu'Ofella reconnut aussitôt : c'était celui de son rêve, son transporteur vers ce mystérieux endroit. Mais il était occupé par une frêle femme d'une pâleur maladive, qui devait le dépasser de trois têtes au moins, à travers laquelle il pouvait voir le dossier à moitié arraché.

Son rétablissement avait stoppé les allées et venues d'un cerf majestueux qui le surveillait à présent d'un regard noir. La dispute qui opposait Romanipleustès à la femme s'interrompit également. Voir l'augure à nouveau provoqua le courroux du soldat.

— Vil ancien ! Traître ! Tu préfères utiliser tes tours plutôt que de m'affronter face à face. Viendra le temps où tu ne pourras plus fuir et bientôt, je te tuerai de mes mains.

La tirade produisit son effet dans la maigre assistance : le vieil homme prit un air embarrassé alors que la pâle dame le foudroyait de son regard sans vie. Le cerf, percevant l'agressivité d'Ofella, gratta le sol de son sabot en signe de défi.

Mais le Romain fut vite rattrapé par l'étrangeté des lieux, des êtres présents, ainsi que par la crainte de cette gigantesque sphère suspendue au-dessus de sa tête. La femme spectrale fut la première à le remarquer, elle qui se cramponnait à son siège comme si le vent menaçait de l'emporter :

— Vous ne risquez rien ici, Quintus Lucretius Ofella.

— Vu ce qui m'entoure, rétorqua le légat en fixant intensément Romanipleustès, permettez-moi d'en douter.

Les doigts évanescents de la reine ressemblaient à des serres. Quand elle lâcha les accoudoirs de son trône, ses griffes se jetèrent en avant. Pourtant, elle ne se soucia pas du Romain et s'en prit de nouveau à l'oracle qui fut plaqué contre le mur, du sang s'écoulant de sa gorge étreinte.

Quand il essaya de se justifier, Romanipleustès ne parvint qu'à émettre un grognement étouffé couvert par la voix du spectre, qui paraissait de plus en plus réel :

— Je t'avais demandé d'en faire un ami, mais il pose sur toi un regard avide de sang, comme moi actuellement. J'aurai mieux fait de choisir un champion de la trempe de Léonidas ou de Thémistocle. Non, je suis allée te chercher, je t'ai rendu une enveloppe charnelle et voilà comment tu me remercies ? En ruinant mes plans !

Le cerf se retourna pour observer la scène et Ofella fixa avec attention Romanipleustès entre les bois de l'animal : même si l'augure ne pouvait plus parler, il gardait toute sa réactivité, son bâton de marche bien en main. Il attendait juste que la colère passe, ni indifférent, ni craintif, habitué peut-être à ce traitement.

Quand l'étreinte se relâcha, Romanipleustès retomba sur ses pieds et contre-attaqua aussitôt.

— Peu importe mes méthodes : il est là ! Accomplissez votre part et nous verrons si votre ton obséquieux fonctionnera mieux.

La femme hésita à le frapper, se renfrogna, puis se tourna vers Ofella qui observait la scène avec de gros yeux ronds, ne comprenant rien à cette opposition dont la signification lui échappait. Toutefois, le légat ne perdait pas son sens du combat : le cerf se déplaçait afin de couper toute fuite et il fit quelques pas de côté pour le garder dans son champ de vision.

Cette fois, le fantôme s'approcha de lui, récupérant un peu de consistance. On ne pouvait plus voir à travers lui et sa taille diminua jusqu'à ce que son visage se retrouve à hauteur de celui de Quintus Lucretius. Un éclair or passa dans ses yeux et la silhouette afficha ses courbes sveltes, sa nudité effleurée par le vent qui soufflait et la faisait frissonner.

— Bienvenue en Olympe, *legatus*, lança-t-elle d'une voix charmeuse. Mon nom est Artémis, fille de Zeus, sœur d'Apollon. Je suis telle que tu m'as toujours imaginée, car les dieux n'existent que par la volonté des hommes. Ne me crains pas.

En fils de bonne famille, Ofella avait préparé sa réponse la plus déférente, mais aucun son ne sortit de sa bouche. Il observa Artémis de ses yeux ronds comme des billes, contempla chaque débris avec une extrême application, puis fixa le cerf en s'attendant à ce qu'il parle.

L'Olympe, ce champ de ruines ? Vraiment ? Artémis, louée par tous pour ses charmes, devenue cette beauté flétrie ? Un détail attira son attention : la déesse avait un tic à la lèvre supérieure, qui ne cessait de bouger convulsivement. Cela lui rappela son enfance et une pièce où, avec une cousine, il avait représenté la vie d'Artémis et Apollon. Sa cousine Selenia, affublée de pareille bizarrerie, l'avait marqué par son allure malgré ce défaut. Quand sa tête se tourna vers Romanipleustès, Ofella ne put se retenir plus longtemps : il éclata de rire.

S'esclaffer le soulageait de toute la tension accumulée. Et découvrir l'Olympe sous les atours de vestiges abandonnés avait quelque chose d'hilarant pour un Romain bercé par les mythes grecs. Ses rêves d'enfant devaient être rangés dans un vieux coffre plein d'autres illusions froissées.

Artémis ne goûtait pas les épanchements d'Ofella. Ses formes perdirent leur attrait et bientôt le fantôme retrouva sa pâleur originelle. Elle se détournait de l'envie de séduire. Montait en elle l'instinct de préservation.

Le légat dut percevoir le danger, car il se força à se calmer. Au loin, des silhouettes gigantesques s'animaient,

167

preuve d'une force divine en marche. La créature spectrale et le soldat s'observèrent un long moment avant que ce dernier ne prenne son ton le plus diplomatique pour dire :

— Pardonnez mon incorrection. J'ai vécu des instants éprouvants ces dernières semaines et voilà une nouvelle épreuve qui se présente à moi. Je vous remercie de me recevoir, mais je ne comprends pas bien la raison de cette entrevue.

Il ne mentait pas : son esprit ne parvenait pas à percer les motifs qui avaient conduit l'augure aveugle à le propulser sur le domaine des dieux. Depuis leur première rencontre, le comportement de Romanipleustès échappait à son entendement.

Cette fois, la déesse fut heureuse de lui répondre :

— Je souhaitais vous rencontrer afin de vous proposer une alliance.

— Je ne vois pas comment je pourrais vous aider.

En regardant aux alentours des ruines laissées par une guerre dont il ignorait tout, Ofella ne pouvait imaginer de quelle complicité une déesse avait besoin.

Aucun raisonnement, aucune intuition, rien ne perça le brouillard dans lequel on le maintenait. Était-ce une drogue qu'on lui avait fait ingérer pour le rendre docile ? Il pensait pourtant avoir sa capacité à raisonner. Inquiet, il écouta Artémis se lancer dans une fiévreuse démonstration alors que sa beauté bourgeonnait comme une fleur au printemps, à peine gâchée par le tic déroutant de sa lèvre.

— Je vais te raconter des événements auxquels tu auras du mal à croire, mais je te prouverai leur véracité. Ensuite tu comprendras pourquoi j'ai besoin de toi.

« Ce récit prend sa source dans un temps béni où dieux et hommes vivaient en symbiose. Nous étions heureux en Olympe, notre montagne rayonnait. La vie s'écoulait paisiblement, mais des oppositions se faisaient jour : des États naissaient et vénéraient certains d'entre nous, donnant plus d'énergie et de puissance à certains de nos frères et sœurs. Un équilibre précaire s'installa.

« Notre chef à tous, Zeus – ou Jupiter, ou peu importe le nom que tu lui donnes – a régné en maintenant une trêve. De plus en plus de divinités sont arrivées, vénérées par les Romains, les Asiatiques, les Gaulois, tant d'autres. Elles se sont mises à contester les décisions du roi des dieux. Certaines ont été assimilées par les plus puissants, toutefois les tensions sont restées vives. La guerre se trouvait à nos portes.

« Alors le dieu du ciel nous a tous convoqués et nous a annoncé qu'il avait trouvé une solution afin de régler les choses et empêcher cette guerre : il allait créer une autre Terre pour que nous menions nos combats. Ainsi, nous pourrions tous nous affronter sans risquer de détruire ce monde. »

Artémis leva les mains vers le ciel et désigna la sphère qui dansait au-dessus d'eux. Il ne fallait pas être fin géographe pour distinguer la *mare nostrum*, la Grèce, le delta du Nil, autant de détails qui permettaient d'identifier le modèle de cette reproduction.

« Le conflit a commencé, violent, insupportable. Peu à peu, il y eut des vaincus. Malgré mon envie de l'emporter, mes pouvoirs accumulés, j'ai été vaincue comme tant de mes frères et sœurs. Ne restait plus que trois êtres divins : Vénus, Fortuna et Poséidon. Les deux premières se sont alliées et ont vaincu le frère de Zeus. Alors, elles ont régné sur cet espace parallèle.

« Mais elles n'ont pas su se contenter de ce succès. Leur volonté de dominer, ici aussi, a déclenché une guerre totale sur l'Olympe. Maintenant sûres de leurs forces, elles marchent sur nous. Nous avons vu ce que leur influence allait concrétiser : l'avènement d'un univers dépourvu de justice, inégalitaire jusqu'à l'excès, régi par la chance plutôt que par le mérite, accordant la victoire à qui viendrait la chercher.

« Le problème est qu'elles sont en train de gagner. »

En prononçant ces dernières paroles, Artémis s'était glissée entre deux colonnes brillantes d'inscriptions étranges. Au loin, le reste de l'Olympe était invisible, enveloppé dans un manteau de brumes. On pouvait entendre des cris d'animaux.

Sous le choc du récit, Ofella ne parlait pas. Il médita le sens de chaque mot qui devait demeurer gravé au cœur de son esprit. Dans sa réflexion, il refusa l'évidence et s'abrita derrière la raison, même si son cœur voulait qu'il soit convaincu.

— Je ne crois pas que vous soyez une déesse, toute cette histoire me parait impossible. C'est l'augure qui vous a engagée pour me tromper ?

Le cerf brama. Un tremblement de terre projeta le légat au sol, mais ne toucha ni Romanipleustès ni Artémis restés immobiles. La déesse tendit son bras gauche à la perpendiculaire, ce seul geste chassa le brouillard alentour. Un croissant de lune parfait sortit de l'ombre pour se glisser dans la main de la sœur d'Apollon. Quand elle se retourna, elle tenait un arc majestueux armé d'une flèche brillante comme le soleil. La corde se banda sous l'effet d'un ordre silencieux.

Accroupi, Ofella voulut se redresser pour fuir. Mais un troupeau de cerfs et de biches l'encerclait, armée l'empêchant de reculer.

— Un mot de moi et tu seras piétiné. Qui gouverne à la lune, mène le troupeau et jouit de l'odeur du myrte ?

Du sol pointa une plante, puis toutes les dalles de pierres du temple furent recouvertes de feuilles de myrte. Craignant pour sa vie, le Romain afficha immédiatement ses regrets. Mais les branches s'enroulèrent autour de ses jambes, grimpèrent le long de ses cuisses pour se glisser sous son armure et envelopper son torse. Bientôt son visage fut attaqué. Le monde qui dominait le palais se rapprochait, lune vivante et si envoûtante.

Étouffé, Ofella perdit connaissance.

Sa conscience s'égarait. À travers ses paupières closes, il perçut le mouvement étrange du soleil. Quand il regarda le monde, sa perspective avait changé : le légat dominait la Terre de plusieurs kilomètres, accompagné de la seule Artémis.

Le spectacle offert était grandiose et déroutant. Son corps flottait et ses yeux pouvaient observer le monde comme jamais aucune carte ne l'avait décrit. L'Italie, sa botte, ses lignes de vie, autant de routes pointant vers Rome. Mais le terrain se transformait inexorablement et la cité brûlait dans le chaos de sa déchéance. Quintus pleura en voyant la cuvette des murs devenir le cœur d'un brasero fumant.

D'un pas, le duo se baissa sur le berceau d'une cité au centre de la province d'Asie, qui s'élevait au-dessus de toutes les autres. Elle portait le nom de Constantinople. Puis sa grandeur déclina jusqu'à ce que les flammes noircissent chaque maison de la ville.

Cherchant à fuir le chaos, ils se détournèrent. D'un bond, Ofella découvrit au-delà du vaste océan des palais d'or enveloppés de sang. Des peuples vivant dans des tentes taillées en pointe disparurent au milieu d'un déluge d'explosions fracassantes. La peur s'empara de Quintus, conscient de contempler une série de massacres sans précédent.

La pluie de feu ne cessa plus, où que se porte son regard. Le Romain mesura la place de l'Histoire et le rôle dérisoire que chacun y jouait en comparaison des guerres, des empires, de l'éternelle pulsion des hommes pour le combat. Sa vie faite de batailles et de morts parut bien inutile en pensant au sort de sa terre natale, sa ville, sa dernière raison de lutter.

Artémis glissa alors, avec une extrême douceur dans la voix :

— Tous les empires meurent quand nous trouvons meilleur serviteur, voilà le commandement de Vénus et Fortuna. Les bases immuables de nos sociétés ont été sapées pour jeter les hommes dans les bras du hasard, de l'amour et de la bonne fortune. Sur ce monde, plus rien d'autre ne compte. Voilà la loi des dieux vainqueurs. Voilà ce que je veux éviter chez nous.

Cet autre monde disparut. D'un battement de paupières, Ofella retrouva le temple détruit, le cerf, l'augure ennemi et la voix de la déesse qui continuait :

— Je veux que tu m'aides à éviter ce destin.

— Comment ?

Artémis se matérialisa dans ses plus beaux atours. Ofella était suspendu à ses lèvres.

— Il nous faut éradiquer les serviteurs de Vénus et Fortuna. Il faut tuer Sylla.

CHAPITRE 5

La phrase résonna un long moment alors que la raison d'Ofella vacillait en essayant d'en mesurer toutes les implications. Son esprit bascula dans une mer démontée et agressive dont il ne devait pas sortir indemne. Son patriotisme et sa fidélité à son général prirent le dessus.

Il balaya de sa main les pensées négatives qui l'assaillaient, pareil à l'armée romaine face à ses adversaires éternels. Dans un geste sec et rapide, très militaire, il se tourna vers Romanipleustès et l'invectiva :

— Je ne crois rien de ces mensonges et de tes tromperies ! Tu cherches à m'abuser, à me détourner de ma mission, mais ça ne fonctionnera pas.

— Et pourquoi ferais-je cela, fils de la Louve ?

— Car tu es dans le camp de ce fourbe de Mithridate. Je lis clairement ton jeu, désormais.

Un sourire ironique se dessina au milieu des rides de Romanipleustès. On pouvait retrouver sur son visage toute la malice, toute l'intelligence d'un chef rompu au combat, habitué à vaincre.

— Tes attaques sonnent creux, mon ami. Tu cherches à me rendre coupable de tes doutes. Mais au fond de toi, tu sais que ce que tu as vu est la vérité. Une vérité que tu peux nous aider à modifier.

— Je suis un soldat de Rome, je sers cette cause et le général qui la défend.

— Un soldat qui sert sans comprendre est voué à accomplir les pires atrocités. Tu veux être coupable de ce à quoi tu viens d'assister ? Voir notre monde se disloquer, abandonné à ceux qui serviront la chance comme on sert un idéal ? Je ne peux le croire.

Quand il se détourna, Ofella se retrouva face à Artémis. Le soldat ne voulait plus écouter les arguments du duo, il cherchait à se persuader de leurs mensonges, mais leur insistance et ce qu'il avait vu jetaient le doute sur ses plus profondes convictions.

Depuis qu'il était adulte, qu'il portait la toge virile selon le rituel traditionnel, il avait servi aux côtés de Sylla. Toute sa carrière et une bonne partie de sa vie s'étaient construites autour de l'aristocrate, devenu un ami. Et maintenant, il apprenait que cet homme serait un traître à la cause qu'ils avaient défendue jusque-là ! Impossible.

Impossible.

Pourtant, une idée se faisait jour. Il tentait de l'écarter, car il la jugeait scandaleuse, honteuse, dictée par le chagrin. Son cœur parla plus vite que son esprit ne put le contrôler :

— Ma famille est morte. Croyez-vous pouvoir la ramener des limbes et me la rendre ?

La déesse leva un sourcil, surprise. Sa réponse se fit cinglante :

— Tiens, tu n'es donc qu'un homme. C'est par tes protestations de fidélité que j'aurais dû me douter de ta nature.

Alors oui, je te l'annonce, je peux te rendre les tiens si tu te joins à notre cause.

La réponse coupa le souffle d'Ofella. Ses espoirs se tenaient là, devant lui, incarnés en Artémis. Une approbation. Un simple mot, peut-être, suffirait à ramener les siens.

Ses valeurs luttaient avec ses désirs. Ramener sa femme et son fils impliquerait de renoncer à ses croyances, son éducation. Tout bonheur avait un prix, mais celui-ci se révélait extrêmement lourd.

Un instant, il eut envie de dire non. Seule sa faiblesse gouvernait son comportement lâche et méprisable, indigne du soldat et du patriote. L'étreinte d'Hortensia, le sourire de Lucius retenaient les mots du refus entre ses lèvres.

Peut-être l'augure devina-t-il l'ampleur de son trouble. Son attitude changea imperceptiblement quand un sourire sincère se dessina sur ses lèvres : il posa sa main sur l'épaule du légat et essaya de le rassurer.

— Je sais que c'est difficile à accepter. Tu es perdu, prends le temps de retrouver tes esprits. Réfléchis à ce que la déesse t'offre, à ce qui préside aux destinées de notre monde et tu verras que notre ligne de conduite est la seule à tenir. Il faut inverser le cours de cette guerre. Aide-nous.

Des éclats de voix, du métal qui s'entrechoque, Artémis venait de désigner un affrontement qui se matérialisa un instant avant de disparaître dans les brumes de l'Olympe. Ofella fut d'autant plus bousculé par cette vision qu'il connaissait la réalité des combats et que celui-ci lui semblait très violent.

Le légat ne put voir le bâton de Romanipleustès s'élever dans les airs et frapper l'arrière de son crâne. Alors qu'il touchait le sol de marbre, il crut percevoir, à travers le voile de l'inconscience, ce dernier échange :

— Ton plan doit fonctionner, lança la voix déclinante d'Artémis. Sinon, nous perdrons et je te renverrai au panthéon des héros.

— Ce serait une fin agréable, répliqua la voix du vieil homme. Je suis las de me battre. Depuis Zama, j'ai perdu ce feu qui me poussait de l'avant. Espérons que ce jeune guerrier choisisse sa famille, c'est ce que j'aurais fait… espérons que Vénus l'éprouve afin d'en faire un des nôtres…

Puis ce fut le noir profond.

~*~

Une légère brise soufflait à travers les ouvertures du bureau d'Épaminondas. À son réveil, Ofella trouva le vieux Thébain à ses côtés, veillant comme un père sur son fils. Allongé sur un divan, il avait à portée de main, sur une tablette de bois, de quoi se désaltérer : deux coupes et un pichet de vin. Son geste de se servir sortit son hôte de ses rêves.

— Ce voyage est perturbant, n'est-ce pas ?

— Pour ne pas dire autre chose. J'ai besoin de prendre l'air.

Épaminondas l'accompagna jusqu'à la fenêtre où il put emplir ses poumons d'une profonde respiration. Thèbes s'étalait sous ses yeux. Ville éteinte, elle ne ressemblait à aucune autre cité grecque à cause du bois omniprésent dans les structures des maisons. Cette vérité ne transparaissait pas des rues, mais des hauteurs : toits, balcons, terrasses composaient un nouveau paysage, une deuxième cité au-dessus de la première.

Au sommet de la ville haute, la citadelle renforcée protégeait les frêles constructions alentour. Dans sa partie basse, Thèbes respirait la tranquillité grâce aux nombreux jardins qui avaient remplacé les bâtiments rasés par Alexandre le Grand. Le spectateur attentif pouvait retrouver un muret, un bout de tour, le cadre brisé d'une fenêtre encore debout.

Cette vision rappela à Ofella les destructions sur l'Olympe. Artémis s'imposa à son esprit et il eut subitement besoin de s'asseoir. Épaminondas lui posa la main sur l'épaule.

— Votre réaction est normale, j'ai eu la même ; les représentations vont se succéder, il faut les accepter.

— Alors vous aussi, vous avez vu…

— Oui. J'ai refusé d'aider la déesse avant d'assister à ce bien étrange spectacle. Cela m'a convaincu.

Son pied bot le faisait souffrir, aussi le vieil homme contourna son bureau et s'installa à son tour. Ofella le regarda avec des yeux neufs et réfléchit à toute vitesse au sujet de son étrange voyage.

— Je ne peux pas croire que nous allons entraîner tant de destructions, tant de morts, fit le légat en se frottant les joues de la paume des mains. Nous ne sommes que des hommes.

— Avec le soutien des dieux, tout est possible. C'est pour cette raison que j'ai fait allégeance à Artémis. Thèbes est une cité où de nombreux temples cohabitent. Chacun est libre de ses choix.

— Justement. La pluralité est une richesse, pourquoi la briser ? Une guerre devant éliminer certaines croyances n'a pas de sens. Les dieux ressemblent aux hommes dans cette sombre affaire : ils ne rêvent que de gloire, de pouvoir, de domination. Moi, je préfère servir la République.

Désireux de se désaltérer à nouveau, Quintus Lucretius rapatria les coupes et le pichet de vin puis versa à boire à son hôte avant de se servir. Sa réflexion à haute voix le renvoyait à l'offre plus personnelle d'Artémis, sans que la réponse s'impose aussi nettement à son esprit.

Épaminondas le remercia et avala une gorgée puis reprit :

— Je respecte cette position. Mais Sylla a choisi une déesse pour patronne. N'est-ce pas le signe que son allégeance ne va pas seulement à Rome ?

— Il fait une nette distinction entre son rôle public et la sphère privée. Il a certes obtenu la protection de Vénus et Fortuna, mais dans le but de réussir la mission confiée par le Sénat et le peuple. Jamais il ne m'a sollicité pour que je serve exclusivement ses deux inspiratrices.

— En tout cas, le moment viendra où il vous faudra choisir. Les événements guideront sans doute votre décision. Ce choix ne fait pas plaisir, car il nous dépasse. J'en sais quelque chose. Mais parfois, seules deux voies s'offrent à nous et il est impossible de rester neutre. Si ce n'est aujourd'hui, la guerre à laquelle les dieux se livrent tracera une route pour chacun. Il convient peut-être d'éviter de se la laisser imposer.

L'esprit d'Épaminondas séduisit son interlocuteur. Ofella appréciait toujours de débattre et se lança dans un argumentaire devant convaincre le politicien de renoncer à son camp.

Au terme de son voyage divin, Quintus Lucretius avait ressenti le besoin de parler de son expérience, d'explorer ce qu'il impliquait. Épaminondas se prêtait au jeu avec amusement, détachement, vivacité. Leur échange s'étira, les laissant sur des positions opposées, mais les rapprochant comme deux amis.

Ils se séparèrent à grand regret, se promettant de poursuivre ultérieurement ce passionnant débat. À l'entrée de la villa, Ofella retrouva le centurion Spongius qui l'attendait. Le soldat le salua et l'informa :

— Les chariots de bois seront prêts demain soir. Le légat Murena m'a demandé de vous prévenir qu'il a dépêché vingt hommes pour aider les Thébains à les remplir.

— Parfait. Ils accompagneront ensuite le convoi jusqu'au camp. M'avez-vous attendu longtemps ?

— Au moins quatre tours de garde. Ce n'est pas un problème : c'est aussi mon travail. Je serai toujours à vos côtés.

Ofella tapota l'épaule de son centurion en guise de remerciement et prit congé d'Épaminondas. Il se rendit compte que malgré sa trahison, il ne lui en voulait pas. Bien au contraire, leur longue discussion avait aplani immédiatement tout conflit à naître entre eux.

De nombreuses visions harcelaient désormais le légat. Elles se mélangeaient à l'impression que la suite de la mission confiée par Sylla allait être riche d'enseignements quant aux questions qui l'assaillaient. Escorté par Spongius, il rejoignit ses hommes installés chez l'habitant par les Thébains et prépara avec Murena la prochaine étape de leur voyage.

CHAPITRE 6

À leur départ de Thèbes, les deux chefs des centuries romaines entendaient hiverner à Siphes, le port le plus proche. Ofella et Murena se virent proposer des bateaux pour les conduire jusqu'à Corinthe, ce qui leur ferait gagner plusieurs jours de marche sur la route d'Épidaure. Ils acceptèrent l'offre d'Épaminondas de bon gré, à la grande satisfaction des hommes. Les Romains quittèrent la ville après plusieurs semaines de repos.

Le voyage fut bref et agréable, porté par une douce brise et un soleil digne d'un printemps, prompt à réchauffer les cœurs. À bord du navire rond de tête qui transportait cette fois des soldats plutôt que des amphores, les deux légats se tenaient à la poupe. Ils assistaient aux manœuvres habiles du navigateur, lancé dans un ballet lent et sûr avec les deux rames qui lui servaient de gouvernail. Chacune s'orientait grâce à deux bâtons perpendiculaires fixés sur le manche.

Accoudé à la rambarde, Ofella contemplait le paysage grec sans vraiment y prêter attention, absorbé par les souvenirs de son étrange aventure thébaine. Ce qu'il avait vu, ou cru voir, le mettait mal à l'aise : Rome devait tomber selon les visions d'Artémis, mais il ne pouvait se résoudre à l'accepter.

La République n'était pas seulement le phare d'un monde en pleine construction, mais aussi une patrie, un idéal.

Et jusque-là, il n'avait jamais envisagé servir autre chose que ce rêve. Mais si Sylla était l'arme de Vénus pour venir à bout de ses frères et sœurs, cela signifiait qu'Ofella n'œuvrait plus pour la même cause que son général. Sa cité risquait de souffrir de la guerre divine. Après la perte de sa famille, il ne pouvait pas imaginer l'abandon de sa dernière raison de vivre.

Son esprit se laissa aller au désespoir : simple légat, piètre politicien, qui était-il pour espérer sauver Rome ? Sa famille se trouvait à portée, à la simple condition d'un peu d'humilité.

Devinant un trouble manifeste chez son ami, Murena se glissa à ses côtés et lança, le sourire aux lèvres :

— Encore quelques jours et nous serons de retour au camp de base. Je sais que tu penses au siège en cours, mais notre mission est tout aussi importante.

Surpris, Ofella ne révéla rien de ses préoccupations à son collègue et le conforta dans ses idées d'un geste de la tête. Aucun mot ne pourrait expliquer son mal-être. Chaque fois qu'il fermait les yeux, il voyait Rome ravagée par les flammes. Il se décida à répondre :

— Je sais, mais exiger de l'or d'un temple soignant les malades me met mal à l'aise.

— De toute façon, nous profiterons de la présence des hommes de Lucullus sur place.

— Quels hommes ?

Les deux officiers échangèrent un regard plein de surprise. Ofella ne comprenait pas de quoi parlait Murena, celui-ci croyait avancer en terrain connu et regretta aussitôt sa remarque.

— J'ai assisté à plusieurs discussions entre Sylla et Lucullus à ce sujet. Ils ne t'ont pas rappelé que la mission exploratoire de Lucullus, en plus de renseigner le commandement sur la situation autour d'Athènes, avait pour vocation de s'adjoindre le soutien des principaux temples grecs ? Didymes, Delphes, Aphaïa, Épidaure ou Olympie étaient visés. Ce dernier a tenté de résister et il a fallu faire un exemple.

La brise se changeait peu à peu en vent et gonflait la voile carrée de leur navire. Ofella ne s'étonna pas de son absence à ces réunions : il avait reçu mandat de préparer le passage de l'armée en Grèce, non de s'occuper de la mission d'éclaireur de Lucullus.

Son but ne le surprenait pas : l'armée romaine voulait traditionnellement s'adjoindre le soutien des dieux ennemis, mais après les récits qu'il avait entendus à Thèbes, le légat se méfiait de tout ce qui avait trait à la religion. Il devinait une intervention de Lucullus dans l'opposition divine.

— Pourquoi des hommes seraient-ils restés sur place ?

— Pour protéger les lieux d'une éventuelle attaque pontique. Cette bienveillance nous aidera sans doute à convaincre les prêtres de nous soutenir.

Ils méditèrent longuement cette position stratégique. Ofella comprit vite que cette mission serait l'occasion de vérifier les dires d'Artémis et Romanipleustès. Épidaure était le siège du temple d'Asclépios, dieu guérisseur fils d'Apollon. Si la déesse et l'oracle disaient vrai, les troupes laissées sur place avaient eu pour objectif d'installer un culte parallèle, ou de remplacement, en faveur de Vénus ou Fortuna. Cet avantage serait un don de Sylla à ses deux protectrices dans la guerre des dieux. Il serait vite fixé.

Le reste de leur périple se déroula en bon ordre : Corinthe se montra accueillante et ravitailla le convoi qui prit la route d'Épidaure le lendemain. Ils y arrivèrent au matin de la deuxième journée, après que le beau temps ait permis une marche rapide et dans la bonne humeur. Contrairement à Thèbes, la troupe ne s'attendait pas à affronter une résistance et progressait avec entrain.

Les *speculatores* ne signalèrent aucun danger à l'approche du temple. La tête du cortège, où les chevaux d'Ofella et Murena avançaient côte à côte, croisait régulièrement des badauds originaires de toute la méditerranée. Ces marcheurs battaient un sol poussiéreux, fendu par le soleil. Ils se dirigeaient, seuls ou en groupe, vers le temple afin de se soigner ou d'admirer le bâtiment et ses dépendances, célèbres pour leurs frontons et leurs acrotères signés par le talentueux Timothéos.

Une butte offrit la possibilité d'observer le site. Les dalles blanches et noires et les colonnades portaient un édifice majestueux, devancé par un imposant portique équipé de couchettes. Ces lits abritaient les malades qui s'allongeaient et attendaient de s'endormir. Rêver dans le temple permettait d'échanger avec Asclépios et d'apaiser tous les maux.

En arrière-plan, un large amphithéâtre s'appuyait sur une colline dont il rongeait le flanc de son calcaire gris. Le décor inspirait une grande quiétude qui irradiait leur promontoire.

Malgré ses craintes, Ofella fut gagné par cette tranquillité insufflée par la magie des lieux. La pureté des lignes de chaque construction connexe renvoyait à l'imposante silhouette du temple qui protégeait les alentours. Les arbres y prospéraient et atteignaient une taille gigantesque.

Alors que les centuries rejoignaient les abords d'Épidaure, ils découvrirent aussi le stade à l'ouest, puis parcoururent un terrain jonché de pierres plantées dans le sol, droites, observatrices de tout nouvel arrivant venu du nord.

À sa descente de cheval, Ofella contempla chaque ex-voto parsemant le bord de la piste. Des visages, des corps, des membres sculptés et gravés dans la pierre filaient sous ses doigts. Chaque dépôt votif avait pour but de remercier le dieu de ses bons soins. Un tel champ était inédit par son ampleur et le détail apportés à ce qui paraissait être de vraies œuvres d'art.

Progressant de motifs en illustrations, le légat ne remarqua pas qu'il avançait seul : les Romains s'étaient arrêtés à une centaine de pas des hommes et des femmes qui se tenaient à l'entrée du temple ou près de l'hôtel construit pour accueillir les pèlerins. Il se retourna et harangua ses soldats.

— Eh bien, vous ne voulez pas déposer votre fardeau et bénéficier des bienfaits du temple d'Épidaure ?

— Ce n'est pas ça, fit une voix qu'il identifia comme celle du centurion Spongius. Si ces gens sont là, il y a toutes les chances pour qu'ils soient malades. Et je ne tiens pas à gagner leur mal.

Beaucoup, parmi les légionnaires, approuvèrent ces paroles pleines de bon sens.

— Comptes-tu insulter les dieux, centurion ? interrogea Ofella en revenant vers lui d'un pas vif. Vas-tu leur causer quelque tort ?

— Ah non, sûrement pas !

— Alors, personne ne risque rien. Nous sommes protégés ici, ne le sens-tu pas ?

Les soldats regardèrent leurs sandales. Ce renoncement signifia au légat qu'il l'avait emporté. Murena, qui l'avait rejoint, en tira un sourire.

Au loin, les premières notes d'une musique mélancolique jouée à la harpe se mêlèrent à une voix cristalline. Attirée par la beauté de la mélodie, la foule de visiteurs se déplaça vers sa source, laissant à la troupe romaine la jouissance de la porte monumentale. Ce fut alors qu'Ofella le vit, en retrait, ses fondations bien avancées : un petit temple en devenir s'élevait non loin des bâtiments principaux.

Il analysa brièvement l'organisation du chantier et en tira l'unique conclusion possible : seuls des Italiques pouvaient travailler ainsi. Conduisant sa troupe vers le sanctuaire en construction, dont les quatre murs se dressaient déjà, Ofella chercha à en identifier la vocation. Allongées sur le flanc, deux statues de femmes entourées de colombes et de cygnes tenaient une pomme dans leurs mains gauches. Des représentations de Vénus.

Un officier s'avança vers les deux centuries et salua les légats avec déférence.

— Nous ne nous attendions pas à une visite aussi rapide, lança-t-il comme pour s'excuser de la lente progression des travaux.

— L'*imperator* nous envoie convaincre le clergé local de soutenir financièrement la campagne, l'avertit Murena afin de ne pas laisser planer de doute.

— Les prêtres d'Asclépios sont en très bons termes avec nous, l'informa le soldat. Notre présence a dissuadé les troupes du Pont de venir piller la région. Nous traitons chaque jour avec bien des menaces.

Son regard concentré sur les deux statues, Ofella écouta à peine la suite de l'échange. Les Vénus l'observaient en retour avec cette expression froide typique de l'art romain. Comment pouvait-il avoir meilleure confirmation des propos d'Artémis ? Ces hommes avaient été laissés là par Lucullus, le fidèle bras droit de Sylla. Ils construisaient ce temple suite à des ordres, voilà l'évidence.

Leurs cohortes furent conduites au camp monté non loin du chantier. Ils purent s'y reposer et s'y restaurer. Mais Ofella avait la tête ailleurs. En fermant les yeux, le légat voyait Romanipleustès rire, prêt à déverser son lot de sarcasmes sur l'aveuglement de l'armée quant aux ambitions de l'*imperator*. La colère le rongeait de l'intérieur.

Il se tut jusqu'à leur rencontre avec le clergé d'Asclépios, sur les marches du temple désertées de malades et d'oreilles indiscrètes.

Rien ne distinguait les trois prêtres du commun si ce n'était le tatouage, à l'encre bleue, d'un bâton autour duquel s'enroulait un serpent, symbole qu'ils portaient sur la joue droite. Ils se montrèrent très amicaux et ouverts à la discussion.

— Lucius Cornelius Sylla vous transmet ses salutations, leur fit Ofella, reprenant la direction des opérations.

— Et Asclépios le salue en retour, fit le plus vieux des prêtres qui ne s'était pas présenté. Qu'est-ce que notre humble temple peut accomplir pour vous guérir ?

Nul n'ignorait que les soins étaient gratuits, mais que de nombreuses offrandes venaient remercier les bonnes grâces du dieu-médecin. Aussi Épidaure était un lieu prospère qui cachait bien des trésors.

— Nous sommes frappés de bien des maladies que l'on peut difficilement soigner. L'une d'entre elles est l'argent. En effet, elle influence notre vie et, si elle peut nous priver de tout par son absence, elle peut causer notre mort. Aussi j'espère que vous tendrez une oreille attentive à notre demande.

— Nous vous écoutons, rétorqua le vieux prêtre comme un encouragement.

— Nous sollicitons la protection d'Asclépios pour payer nos troupes, ainsi qu'une aide de sa part.

L'homme âgé regarda autour de lui, craignant de surprendre un espion inexistant. Satisfait qu'aucune oreille étrangère ne les épie, il répondit avec un sourire :

— Asclépios ne peut laisser des alliés dans le besoin. Il a seulement deux requêtes : d'abord que les troupes dédiées par le légat Lucullus restent pour nous protéger et finissent la construction en l'honneur de Vénus. Ensuite, nous aurons besoin de vous pour pacifier une zone dangereuse de la région.

Ainsi se noua l'accord dans un air de conspiration quand Ofella accepta d'un simple geste de la tête. Pourtant, le légat nota la forte approbation de l'arrivée de Vénus au sein de leur communauté. S'il existait une guerre, le clergé n'en avait pas conscience.

Le groupe constitué des prêtres et des soldats partit vers le chantier du temple. Ils échangeaient sur la nécessité du retour rapide des légats au siège d'Athènes quand des cris les alertèrent.

Des légionnaires couraient s'abriter en tous sens alors que d'autres, armes au poing, frappaient le sol avec violence.

Ofella tira son glaive et rejoignit ses hommes. Des cadavres de cygnes et de coqs parsemaient le chantier et ses alentours. Des oiseaux migrateurs continuaient à harceler les fantassins qui se défendaient en bon ordre à présent sous l'impulsion du centurion Pinarius.

Les oiseaux furent finalement vaincus, mais chacun s'observait sans comprendre. Un mauvais signe frappait ainsi le temple où chacun venait se soigner, voilà un moment grave.

Seul Quintus Lucretius mesurait l'origine de l'attaque et ses imprécations cachées. Quand Spongius lui apprit que cette agression n'était pas la première, la main posée sur des griffures suintantes sur son panache blanc, sa conviction fut faite. Alors que la troupe reprenait ses esprits, il attira l'aîné des prêtres à l'écart pour l'interroger.

— Savez-vous s'il existe, à proximité, un temple dédié à Apollon ?

Le vieil homme parut un temps surpris, mais se ressaisit bien vite : il comprenait à peine que le cygne et le coq étaient deux animaux rattachés généralement au plus beau des fils de Zeus.

— Ce n'est pas ça qui manque, malheureusement. Apollon est une divinité très appréciée.

— Un Apollon *Hékatébolos* ?

— Non, il n'y a, à ma connaissance, que des représentants du divin médecin à part, peut-être... un village se trouve sur la route de Ligourio, bien après les vignes, au pied d'une anfractuosité rocheuse. Le chemin est difficile jusque là-bas, un peu escarpé, mais on y trouve un superbe temple dédié à Apollon *Sauroctonos*. C'est justement le lieu dont je voulais vous entretenir.

À la recherche d'une représentation du dieu destructeur, Ofella pensa avoir découvert l'origine de cette armée de becs et d'ailes. Cependant il avait remarqué le trouble du prêtre qui ne cachait pas son inquiétude. Son attention avait été également attirée par un détail qu'il souleva immédiatement.

— Quel est le nom de ce village ?

— Il… il n'en a pas. Ce sont de petits groupes de paysans qui se sont réunis et ont commencé à exploiter des terres. Ils vivent isolés, en autarcie, et agressent tous les voyageurs de passage, y compris les prêtres de notre congrégation. Notre temple a également subi pareille attaque. Je vous le dis, il ne fait pas bon s'y arrêter. L'ambiance y est étouffante, car le soleil y impose sa loi en été, tandis que le froid règne en hiver. Les hommes y sont gouvernés par la folie.

— Il n'y a pas de limite au pouvoir de Rome. Pas d'exception non plus. Nous leur ferons entendre raison ou nous raserons le village.

Se souvenant fort à propos de la demande de Sylla d'assurer une justice prompte et efficace, Ofella se montrait également fort curieux de ce que cette guérilla pouvait signifier. Les dieux préparaient-ils une armée dans ce village ? Quelle serait sa nature : animale ou humaine ?

— Pourtant, certaines exceptions sont nécessaires, précisa le prêtre. Dans ce cas, je perçois comme un danger et n'ai jamais tenté de m'en approcher.

— Pourquoi ce sentiment ?

— Personne ne revient de ce village. Il flotte autour de cette agrégation de maisons un voile dérangeant que je ne saurais définir. Il émane d'un temple sombre et terrifiant, comme la sépulture de noires victimes. Pour tout vous avouer, j'ai peur de cet endroit.

Les larmes cernaient les pupilles du prêtre, mais refusaient de tomber. Respectueux de la tristesse de l'homme, le légat n'en restait pas moins ferme sur sa position, conscient des implications derrière la terreur.

— Superstitions. Nous allons le montrer.

Impérieux, Ofella balaya d'un geste de la main l'effroi du prêtre. Descendant les marches du temple, il demanda au centurion Spongius de réunir cinquante hommes pour une mission dangereuse.

Quand il arriva à son cheval, il vérifia que son pilum était solidement fixé à la monture, un simple réflexe. Toute son attention se concentrait sur le théâtre adossé à la montagne, plus loin à l'est. Les tribunes étaient des marches vers le sommet, des travées vides qui pouvaient se remplir de plusieurs centaines de personnes, voire d'animaux si les dieux le décidaient.

Oui, Ofella croyait en l'action du divin sur les vies des hommes. Mais ce que sa visite sur l'Olympe lui avait appris glaçait son sang, influençait chacun de ses mouvements depuis sa discussion avec Artémis. Il devait agir. Il devait en savoir plus et cette expédition l'y aiderait.

Mais une dernière résistance restait à être franchie, elle s'avançait vers lui résolue. Le légat Murena s'approchait de son collègue, le rouge aux joues.

— Qu'est-ce que tu fais ? lui demanda-t-il avec une exaspération marquée dans la voix.

— Je protège les intérêts que nous avons dans la région.

— Ce n'est pas notre mission, répliqua sèchement le plus jeune des deux officiers.

— Tu te trompes. Sylla m'a demandé de faire respecter l'ordre. Nous avons le devoir de nous assurer que ce temple sera construit. C'est aussi le rôle de Rome. Pour ça, je dois découvrir d'où vient ce qui menace son élévation. L'affaire de deux jours, tout au plus.

— Je t'accompagne.

— Non. Tu emportes le trésor du temple et tu le ramènes à Athènes. Ainsi nous ne prendrons aucun retard et j'ai toute confiance en toi pour mener cette tâche à bien.

Posant sur ses épaules sa cape de voyage, Ofella mit fin à la discussion en tournant le dos à son ami et en rejoignant les troupes qui l'attendaient. Après quelques échanges secs entre le centurion Spongius et le légat, la procession militaire quitta Épidaure.

La marche commença en rechignant, car les hommes avaient peur de ce village sans nom, cible du raid à venir. Ils avaient pu discuter avec leurs camarades sur place, avant de partir, et les rumeurs les plus folles couraient les rangs.

Descendu de cheval, le légat multiplia les remarques pour détendre l'atmosphère. Voyant que sa tactique ne fonctionnait pas, il changea de méthode et fit presser le pas pour obliger les légionnaires à se concentrer sur leurs efforts. Sur son ordre, Spongius lança un chant militaire aussitôt repris en chœur. Au moins la contestation fut-elle éteinte, car les soldats avaient l'esprit occupé.

Les paysages défilèrent vite. Bientôt les champs laissèrent la place aux vignes parsemées, çà et là, d'exploitations dessinées sur de rares collines. Au loin, des nuages montaient le long des monts comme des fumées de cheminée. Le centurion aux cheveux blancs fit remarquer à Ofella que c'était annonciateur de gros temps. L'officier supérieur l'ignora.

Peu à peu, la piste rétrécissait et serpentait entre des roches affleurantes. Le faux plat se fit pente. Avant de s'engager dans les hauteurs, Ofella ordonna à la troupe de bivouaquer. L'ambiance maussade poussait les regards vers les cumulus menaçants qui s'accumulaient.

Installés dans un camp de fortune entouré d'arbres, ils attendirent que la nuit calme la colère des dieux. Un peu à part, Quintus Lucretius avait sorti les petites figurines qui représentaient sa famille et ses ancêtres. Il les honora un long moment en songeant à toute la route parcourue depuis que sa maison avait brûlé, incendiée par les hommes de Marius.

Sa famille disparue, il s'était plongé tout entier dans le combat, motivé par la vengeance. Mais depuis Thèbes, des sentiments contradictoires lui dictaient sa conduite. Il avait toujours suivi le chemin de la guerre, car c'était une ligne droite : il fallait se battre, vaincre ou périr. Des implications bien plus profondes concernaient une guerre des dieux et la place des hommes dans ce conflit. Quel était son rôle ? Devait-il obéir à Artémis, servir Sylla ? Quelle place occupait Rome dans ce tableau guerrier ? Pouvait-il réellement sauver sa famille ?

Trop de questions dont il espérait dessiner les réponses à travers ce court périple. Si les dieux s'opposaient, autant constater sur le terrain cet affrontement de l'ombre. Choisir un camp, ou s'abstenir de le faire, serait plus simple ensuite.

La nuit bien installée le poussa à aller dormir après s'être assuré que Spongius avait organisé les tours de garde. Mais ses rêves furent peuplés de créatures ailées et du visage de Romanipleustès qui l'observait et riait.

Chapitre 7

La pluie en rafales balayait leur installation. Sous les averses cinglantes, les Romains se remirent en route. Le chemin sinuait à travers des blocs rocheux de belle importance dont les recoins abritaient des ombres menaçantes. L'avancée fut pénible. Un voile brumeux toujours plus dense venait se mêler aux nuages oppressants afin de gêner leur progression. L'humidité pénétrait les uniformes malgré les capes de voyage, glaçait les os et les cœurs.

Le gros temps laissait deviner la dureté et la pauvreté du paysage. La pénombre des intempéries obligeait à la plus grande prudence. Un éclaireur se rompit le cou en tentant d'évoluer sur un promontoire calcaire. À la découverte du corps, Ofella imposa de ralentir le rythme et de rester groupé.

Ils débouchèrent au sommet d'une butte. L'avantage de la hauteur devait leur permettre d'observer la suite du périple, mais le brouillard cachait tout. Plus bas sur la gauche, une intense lumière déchirait en lambeaux la vapeur qui brouillait leur vue. Ce phare dans le coton les attira comme des papillons de nuit.

Des maisons en mauvais état se découpèrent peu à peu, révélant un village construit autour d'un temple en colonnade de simple facture. De la demeure divine émanait le halo d'un feu.

Le centurion Spongius progressait en tête. Il portait deux couvre-chefs : son casque de militaire et ses cheveux laiteux plaqués sur son crâne. Il demanda aux hommes de se déployer pendant qu'Ofella avançait d'un pas décidé vers le lieu de culte.

Personne ne se montra. Après avoir gravi quelques marches, le légat comprit d'où venait le rayonnement qui les avait attirés : un brasier brûlait sur le seuil, sa mèche de lin se consumant lentement au creux d'un puits de marbre. Personne n'entretenait le feu qui survivait, seul, malgré la pluie, l'humidité et le froid.

Ce foyer immortel permettait de distinguer l'intérieur du temple où des paires d'yeux attendaient, scrutant le vide. Ofella crut d'abord à des statues. Une représentation d'Apollon dans le plus simple appareil, en train de dresser un doigt accusateur vers le ciel, gardait le seuil. Mais attendaient également, bien vivantes et menaçantes, des légions de cygnes, de rats, de serpents, de coqs rangées en bataillons sur des centaines de lignes.

L'officier romain observa le temple qui devait faire à peu près vingt-six pieds de long. Pourtant, en entrant, il était difficile de discerner le mur du fond qui se trouvait au moins à cinquante pieds, sinon plus.

Cette hésitation visuelle l'incita à douter quand trois femmes ailées au teint d'albâtre vinrent se poser devant l'armée pour prendre le commandement et lui faire face. Elles se mirent à chanter, mais les paroles s'adressaient directement à Quintus.

— *Voici le serviteur d'Artémis, le vengeur vainqueur.*

— Je viens demander à ce que cessent les attaques contre le temple en construction à Épidaure. Ce sont mes hommes qui s'en occupent et je ne saurai tolérer un tel harcèlement : ils ne font que leur travail et ne sont pas concernés par la guerre qui vous occupe.

Les Thries sourirent de concert avant de rétorquer. Leurs dents pointues composaient une mâchoire de carnassier, proche de celles des crocodiles, ces animaux étonnants que l'on pouvait trouver en Égypte.

— *Tu ne peux avoir rien sans rien. La sœur d'Apollon attend une réponse.*

— Je ne suis qu'un soldat. Je sers une cause. Je me refuse à choisir entre mon engagement et ma famille. Voilà pour Artémis.

Sa détermination le surprit lui-même : sa décision venait de s'exprimer, sans réflexion. Les Thries se courroucèrent.

— *Il ne fait rien, mais demande beaucoup, celui qui doute, celui qui sert.*

La réplique chorale fit monter le rouge aux joues d'Ofella. Sa colère, nourrie de ses craintes et de ses doutes, éclata entre ses lèvres.

— Vous ne savez que narguer et frapper. Jamais je ne servirai votre cause ni celle de Vénus. Cette guerre ne nous concerne pas, seul le bien-être de Rome compte. Je mourrai plutôt que de trahir Sylla. *Dei impudice !*[8]

— *Telle est la conclusion : si jamais tu ne sers, toujours tu meurs. Découvre le sens de* Sauroctonos.

Le sol marbré de la construction se mit à trembler puis s'effrita tandis que l'armée disparut dans l'obscurité. Ofella

---

8 « Dieux honteux, impurs, sans moralités. »

fut poussé à l'extérieur, prêt à faire face au déchainement d'un volcan. La brume avait été remplacée par une pluie massive, tombée de nuages zébrés d'éclairs puissants. Le tonnerre faisait se lever les poils sur les bras des hommes.

Le chaos régnait. Des paysans surgis de nulle part avaient engagé le combat contre les légionnaires qui l'emportaient aisément. Spongius embrocha un adversaire trop pressant avant de rejoindre son supérieur qui haranguait les soldats.

— Ils ont essayé de nous attaquer par surprise grâce au temps qui les masquait. Soit ces gens sont fous, soit ils pensent que les dieux sont avec eux. Je n'ai jamais vu quelques paysans armés de haches briser les légions de Rome.

— Pourvu que cela reste ainsi. Ce tremblement de terre a…

Le légat ne put finir sa phrase. Le sol s'ébranla et une fissure se creusa avant d'engloutir le parvis du temple. Un amas enchevêtré d'écailles propulsa la terre sur les combattants qui s'arrêtèrent, ébahis par cette vision infernale. Une queue énorme et puissante vint séparer les adversaires qui commencèrent à hurler et à courir en tous sens.

Des yeux s'ouvrirent, révélant une tête semblable à celle d'un crapaud. Le corps du lézard géant, plat et large, suintait de pluie. Sa bouche dessinait la lettre lambda sur son faciès aux reflets bleutés. Ses longues pattes arquées mettaient en avant une musculature impressionnante. Sa taille équivalait à disposer en rang une ligne d'une dizaines d'éléphants carthaginois.

Après s'être protégé derrière le bouclier de son centurion, Ofella contempla la créature avec dégoût. Déjà les légionnaires se débandaient les uns après les autres, l'incrédulité terrassée par la peur. Mais la bête cherchait une cible de ses petits yeux inquisiteurs. Elle se fixa sur le légat et se dressa de contentement sur ses pattes arrière, cachant le temple à la vue de tous.

Les paysans avaient fui dans l'obscurité et la pluie battait le champ de lutte. La troupe éparpillée se lançait sur leurs traces quand Spongius hurla d'une voix d'outre-tombe :

— *Principes ! Hastati ! Signa inferre !*[9]

L'appel porta, plus qu'il ne l'espérait. Les hommes se retournèrent, hésitèrent, les rangs s'étoffèrent et cela rendit confiance à chacun. Dissimulés derrière une rangée imperméable de boucliers, Ofella et ses hommes attendaient. L'animal géant découvrit ses crocs en dents de scie et lança sa queue contre eux, brisant le système défensif romain.

Parmi les premiers à se relever, le front en sang, Quintus Lucretius vit la bête s'approcher, gueule ouverte prête à l'avaler. Il roula de côté, évita la dangereuse cavité et s'élança afin de s'échapper. Le lézard se glissa dans son sillage.

Ofella passa le long d'une cabane balayée d'un coup de patte par son poursuivant. L'horizon bouché ne lui permettait pas de découvrir ce qui l'attendait dans la direction choisie au hasard. Le voilà tel un fantôme errant à l'aveugle au lendemain d'une bataille sanglante.

Un monticule rocheux s'éleva sur son chemin. S'aidant de son glaive qu'il planta dans un interstice, Ofella commença à le gravir. Son court avantage lui permit d'échapper à la bête quand elle tenta de le mordre à nouveau. Debout sur un

---

9 « *En avant les insignes !* »

201

monticule à l'équilibre incertain, il constata qu'il se trouvait au milieu d'une colline aux pierres disposées à la manière d'un escalier grandiose et branlant. Son ascension continua. Çà et là, des troncs d'arbres abattus, rongés par une mousse gorgée d'eau, constituaient autant de pièges mortels.

Armé de serres, le lézard laboura la roche et put grimper à sa suite avec agilité. Mais Ofella, rapide et bien entraîné, tentait de conserver le fruit de sa vivacité grâce aux marches. D'un saut appuyé sur ses avant-bras, il gagna une position en hauteur et affronta de son glaive les griffes de son adversaire. Le choc le projeta au sol et tira un hurlement de frustration au monstre.

La pluie redoublait. Elle chassait définitivement le brouillard, dévoilant en contre bas un cours d'eau qui serpentait dans une gorge étroite. Encore un étage. Le légat gardait son avantage. Acculé sur un petit promontoire, le visage de crapaud en approche, il vit le lambda s'ouvrir dans un sourire inversé, prêt à le dévorer. Il lança son glaive sur la bête. La lame transperça le haut du palais.

Un hurlement. Poussé vers l'arrière par son poids, le lézard tenta de planter ses serres et déchiqueta en lambeaux sanglants le pauvre Ofella. Ils chancelèrent de concert. Basculèrent ensemble dans le vide. Le Romain heurta un à pic de l'épaule et disparut au cœur de l'étroite gorge. Le choc avec l'eau glacée l'assomma presque.

Avec sa chute dans le torrent, tout se mélangea – la fièvre, la souffrance, l'eau glacée, les vêtements trempés – pour l'empêcher de s'accrocher au rebord. Le froid saisissait le corps de Quintus Lucretius qui hurlait sa douleur sans que personne ne l'entende. Il avala de l'eau, les frissons le crispaient au point qu'il peinait à nager, entraîné vers le fond par son plastron. Un dernier effort. Ne pas lâcher. Il tendit sa main en vue d'agripper ce qu'il pouvait, mais perdit connaissance sans y parvenir.

Son inconscience formait un terreau propice au rêve. Toutes ses pensées se tournaient vers Rome, un passé récent qu'il ne devait pas oublier. Vers sa famille disparue, plus particulièrement sa femme Hortensia.

Il se revoyait, installé dans son *tablinum* suite à la visite de Sylla. Le général voulait le conserver à ses côtés pour la campagne à venir contre Mithridate. Ofella avait alors refusé, à la grande joie de son épouse, dame de l'aristocratie au visage rond et aux yeux tirés comme des épis de blé. Le souvenir d'Ofella dessinait à merveille ses courbes bien en chair et ranimait son ton autoritaire qui dictait le fonctionnement de leur maison.

— Tu ne l'as pas trahi, Quintus ! tonna sa femme avec la fermeté qu'il lui connaissait. Sylla n'a pas insisté quand tu as refusé. Il a accepté sa défaite et il est parti, t'assurant de son soutien en vue des prochaines élections. Un grand homme.

— On ne lui dit pas non. On ne lui dit pas non…

— Tu pourras enfin accéder à la préture, et poursuivre ta carrière politique. Ton refus n'a rien de dégradant. À présent, les affaires publiques t'attendent.

— Non ! exulta-t-il de sa voix de stentor. Je ne le supporterai pas.

— Pense un peu à nous, à ton fils, à ton nom ! Par ta carrière, c'est son avenir que tu prépareras. Un jour, on dira que « c'était l'année du consulat de Quintus Lucretius Ofella »… imagines-tu l'immortalité dont serait saisi ton nom ?

— À quoi servirait que l'on se remémore mon nom si je ne fais rien qui mérite que l'on s'en souvienne ?

À cet instant, Ofella regarda les portraits de ses ancêtres, de bien meilleurs exemples pour son fils. Le ton monta avec, d'un côté, une Hortensia qui voyait les portes des dignités civiles s'ouvrir pour son mari grâce à la promesse du consul en exercice de le soutenir. Et de l'autre Ofella, obsédé par son refus et ses velléités de départ, incapable de supporter l'ambition de sa femme. Hortensia revint pourtant à la charge avec de nouveaux arguments.

— Je sais que tu ne voudras pas m'écouter, mais on raconte des choses sur Sylla.

— De quoi parles-tu ? Quels ragots les commères de tes amies propagent-elles à son sujet ?

— Il n'est pas question de cela, mais des bruits courent dans la ville au sujet de Sylla qui recevrait d'étranges visites nocturnes, peuplant ses songes. Et il n'est point question des voix de Somnus, nous sommes d'accord.

À cet instant, son rêve se brouilla. Était-ce Vénus qui corrompait déjà le général dans son sommeil ? Hortensia insinuait-elle que Sylla se trouvait sous quelconque influence ? Ce qu'il avait appris depuis le laissait penser, mais il refusait de s'en convaincre avant d'avoir eu un échange franc avec son ami et supérieur.

Aurait-il cette conversation un jour ? Le froid et l'eau dans ses poumons lui murmuraient à l'oreille que non. Sa conscience s'échappa à nouveau.

Quand il revint brièvement à lui, il ne flottait plus, mais les blessures infligées par le lézard géant brûlaient ses sens. Se sentant soulevé de terre, le légat tenta d'ouvrir les yeux sans y parvenir. Ses efforts furent longtemps vains, inutiles,

presque impossibles vu sa situation. Pourtant, il insista encore. Et sombra.

~*~

Ses paupières s'entrouvrirent, failles taillées à travers la
glace. Une main le dominait et lui masquait le plafond. Non
loin, un feu crépitait. Des voix se noyaient parmi les brumes
obscurcissant son esprit. Quand il put enfin voir, Ofella prit
peur : une pince tenait au-dessus de sa tête un bout de métal
qui aurait pu appartenir à son plastron.

Du sang perlait à son extrémité. Tout lui revint alors en
mémoire : le temple, l'armée, le lézard géant et le combat sur
les collines. Sa sortie d'apnée fut douloureuse. Sa respiration
se bloqua et se relâcha subitement, comme s'il émergeait à
peine des eaux du torrent. Plusieurs personnes se tenaient à
son chevet et assistèrent à ses vomissements.

Épuisé, il se rendormit sans se poser la question de savoir où il se trouvait, heureux de bénéficier de chaleur et
d'attention.

CHAPITRE 8

Seules des silhouettes erraient à ses côtés. Ses instants de conscience devinrent de plus en plus longs et il apprit à faire connaissance avec les paysans qui l'avaient sauvé des eaux. Agatocle l'accueillait dans sa maison où une femme nommée Néphélé restait à son chevet. La demeure n'avait rien de commun avec les palais du Palatin : c'était une petite construction en pierre, un mégaron de plain-pied, comptant seulement deux pièces et un toit de paille soutenu par des colonnes de bois. Ofella y trouva la quiétude et le repos.

De nombreuses blessures couvraient son torse et son flanc gauche, mais il était en vie et saluait tous les jours ses ancêtres pour lui avoir permis de se sortir du piège tendu par Apollon. Peu à peu ses forces revinrent.

Ses contacts avec le couple étaient peu fréquents. Néphélé le soignait sans un mot et Agatocle le nourrissait ou le veillait quand il n'allait pas aux champs. Ofella demanda à son hôte où il se trouvait. Phigèle fut la réponse. Connaître ce nom lui apporta une réelle quiétude, comme si l'apprendre suffisait à ramener ses forces.

Les jours passèrent. En se levant pour la première fois, malgré sa grande lassitude, son appréhension fut rassurée : son corps avait tenu bon et résistait encore aux épreuves infligées. Arrivé à la fenêtre, sa découverte d'un petit hameau ranima les souvenirs de ce lieu maudit où le lézard était sorti des entrailles de la terre. Quintus retourna se coucher, parcouru de tremblements.

Vêtu d'un simple pagne, allongé sur sa couchette, son esprit divaguait en captant les odeurs des champs alentour : l'été s'apprêtait à régner sur la Grèce et colorait les plaines où blé et orge s'étendaient sur un lit moelleux. Des oiseaux chantaient. L'air se chargeait de senteurs d'olives et de végétaux à peine coupés.

La paix. Ofella avait oublié jusqu'au mot désignant le calme, la simplicité, le repos. Depuis des mois, il s'affairait, ruminant sa vengeance, préparant la guerre. Maintenant, il devait laisser son corps récupérer des forces.

Malgré une lacération profonde du pectoral à l'aisselle, sa santé devint rapidement moins préoccupante. Très vite, il put sortir et profiter du beau temps. Bientôt, le village s'habitua à le voir déambuler dans les maigres rues, rejoindre les terres en culture, parfois s'installer simplement devant la maison d'Agatocle et observer.

Les anciens lui apprirent vite que Néphélé l'avait retrouvé inconscient au bord de la rivière à quelques centaines de pieds de Phigèle. Considérée comme une guérisseuse, elle jouissait pourtant d'une image contrastée auprès des habitants : certains la craignaient, d'autres l'adoraient. Ayant recouvré son énergie, il se présenta chez elle pour la remercier.

Sa maison ressemblait plus à une hutte qu'à une construction intégrée au hameau. La paille en composait le matériau principal. À l'intérieur, très peu de meubles ou d'ustensiles. À son arrivée, elle préparait une pâte verdâtre dans un trou à même le sol.

Silencieux, Ofella en profita pour l'observer sans qu'elle le remarque : petite, brune aux cheveux noués en tresse, large d'épaules, elle n'avait aucun argument à mettre en valeur, pas même sa poitrine plate. Mais sa charpente laissait penser qu'elle avait exercé des métiers physiques prolongés d'un bon entraînement.

Sa présence fut enfin remarquée et le légat s'excusa de son approche discrète avant de remercier chaleureusement Néphélé pour ses soins. Elle le regarda de ses yeux bleu océan sans comprendre, puis retourna à son activité de malaxation.

— Vous ne me devez rien. Je soigne toutes les personnes de la région, sans distinction, sans différence.

— Ce choix vous honore. Le service à la communauté est une valeur qui me tient à cœur.

— Voilà une remarque surprenante de la part d'un soldat romain.

— Peut-être avez-vous une appréhension à notre égard.

— Peut-être. J'ai tendance à me faire une opinion en fonction de ce que je ressens au contact des gens.

— Que vous a dit votre ressenti à mon sujet ?

— Que vous alliez mourir. Je ne vous le souhaite pas.

La remarque surprit beaucoup Ofella qui resta coi un long moment. La déduction qu'un homme de troupe pouvait décéder était évidente, mais la façon dont Néphélé l'avait affirmé, la conviction froide qu'elle avait mise dans sa sentence l'inquiéta.

— Je ne l'espère pas non plus ! plaisanta-t-il afin de réchauffer l'atmosphère, ou au moins son ton. J'ai survécu à un lézard géant, j'espère continuer.

Intriguée, la guérisseuse l'interrogea sur les événements l'ayant conduit à Phigèle. Ofella se plongea dans ses souvenirs et se remémora Épidaure, la demande du clergé, la montée vers cette communauté dangereuse et l'âpre combat. Il se livra sans concession sur ce sujet, ce qui lui fit beaucoup de bien.

Elle écouta avec une acuité nouvelle. Sa pâte prête, elle l'étala sur une tablette et la roula comme un parchemin. Quand le récit fut terminé, aucune surprise ne se lut sur son visage. Ofella s'en étonna :

— Je m'attendais à susciter chez vous colère, mépris, au moins du scepticisme. Je constate qu'il n'en est rien.

— Je ne suis pas seulement guérisseuse. J'apporte mon appui aux gens. Depuis plusieurs mois, je constate que leurs problèmes viennent autant des dieux que de la terre ou de la folie des hommes. Une guerre se trame et elle nous dépasse. Votre situation n'en est qu'un exemple supplémentaire. Et je crois que vous avez besoin d'aide.

— La mort est mon métier, Néphélé. Si Pluton compte m'emporter en son royaume, je ferai face et il me rendra des comptes. Croyez-moi, il a encore quelques dettes à payer à mon encontre.

La guérisseuse s'était relevée et s'approcha de lui tel un fauve prêt à se jeter sur son déjeuner du matin après une longue chasse. Elle enserra son bras, médita un instant, comme si des voix de l'au-delà s'entretenaient avec son esprit, avant de proposer :

— Je serai là si vous en avez besoin. Pensez-y.

Pendant les deux semaines suivantes où il resta à Phigèle, Quintus Lucretius revint souvent voir Néphélé, mais n'obtint qu'un échange poli et cultivé. Il l'observa offrir son temps, ses capacités, son tempérament au service de son prochain. Ce dévouement l'impressionna. Elle était un phare auquel se raccrocher, chacun venait chercher ses conseils et l'écoutait religieusement. Le Romain fut ému de ce don aux autres, sans contreparties.

Son départ arrivé, personne ne put lui proposer d'âne ou de cheval pour rentrer. Il s'en alla à pied, non sans avoir remercié une dernière fois celles et ceux qui avaient sauvé sa vie.

Le vent se levait sur la Béotie, vaste grenier à grain du monde. Malgré la guerre, malgré l'occupation, les propriétaires terriens continuaient à exploiter leurs domaines dans le but de vendre le surplus à Rome et d'autres cités. Avec l'Égypte, c'était là la réserve à nourritures de millions de personnes.

Après avoir quitté le village, Quintus Lucretius Ofella avait rejoint Épidaure. Les légionnaires en train de bâtir le temple dédié à Vénus lui apprirent que le centurion Spongius était revenu sain et sauf pour trouver Murena, toujours dans l'attente. Il avait parlé de l'attaque du lézard, suscitant horreur et inquiétude. Le jeune officier avait mené une mission punitive contre le village. Ce dernier avait brûlé, son temple comme toutes les autres constructions emportés par les flammes. Leurs recherches pour le retrouver avaient été vaines et la garnison avait rejoint Sylla au pied d'Athènes qui n'était pas tombée, pour le moment.

Sans en parler, Ofella songea avec malice que son jeune collègue avait pris position dans la guerre des dieux, sans le savoir. Empruntant un cheval aux soldats, il partit sur les routes dans le but de rallier à son tour la capitale culturelle et financière de la Grèce.

Le chemin fut long sous une chaleur accablante. Mais la détermination du légat resta intacte. Cette expédition solitaire lui rappela l'évasion de Rome afin de rejoindre Sylla et l'armée. Il y avait rencontré Romanipleustès – qui ne survivrait pas à leur prochain entretien. Son aventure avait débuté face à ce forban et Ofella souhaitait y mettre un point final honorable. Au bout de la piste, la cité mère de Périclès émergea bientôt.

Une ville s'érigeait désormais à bonne distance des remparts d'Athènes. Ses premières constructions hors les murs se composaient de roulottes, de tentes bigarrées et d'enchevêtrements grotesques abritant la caravane de l'armée. Les marchands, banquiers et prostitués s'y affrontaient pour le moindre espace vide. Des structures en dur grignotaient chaque lopin et donnaient naissance à un nouveau quartier flambant neuf d'une antique cité.

Plus loin, les remparts de bois hérissés de tours de guet délimitaient le camp de la légion. Cette vision le rasséréna : la livraison thébaine avait bien été acheminée. Avant d'arriver à la porte, il traversa un pont qui enjambait le profond fossé entourant la construction. De nombreuses sentinelles en gardaient l'accès. Parmi elles, le fidèle légionnaire Aulus Festus le reconnut et l'accueillit avec chaleur avant de l'escorter vers le *praetorium*, la tente du général.

Les tentes de la troupe et des officiers s'alignaient parfaitement afin de recréer les rues perpendiculaires des cités où l'on pouvait facilement circuler. Quinze mille hommes vivaient ensemble sur ce sol délimité où toute herbe avait disparu. Les gestes de joie et d'admiration à l'encontre d'Ofella évoquèrent de nouveau Capoue. Les troupes le harcelaient de questions dont il repoussa les réponses à plus tard.

La garde personnelle du consul le salua à son arrivée et il fut introduit toutes affaires cessantes dans les appartements de Sylla. La tente contenait du mobilier de maison noble, quelques statues réalisées par des amis sculpteurs du général, mais rien de vraiment ostentatoire. Au centre de la pièce trônait une table couverte de cartes – Athènes, la Béotie, l'Italie aussi. L'homme d'État avait bronzé et gardait les rondeurs de l'âge, mais son regard intelligent et acéré continuait à traduire la vivacité de son esprit.

Ils se firent une accolade fraternelle et s'installèrent sur deux banquettes au fond du pavillon. Un serviteur leur proposa une coupe de vin.

— Je suis heureux de te revoir, Quintus. J'avais peur de t'avoir envoyé à la mort, cela rongeait mes nuits. Et le centurion Spongius, comme bien des hommes, m'a rapporté des faits troublants au sujet d'Épidaure.

Sans se faire prier, le légat raconta une nouvelle fois ses aventures à Thèbes puis aux alentours du temple d'Asclépios, omettant à dessein sa rencontre avec la déesse Artémis. Sylla l'écouta attentivement, jouant avec une bille taillée dans la pierre. Cela rappela à Ofella les petits projectiles utilisés par les enfants. En achevant son récit, il souhaita prévenir son chef :

— Tu es en danger. Des dieux veulent ta mort.

— Avoue que c'est flatteur. Mais je prends ton avertissement très au sérieux. Déjà à Capoue, Vénus m'avait averti qu'on en voulait à ma vie. J'avais oublié cette mise en garde jusqu'à notre arrivée. Les travaux du camp ont été perturbés par des événements étranges : attaques d'animaux, incendies volontaires de bois sous bonne garde, tempête abattant les cloisons à peine montées... le moral en a pris un coup. Même la flotte de Lucullus a connu de nombreuses avaries qui ont permis aux Pontiques de ravitailler Athènes.

Lucius Licinius Lucullus, officier supérieur le plus proche de Sylla avec Ofella, avait eu pour consigne de bloquer le port d'Athènes à l'aide de ses navires, afin d'empêcher tout réapprovisionnement. Si la cité ne pouvait plus recevoir de nourriture ni par terre, ni par mer, l'armée romaine en viendrait à bout en l'affamant plutôt qu'en prenant d'assaut ses murs.

— Si tu meurs et si Lucullus est tué, les légions seront décapités et nous serons obligés de rebrousser chemin, l'avertit Ofella. Et les dieux s'imaginent que cela stoppera la montée en puissance de Vénus et de Fortuna. Tu dois arrêter les constructions de temples et toute manifestation d'allégeance aux déesses.

Ses doigts levés devant son visage, Sylla observait la bille où était gravée une inscription grecque. Il s'assit, croisa les jambes et frotta son menton du bout des doigts. Bien rasé, l'homme d'État noyait ses joues rougeaudes sous une peau plus sombre qu'à leur départ de Rome.

— C'est impossible. Vénus protège cette expédition, je ne peux renier le pacte qui nous apportera la victoire. J'ai déjà convaincu Delphes de se plier à notre cause. Olympie s'est convertie de force. Épidaure, à ce que tu disais, n'est pas opposée à cette ouverture à ma tutrice bienveillante. Tu souris, je le vois, mais tu sais très bien que les bons auspices sont importants dans une campagne militaire. Surtout quand on affronte un ennemi supérieur en nombre.

— Que veux-tu dire ?

— Mes *speculatores* m'ont appris qu'une armée deux fois plus nombreuse que la nôtre venait d'accoster à Chersonèse de Thrace. Mithridate a répondu à l'appel au secours d'Athènes, mais il va sans doute aussi se chercher des alliés afin de renforcer ses arrières. Les troupes ne seront sans doute pas là avant huit lunes, donc nous devons faire tomber la cité au plus vite. De toute façon, nous ne pouvons pas rentrer à Rome : Marius y a repris le pouvoir.

À ce nom, Ofella changea de couleur. Le grand général romain était responsable de la mort de sa famille. Après avoir juré de l'abattre, il avait déjà échoué lors de la guerre civile. Mais Fortuna remettait l'homme sur sa route. Tôt ou tard, il aurait sa vengeance.

Les menaces se multipliaient sur les armées dont il était légat. Il connaissait la seule issue possible : vaincre ou disparaître. Cela renforça la détermination qu'il s'était forgé dans ce petit village grec où il avait pris du repos, nourri d'une conviction, une seule, la seule qui avait grâce à ses yeux : servir Rome.

— La priorité est donc de faire tomber Athènes tout en te gardant en vie.

— Je ne donnerai pas ma vie devant la cité des poètes et des dramaturges, même si cela ferait un beau point final à ma future biographie. Assure-t'en, je te donne aujourd'hui le commandement de ma garde personnelle, car tu es le seul à mesurer l'ampleur des menaces pesant sur ce camp. Quant à Athènes, j'en fais mon affaire. J'ai demandé la construction des armes de jet aptes à faire tomber les murs de l'enceinte. La cité tombera, crois-moi : j'ai un compte à régler.

D'un geste vif, Sylla lança la bille à son subordonné et se désintéressa aussitôt du légat qui pouvait lire, en faisant tourner la boule entre ses doigts : « *Sylla n'est qu'une mûre empreinte de farine* », évocation insultante de son teint.

Atterré, Ofella salua son général et jura sa fidélité jusque dans la mort. Considérant l'échange terminé, il se retira. À peine sorti de la tente, ses plus proches hommes l'entourèrent, le centurion Spongius en tête. Aulus Festus et Terminus se tenaient à l'écart, en compagnie de Murena qui affichait un large sourire. Ils fêtèrent le retour du patricien d'une clameur que le légat remercia d'une poignée de main à chacun.

Un regard complice partagé avec Murena le soulagea : son bras droit ne lui tenait pas rigueur d'avoir risqué sa vie malgré son opposition. La conscience le rappelait déjà à ses devoirs : Ofella distribua ses ordres et demanda à ce que sa tente soit transportée devant l'entrée du *praetorium* de Sylla. Ainsi il aurait un contrôle complet sur l'accès au général.

CHAPITRE 9

De gros nuages voilaient la lune de cette nuit ténébreuse. Le vent balayait le camp romain, préparant le terrain à un violent orage. Craignant le déluge, les gardes s'abritaient comme ils le pouvaient, leur attention émoussée par des semaines sans danger.

La silhouette en profita pour se mouvoir hors de sa tente et s'approcher du grand ensemble de toiles réuni au centre du *cardo*. Un sourire apparut sur son visage rongé par des plaques rouges quand il salua le légionnaire en faction et se faufila, sans bruit, dans l'habitation d'Ofella.

Les pans vibraient en raison du vent, mais l'obscurité régnait. Tout juste devinait-on, à gauche de l'entrée, le fantôme d'un brasero presque éteint. L'homme s'approcha de la paillasse du légat. Il ne put s'avancer bien loin, sentant le contact froid du fer contre son artère fémorale.

— Le vent ne cache pas tes déplacements, tu as fait une belle erreur, fit Quintus Lucretius en se redressant.

Le soldat baissa les yeux et découvrit le glaive menaçant contre sa jambe. Immobile, de crainte que son geste soit le dernier, il leva les mains en signe d'apaisement.

— Je ne vous veux aucun mal, *legatus*.

Légionnaire typique, jeune, fort, aux multiples blessures, l'assassin ne disait rien à Ofella. Mais ce dernier se satisfaisait d'avoir mis la main sur l'un des infiltrés liés soit à la cause de Marius, soit à celle des dieux. Sa décision de poursuivre l'interrogatoire immédiatement ne visait qu'à découvrir l'allégeance de l'espion.

— Ton comportement trahit tes paroles. Jette ton arme et je t'épargnerai peut-être.

Un couteau disparut par l'entrée, lancé dans les allées du campement. Mains en l'air, l'individu se rendait ostensiblement, peut-être afin de négocier sa survie.

— Je ne souhaite pas me montrer irrespectueux, seulement vous parler.

— Fais attention à ce que tu vas dire ou je ne garantis pas que tu gardes suffisamment longtemps ta langue.

— Je suis porteur d'un message de Caius Marius. Il a une proposition à vous adresser.

— Quel genre ?

— Un échange.

Sauf s'il lui donnait sa vie, Ofella ne voyait pas ce que le renard argenté avait à offrir. À l'extérieur, le garde appela du renfort, sans doute à cause de la lame qui venait de glisser sur le sol meuble.

— Mon maître vous prie de tuer Sylla ou de me laisser le faire. Il est conscient du prix à payer, mais…

Des cris, au-dehors, indiquèrent que l'on avait retrouvé la dague. Des légionnaires se précipitèrent dans les appartements d'Ofella et entourèrent l'espion. Hésitation. Suspension.

— Tout va bien ? demanda Aulus Festus, inquiet.

— Oui, répondit Quintus. Cet homme est un envoyé de Marius. Qu'on l'emprisonne et que son interrogatoire soit mené avec sérieux.

Il se détourna et regarda le traître :

— Je ne négocierai rien. Ma seule question vis-à-vis de Marius sera de savoir si je lui tranche la nuque ou transperce le cœur.

— Je… je… Non, attendez, il…

Festus assomma le prisonnier et il fut tiré sans ménagement hors de la tente.

L'infiltration fit grand bruit dans le camp : la trahison d'un des leurs rendait les légionnaires nerveux, agressifs. Conscient de la fronde grandissante, Sylla se chargea lui-même de l'interrogatoire de l'espion, à la surprise d'Ofella. De nouvelles arrestations eurent lieu et l'exécution publique des cinq félons rassura les hommes.

Malgré son insistance, le légat n'eut à aucun moment l'occasion d'interroger seul le premier prisonnier. Des soupçons commencèrent à nourrir son intellect, déjà mû par la frustration de l'inaction.

Le siège reprit sa marche infructueuse. Les premières balistes rentrèrent en service dans les jours qui suivirent sans ébranler les défenses athéniennes. Le légat accompagna son général lors de l'inspection des machines : leur armature impressionnait. De grands leviers et moulinets utilisés pour tendre le câble, fait, dit-on, de cheveux de femmes à cause de leur solidité, retenaient le bras de bois projetant les pierres sur les murailles.

En raison de sa garde assidue autour de l'*imperator*, le légat avait délégué ses fonctions à son ami Murena qui s'en acquittait sans ennuis particuliers. Installés dans la tente de l'aîné des deux soldats, ils imaginaient ensemble les meilleurs moyens d'organiser les troupes et de maintenir la discipline. Ils y recevaient les centurions afin de gérer les demandes des hommes.

La vie de la Légion se cantonnait aux problèmes du quotidien : les centurions venaient négocier des tours de garde, des possibilités de congés de quelques jours dans la région, des primes en cas de travail pénible. L'armée n'avait pas d'autre choix que d'attendre que la ville s'épuise, car les tentatives d'incursions échouaient les unes après les autres et les murs restaient imprenables.

Après un été paisible, l'automne fut marqué par de nombreuses tentatives de sorties des assiégés. Les troupes du Pont, menées par leur chef Archélaos, essayaient de rompre le blocus terrestre sans résultats. Ils allaient et refluaient comme des vagues se brisant sur la roche. Ces combats ne se firent pas sans pertes et entraînèrent la mort de dizaines de légionnaires tout en renforçant l'attention et la motivation de leurs camarades.

Puis ce fut l'hiver. Les fumées du camp de base des Romains se distinguaient à plusieurs lieux dans le désert blanc de la Béotie. Les légions de Sylla furent surprises par le blizzard. Devant les tentes, les gardes se montraient négligents, trop occupés à bourrer leurs sandales avec des tissus déchirés afin de se prémunir du froid. Un siège aussi long était épuisant pour les organismes et les nerfs.

Pendant ces moments de flottement, où l'armée prenait ses quartiers d'hiver autour de feux trop faibles, le commerce avec l'extérieur du camp battit son plein : vêtements chauds, petit bois, tout était bon pour faire des affaires avec les marchands installés en lisière des palissades.

Les va-et-vient causés par cette dispersion avaient poussé Ofella à se tenir sur ses gardes : de nombreux visages inconnus circulaient autour des appartements de Sylla. Pourtant, aucun événement particulier ne vint secouer la mise en sommeil progressive de la campagne militaire.

Au cours de longues soirées autour de braseros, l'état-major romain mettait au point les plans de la chute d'Athènes. Au terme de chaque réunion, Ofella s'installait dans sa tente et ne dormait que quelques heures, réveillé par le moindre bruit suspect. Cette épuisante attention commença à peser sur son moral et à le rendre irritable. Il quittait souvent le camp afin de s'isoler, car Sylla supportait de moins en moins ses sautes d'humeur.

Marcher le calmait. Déjà, à Rome, il sortait volontiers arpenter les rues et apaiser ses idées noires. La fatigue stimulait les souvenirs rattachés à sa famille disparue. Raviver de tels souvenirs lui faisait mal.

Autour du campement des légionnaires, le terrain avait été dégagé par les nombreux arbres abattus pour fournir du bois de construction. Attentif à ne pas trébucher sur une souche enneigée, Ofella se protégea du vent à l'intérieur de son manteau à fibule et s'arrêta au pied d'un tertre. En montant rapidement la petite pente, il pouvait avoir une vue appréciable sur le paysage endormi.

Les nuages blancs défilaient dans une lente procession au-dessus des champs et des chemins qui se confondaient sous la poudreuse. De loin en loin, on ne distinguait rien ni personne. Pourtant, Ofella sentait depuis quelques jours une présence et la craignait. Il se préparait à une visite inévitable.

Le vieil homme appuyé sur son bâton de marche se dressait en haut du tertre, au pied d'un arbre décharné qui ployait sous le poids des flocons accrochés à ses branches. Romanipleustès l'attendait comme s'il se tenait là depuis des lunes, alors même qu'il ne s'y trouvait pas quelques instants plus tôt.

Ofella brava la neige pour se retrouver face à face avec son adversaire. Cette fois, sa colère ne prit pas le dessus. La vérité serait la seule inspiration de leurs paroles.

— Avec quelle saillie verbale tiens-tu à commencer cette joute ? interrogea le légat en se plantant devant le mage.

— Artémis est très déçue. Moi aussi. Ton général est encore en vie.

Le ton de l'envoyé divin ne participa pas à réchauffer les débats.

— Ce n'est que le début. Je refuse de m'immiscer dans votre guerre. Je sers d'abord les miens, non vos petits arrangements pour le pouvoir. Je l'ai déjà dit aux envoyés d'Apollon quand ils ont cherché à me tuer : laissez-nous en dehors de ce conflit. De toute façon, je vous empêcherai de faire du mal à Sylla.

Inspiré par des paroles longuement mûries, le Romain commença à tourner autour de Romanipleustès. Les poings serrés, il se tenait prêt à un affrontement aussi bien physique que verbal.

— Ne crains-tu pas l'avenir horrible que l'on t'a montré ? Tu sais que tu pourrais l'éviter. Retrouver ta famille.

— Je crois en peu de choses. Ce rêve d'un futur n'en fait pas partie, car ce n'est qu'une vision biaisée par celle des dieux. Moi, je crois au pouvoir des hommes. Je crois en la République, ses préceptes, ses lois ; j'ai foi en Sylla, son commandement, sa capacité à nous faire gagner ; et je donnerai ma vie pour les légions, ces guerriers courageux qui, eux plus que tout autre, représentent les Romains dans toutes leurs qualités et leurs défauts. Un jour, quelqu'un comprendra que ces hommes sont Rome et ce jour-là, l'armée changera le monde et son chef sera un dieu. Alors, tes commanditaires pourront s'inquiéter.

— N'est-ce pas déjà le cas ?

— Vois-tu des statues de Sylla honorées ? Des cultes à sa personne ? Non, les gens l'aiment, car il gagne. C'est un champion des sénateurs, pas une figure divine. Pour ça, les dieux n'ont pas besoin de nous. Quant à ma famille, je ne puis me trahir pour les ramener. Ce serait les assassiner une deuxième fois. Je me vengerai, voilà tout ce qui devra consoler mon chagrin.

Leurs regards se défièrent. Ofella sentait une menace sourde derrière le comportement froid et mesuré de son interlocuteur, toujours prompt à attaquer par le mot. D'un geste machinal, il écarta le pan de sa cape et posa la main sur la garde de son glaive. Le mouvement n'échappa pas à l'augure qui ricana.

— Tu as choisi ton camp, fils de la Louve. J'ai mes ordres : tu deviens à présent un ennemi, comme tous les autres. Je serai parmi les troupes du Pont quand elles arriveront. Les pouvoirs des dieux seront derrière les hommes de Mithridate. J'en serai leur chef.

Au cours de sa convalescence, le légat avait longuement réfléchi à ce qu'il avait entendu pendant son bref séjour sur l'Olympe. Une question lui brûlait les lèvres et il allait la poser à Romanipleustès sans regret.

— Car tu es un brillant général, n'est-ce pas ? Le seul qui ait jamais fait trembler Rome.

Un sourire courut sur le visage de l'augure. Oui, il se rappelait la victoire de *Cannae*, la traversée des Alpes, le siège de Rome, des images de gigantesques éléphants agonisants après le passage d'une montagne trop difficile pour eux, l'égarement, la défaite, le mercenariat et la mort. Parfois sa vie d'Hannibal Barca se tenait debout dans le champ de vision de Romanipleustès et lui adressait un signe. Rien de plus.

Quand Artémis l'avait rappelé, il avait décidé d'obéir, car il bénéficiait d'une nouvelle opportunité d'empêcher la Louve romaine de dévorer les royaumes hellénistiques, l'Égypte et tous ces états indépendants trop faibles pour faire face à la puissance de la Légion.

— Il ne suffit pas de faire trembler. Je me suis suicidé pour empêcher Rome de me prendre, car j'ai refusé d'assister à la déchéance du monde que je défendais. Cette fois, je n'ai pas cette possibilité. Je dois tuer Sylla et décimer l'armée romaine, telle est la mission que m'ont confiée les dieux.

— Et l'armée de Mithridate ne pourrait y parvenir seule ?

— Si je le pensais, je me poserais sous l'ombre d'un olivier et j'assisterais au spectacle. Mais ce n'est pas ainsi que cela va se passer. Je ne peux vous laisser gagner sans rien faire, sous peine de voir le monde que nous connaissons changer pour toujours.

— Nous avons déjà gagné bien des batailles et constitué un empire, ce ne sera qu'une ligne de plus qui s'écrira.

Attaché à son image de sa cité immortelle, Ofella ne doutait pas de la victoire, mais des prédictions alarmistes. La réponse que son interlocuteur lui livra ne fit que révéler l'entêtement de son adversaire.

— Il est bien différent de constituer un empire et de le faire prospérer. Ton chef le sait. Il a des ambitions pour Vénus, sa protectrice, que la Méditerranée entière paiera. Je dois essayer de lui barrer la route. Si tu tentes de m'en empêcher, tu mourras. Adieu…

La colère devant l'aveuglement dogmatique de l'augure, ce Hannibal si prestigieux, mais si faible face aux dieux, s'accompagna dans l'esprit du militaire de la douleur causée par sa brûlure au cou. Agacé, il dégaina son glaive pour constater que Romanipleustès avait disparu.

Depuis qu'Ofella avait tracé sa voie, décidé de ce qu'il voulait faire, il attendait ce moment où la déclaration de guerre serait inévitable.

À présent, les ennemis se trouvaient à sa porte.

CHAPITRE 10

Le printemps imposait enfin ses couleurs chaudes au paysage. Les légionnaires délaissaient leur léthargie alors que les jours s'allongeaient peu à peu. La lumière, pleine de cette énergie à leur transmettre, rendait le moral aux plus déprimés de ne pas avoir revu la patrie depuis un an.

L'optimisme ne quittait plus le camp romain : les Athéniens avaient abandonné les sorties meurtrières visant à briser l'encerclement et l'armée en marche depuis le royaume du Pont se faisait attendre. La conviction s'imposait : la cité de Périclès ne tarderait pas à tomber.

Installé dans la tente de Sylla en cette fin de journée, l'état-major pensait avoir trouvé la faille du dispositif défensif de la ville. Pour la première fois depuis des semaines, le légat Lucullus avait quitté la flotte qui assiégeait le port du Pirée afin de mettre en place l'ultime assaut. Tous écoutaient le rapport du *speculatores* Terminus qui avait découvert la brèche tant recherchée.

— Nous avons pénétré trois lunes plus tôt les murs d'Athènes. Après une rapide reconnaissance, je me suis installé chez un barbier qui louait une chambre afin de percevoir l'état d'esprit des assiégés. Le moral est au plus bas et leur tyran, Aristion, s'est réfugié sur l'Acropole où il a fait élever des barricades au cas où nous percerions les défenses. Les rares habitants en souffrent beaucoup et se désorganisent, d'autant que la vie devient vraiment difficile : le barbier n'a pas utilisé d'huile d'olive pour me raser, mais un peu d'eau de pluie qui a à peine attendri ma peau.

Se faisant, il montra aux officiers la plaie qu'il portait sous le menton et haussa les sourcils afin de rappeler qu'il l'avait échappé belle.

« Manger à sa faim est un luxe et les puits souffrent de la douceur printanière exceptionnelle. Athènes est exsangue. La défense s'en ressent. Avec mes hommes, nous avons fait une reconnaissance dans le quartier de l'Heptachalcos, principalement composé d'un temple à Hercule et de hangars à grain qui se vident. Cette mission a été motivée par divers discours de riverains indiquant que la défense s'y relâchait. C'est bien plus important qu'un relâchement. »

Parmi les généraux, Ofella écoutait, le bas du dos contre une table où se trouvaient cruches de vin et coupes de terre cuite. Il sentait arriver le moment crucial où le siège allait se décider. Si les dieux soutenaient effectivement le Royaume du Pont et ses affidés, ils devraient agir très vite afin d'empêcher la prise de l'un de leurs bastions. Alors le légat serait là pour contrecarrer leurs plans.

« La ronde n'est assurée qu'une fois sur trois, parfois par un seul homme. De nombreux soldats de cette zone sont malades ou ont abandonné leur poste. Les rats représentent nos meilleurs alliés et ils ont accompli leur œuvre avec talent. Je crois qu'une attaque massive peut faire tomber les défenses rapidement et nous assurer un point d'entrée. »

Au milieu de ses hommes, à l'écoute des réactions, Sylla faisait rouler, entre son pouce et son index, la bille de pierre que les Athéniens lui avaient jetée. Quand Terminus acheva sa présentation par un point sur les caractéristiques techniques du mur visé et des bâtiments voisins, le consul leva la main et précisa d'un ton impérieux :

— Nous irons faire notre conviction sur le terrain. Profitons du crépuscule afin d'aller confirmer notre objectif sur place. Si la situation se justifie, nous attaquerons.

Prêt à obéir, Ofella sortit de la tente de l'*imperator* et sollicita d'un geste de la main une escorte. Douze hommes entourèrent bientôt l'état-major qui, guidé par Terminus, contourna le camp afin de rejoindre le couvert d'un bois. Ils profitèrent de l'abri pour s'approcher discrètement du mur ouest.

La décision fut rapidement prise après l'observation de la ronde : la légion devait frapper vite et fort, faire tomber les défenses et entrer dans la ville. Ensuite, la tête de pont serait leur meilleure garantie : aucune contre-attaque ne les rejetterait hors les murs.

Sur le chemin du retour, Quintus Lucretius se montra particulièrement attentif, car il savait que la décision prise faisait peser le risque d'une tentative d'assassinat sur son chef. Les dieux ne devaient pas laisser Athènes tomber sous peine de voir s'avérer la domination romaine. Aussi, il devrait rester aux aguets jusqu'à la chute de la cité. Une force lui paraissait à l'œuvre dans l'ombre, impossible à identifier pour le moment.

Quelques pas en arrière, Sylla s'entretenait avec le légat Lucullus et affichait cette moue songeuse et concentrée qu'il affectait lors de chaque combat crucial. Lui, le jovial patricien, pouvait s'enfermer dans le silence des heures durant, à l'approche de l'offensive. Ofella se souvenait qu'avant la bataille décisive contre Jugurtha, l'*imperator* n'avait pas desserré les lèvres pendant quatre jours, jusqu'à sa harangue aux troupes.

Ofella s'en satisfaisait, car la victoire se trouvait au bout du chemin : les Romains ne se montraient jamais aussi talentueux que sur les champs de bataille, cela se confirmait sous Sylla. Selon les livres d'histoire, les défaites d'une armée républicaine dans un affrontement direct se comptaient sur les doigts d'une main depuis l'invasion de l'Italie par le terrible Hannibal.

Hannibal… le légat repensait au vieux mage aveugle, à ses menaces, à leur histoire commune. Ce combat avait conditionné sa vie et l'avait conduit jusque-là, à cet instant où il ne devait pas échouer.

Les quelques mètres avant la tente du général furent achevées la main sur la poignée du glaive, mais rien ne se passa. L'emplacement fut encerclé de gardes et quand l'état-major se sépara pour se reposer quelques heures, Ofella prit place sur sa paillasse sans s'endormir, trop inquiet de ce qui pourrait arriver.

Mais la journée avait été difficile. Dans la tente mitoyenne, les feux éclairant l'*imperator* venaient de s'éteindre. Et malgré les torches disposées çà et là, Ofella luttait avec l'énergie du désespoir contre le sommeil. Il se tenait à la frontière des rêves, dans un entre-deux perturbant, submergé par un flot d'images étourdissantes.

De grandes portes à double battant s'ouvrirent devant lui, leurs panneaux de bois figuraient des décors somptueux faits de montagnes, d'animaux mythiques, d'hommes aux profils herculéens et de femmes aux atours sensuels.

Un couloir à colonnades ouvragées menait à une aula au milieu de laquelle se dressait une fontaine. À son sommet étaient perchées des têtes d'animaux divers, crachant des jets d'eau qui descendaient en escaliers vers son bac recouvert de lierre et de nénuphars. Quelques créatures aquatiques, dont des grenouilles, gardaient le lieu empreint d'une quiétude à peine troublée par les clapotis.

En profitant des dalles de marbres pour contourner l'apaisante source, le légat entra dans une pièce sombre. Trois silhouettes s'y dessinaient, spectres devant une torche, et chacune réveillait des souvenirs dans l'esprit d'Ofella. Le vieil homme sur sa gauche l'agaça comme jamais.

— Encore vous, misérable Carthaginois ?

La remarque tira un sourire à Romanipleustès qui s'avança en s'appuyant sur son bâton de marche.

— Ce sera notre ultime entrevue. Je suis venu m'excuser.

— Pour quelle raison ? Servir le mauvais camp ?

— De devoir appliquer les ordres. Si jamais tu devais mourir, pars la conscience tranquille : Marius travaillait pour nous. Il devait t'influencer afin que nous puissions t'utiliser. Il n'a pas assassiné ta famille, mais l'a cachée ici, détenue en otage. C'est ce que son envoyé ne put te confier. Ce que Sylla t'a caché avec sa perfidie habituelle et son égoïsme sans bornes. Voilà le cadeau que je te fais aux portes du royaume des morts.

En tendant son bras vers les deux autres ombres, l'augure attira des feux divins sur Lucius, le fils d'Ofella, et son épouse Hortensia.

Sa conscience lui dictait que c'était impossible, mais Quintus Lucretius s'en moquait : seul son cœur dominait ses pensées. La sentence tomba avant qu'il ne puisse laisser échapper le moindre sentiment :

« Adieu, fils de la Louve. »

Le retour à sa tente fut douloureux. Sa gorge le brûlait comme jamais. Ne pas avoir pu parler à ses proches, découvrir leur survie, quel cadeau ! Mais Ofella connaissait son adversaire et cela glaça ses espoirs.

Se lever, marcher pour éliminer toutes les images qui polluaient ses réflexions, voilà la première urgence. Malgré ses efforts, son corps ne fit pas un geste, ou plutôt aucun des gestes qu'il lui ordonnait de faire.

Sa main droite s'agita frénétiquement avant de se tendre vers la poignée de son glaive posé le long de sa hanche. Il perdait le contrôle de lui-même. D'un mouvement raide, son buste se redressa puis, d'une saccade, son corps se leva. Le légat ne parvenait pas à intervenir, observant par ses yeux un spectacle de pantin dont il serait la tête d'affiche.

Un pas. Un autre. Il entra dans la tente de Sylla et comprit ce qui allait arriver. La terreur se mua en colère, mais c'était trop tard : l'assassinat ne pouvait être empêché.

Debout au-dessus du général assoupi, lame du glaive tournée vers le sol, Ofella assistait impuissant au meurtre que ses mains allaient commettre. Prisonnier de son corps, il hurlait sa haine. Aucun son ne sortait de sa bouche. La pointe acérée se leva, dirigée vers les pénates où dormait Sylla. Ses bras se tendirent, prêts à frapper.

L'arme s'abattit. Obligé d'observer la scène, Quintus Lucretius vit une mystérieuse enveloppe faire barrage autour de son chef. L'émeraude portée en boutonnière de sa chemise brilla intensément et dévia la lame qui s'enfonça profondément dans la paillasse. Les regards des deux hommes se rencontrèrent comme Ofella récupérait le contrôle de lui-même.

Une expression de terreur traversa les yeux de Sylla. Quintus y lut la crainte, sentiment peu courant chez le grand homme, mais aussi la culpabilité. Il comprit alors ce que venait de lui dire Romanipleustès et renoua les fils d'une histoire commencée à Rome : le pli que Marius lui avait fait remettre, l'envoyé capturé trop tôt, il n'avait pas saisi que l'on essayait d'une autre manière de négocier sa famille contre sa fidélité.

Sauf que Sylla savait. Le consul avait lu le billet scellé, peut-être avait-il recueilli des aveux du prisonnier. Sans jamais rien révéler. La déception d'Ofella se mêla à une colère légitime.

Que dire ? Que faire ? Comment justifier son geste, expliquer que tout cela n'avait aucun rapport ? Toutes ces questions passèrent dans les yeux du légat. Avant qu'il ne se retourne pour fuir.

Alors que Sylla donnait l'alarme, son monde s'écroulait. Les tentures se refermèrent sur Ofella, porte d'une prison dont il devait s'échapper. Il sortit de l'enfilade de tissus, armé seulement d'un petit poignard. Les gardes postés devant l'entrée ne réagirent pas. À peine dehors, il se mit à courir.

Le camp dormait depuis plusieurs heures, expliquant la lenteur des hommes à se mobiliser malgré l'alerte. La lune pleine ne permettait pas de se cacher des observateurs. Arrivé sans encombre à l'écurie, Ofella monta sur son cheval et lança son hongre au galop. Il tentait de rassembler ses idées. Des cris s'élevaient. Les portes principales, à chaque extrémité du *decumanus* et du *cardo*, se fermaient déjà.

Des légionnaires se dressèrent sur sa route. Il en bouscula un, fut encerclé par d'autres qui le tirèrent au sol. La lutte s'engagea. Un coup de poing. Les bruits de pas des renforts. Ofella ne capitula pas : il s'extirpa avec violence de la mêlée, un glaive à la main, et courut vers le mur est, le plus proche. Du bois de chauffage non utilisé y était entassé, aussi monta-t-il sur le promontoire improvisé et sauta par-dessus la palissade.

La réception fut bruyante. Le contact avec la terre dure lui tira un hoquet de douleur. Il roula-boula. La butte hérissée de pointes de bois taillé le lacéra jusqu'à ce qu'il tombe dans le fossé plein de déjections. Il se releva à tâtons, à la recherche de la poignée rassurante du glaive. Sa réaction devait être rapide s'il voulait avoir une chance d'en sortir.

Du sang s'échappait de son flanc gauche, blessure rouverte lorsqu'il s'extirpa du trou. Son équilibre vacillait autant que son espoir tandis que la Légion tout entière se lançait à ses trousses. Ofella émergea entre les cabanes des artisans et des autres civils qui avaient suivi la campagne. Les rues endormies, désertes, ne fourniraient aucune cachette. Du camp descendait une armée de torches. Retentissait le pas martial des soldats à sa poursuite. Ce grondement de tambours l'incita à fuir.

Le vent cingla son visage comme une gifle, lui rendant un peu de lucidité. Son échappée le poussa vers la lisière des champs labourés quand un hennissement attira son attention : quelques bêtes de somme erraient dans un enclos, énervées par le bruit alentour. Enjambant la barrière, Ofella monta à cru et guida le cheval vers l'extérieur. Le bourrin obtempéra en rechignant avant de se lancer difficilement au galop.

Des cris dans son dos ravivèrent sa prise sur la crinière de l'animal. La réalité de cette nuit printanière le laissait mortifié : traître pourchassé, il n'avait aucun endroit où se réfugier. Arrivé sur la piste qui quittait Athènes, il jeta un regard en arrière pour observer le camp, la cité, enfin les cavaliers à sa poursuite. Son attention se reporta vers l'avant. Où aller ?

Après avoir remonté un bois dépeuplé, le fuyard passa au milieu des champs qui reprenaient vie. La lumière intense du clair de lune répandait çà et là des ombres inquiétantes. Et le tambour des sabots sur le sol empêchait toute réflexion.

La douleur commençait à lui enserrer la ceinture abdominale. Les légionnaires à sa poursuite se rapprochaient. Il devait faire quelque chose. Le paysage ne serait d'aucune aide tant sa platitude résumait à elle seule les solutions à sa disposition. Alors peut-être faudrait-il faire face.

Je suis un Romain. Je vais mourir en Romain. Cette pensée, il ne l'aurait pas repoussée quelques heures auparavant. Maintenant qu'il savait les siens encore vivants, l'équation de son existence se compliquait : ce n'était plus une seule cause qui faisait sa vie, mais bien deux, sa famille autant que Rome. Impossible de choisir.

La carte de Grèce se matérialisa dans son esprit et il opta pour rejoindre Thèbes, conscient que cela tuerait sa monture s'il y arrivait.

~*~

Les nuages se massaient et masquaient la lune, voile cachant le fuyard. Avec ce léger avantage, Ofella perdait la facilité de s'orienter, toutefois il parvint à mettre suffisamment de distance avec ses poursuivants et fit ralentir la cadence de son bourrin. Ce dernier chancelait en arrivant au point du jour face aux portes de Thèbes.

Épuisé, l'animal s'écroula, vaincu par une course qui allait sauver la vie de son cavalier, mais lui coûterait la sienne. Après s'être dégagé, Quintus Lucretius porta la main au licol du cheval et flatta son museau. Puis il sortit son glaive et acheva ses souffrances, conscient du sacrifice qu'il avait exigé.

Son regard triste se fixa sur la cité thébaine. Le double battant restait fermé pour l'instant, protégeant la patrie d'Épaminondas des dangers de l'obscurité en recul. À l'affût, Ofella craignait ce qu'il pourrait découvrir dans les ombres. Il cherchait à capter le moindre bruit de sabot. Rien ne vint.

Les portes grincèrent sur leurs gonds, offrant un passage au soleil. L'ancien légat se faufila, éclairé par l'un des précieux rayons du matin. Des gardes l'arrêtèrent aussitôt, mais il se présenta et le souvenir de sa précédente visite restait visiblement vivace. Sans plus de questions, deux hommes l'escortèrent jusqu'à la demeure d'Épaminondas.

Un serviteur partit chercher le maître des lieux qui ne s'attendait pas à telle rencontre. Il comprit au comportement du Romain que quelque chose n'allait pas. Les deux gardes furent accompagnés à la cuisine en remerciement de leur travail, laissant Ofella seul avec son hôte.

— Alors ça y est, Sylla est mort…

Ce n'était pas une question, mais une affirmation qui ne plut pas au natif d'Italie.

— Non. Il a lancé la mort à mes trousses pour se venger.

— Et tu es venu ici ? interrogea le vieil homme, les yeux écarquillés.

— J'ai été forcé à cette tentative d'assassinat par Artémis et Romanipleustès, tes amis. Tu ne voudrais pas passer pour un ingrat, un insolent et un fourbe en refusant de me cacher alors que j'ai finalement agi dans le sens que tu escomptais.

— Agir est un bien grand mot.

— Agir n'est pas réussir, tu devrais le savoir.

La phrase laissa Épaminondas songeur. Il se gratta le menton, pesa le pour et le contre puis sourit à son invité.

— Et je le regrette. Je vais te cacher, pas pour ça, mais parce que j'ai de l'affection pour toi. J'ai beaucoup apprécié nos échanges lors de ta visite. Mais dès que les légionnaires auront fouillé Thèbes, tu quitteras la cité et n'y reviendras pas. D'accord ?

— Et Artémis ? Elle ne sera pas heureuse qu'un de ses partisans me cache alors que je lui ai tourné le dos.

— La déesse a bien d'autres préoccupations. La guerre fait rage en Olympe. Elle te laissera tranquille pour le moment. Pas sûr que tes anciens frères d'armes en feront autant.

Ofella avait conscience de l'épée de Damoclès au-dessus de sa tête. Coincé entre les dieux et la fureur de l'*imperator,* ses choix étaient maigres et ses options dérisoires.

Chapitre 11

Une centurie romaine ne tarda pas à envahir Thèbes. Guidée par le cadavre odorant d'un cheval, elle pénétra dans la cité deux jours après l'arrivée du fuyard. Caché sous le sol d'une dépendance de la résidence d'Épaminondas, petit caveau où était conservé le vin, Ofella observa la fouille méthodique orchestrée par le légat envoyé à sa poursuite : Murena. Voir le jeune homme plein de détermination à le retrouver lui pinça le cœur.

Les légionnaires ne trouvèrent aucune trace de celui qu'ils prenaient pour un assassin et un parjure. Ils abandonnèrent rapidement la cité, mais Lucius Lucinius Murena lança un regard de défi aux alentours, signe qu'il ne laisserait pas Ofella impuni.

L'ancien militaire avait bien compris cette périlleuse situation en s'éloignant à son tour de Thèbes. Son hôte lui avait fourni un cheval et des vivres avant de l'inviter à quitter la ville, encadré par deux sbires. Il avait repris la route sans se retourner, conscient qu'Épaminondas avait tenu sa promesse et ne pouvait faire davantage sans se mettre en danger.

Son errance dans la Grèce en guerre commença. De nombreuses patrouilles quadrillaient les champs et les routes pour tenter de l'arrêter. Au hasard de ses pérégrinations, il resta quelques jours dans une grotte, s'abrita un temps dans un grenier à grain, profitant de la générosité de quelques paysans ou de la fourberie d'autres qui cherchèrent à le vendre. Heureusement, son extrême mobilité le sauva.

Quand il déboucha au sommet d'une des nombreuses collines de l'est du Péloponnèse, Ofella put distinguer le village reculé qu'il avait décidé de rallier et qui l'avait déjà accueilli par le passé. Phigèle se lovait au creux d'un vallon créé par la jonction de deux pentes, entouré de troupeaux qui paissaient paisiblement.

Son arrivée au niveau des premières constructions ne passa pas inaperçue et un groupe hétéroclite se dessina sur sa route. Agatocle fut le premier à le reconnaître puis à venir le saluer. Néphélé les attendait près d'une grange proche du village et leur fit bon accueil.

— Par les dieux, j'espérais que tu reviendrais nous voir ! lança-t-elle avec un grand sourire.

— Oui, je suis revenu, mais la situation est grave. J'ai besoin de vous.

Ils rejoignirent la maison de la guérisseuse et le Romain leur raconta la trahison dont il avait été victime, la survie de sa famille et les ennemis qu'il s'était faits des partisans des dieux et de Sylla – volontairement ou à son corps défendant.

Le paysan n'en croyait pas ses oreilles tant le nouveau venu semblait porter un fardeau lourd sur les épaules et un espoir intense dans son cœur. Agatocle n'imaginait pas comment il pourrait l'aider : un simple laboureur ne pouvait contrecarrer pareils plans politiques et divins. Il préféra laisser Néphélé et Ofella échanger en tête à tête.

La guérisseuse du village tentait d'évaluer quelle peine devait habiter le légat : dévoué à Rome, trahi par les dieux, il ne restait à Quintus Lucretius que le mince espoir de retrouver sa famille. L'*oikos* était une valeur sacrée pour les Grecs comme pour les Romains. Chacun devait honorer ses ancêtres, protéger les siens et permettre au nom d'évoluer au gré des destins. Sur ce point, comme sur beaucoup d'autres, ils partageaient une vérité commune.

Si la quête d'Ofella contre les dieux lui échappait, celle de sauver un proche parent avait une valeur noble et importante pour elle. Par le passé, elle aussi avait dû effectuer des sacrifices afin d'aider les siens. À cette pensée, les pattes-d'oie aux coins de ses yeux se plissèrent. Elle se souvint avoir dû agir seule et se remémora l'impression de solitude face aux hésitations, aux décisions. Aussitôt lui vint l'envie de l'accompagner.

— Sais-tu comment tu voudras procéder ? demanda-t-elle pour briser la chape de silence tombée après le départ d'Agatocle.

— Je vais restaurer mes forces et partir pour le port le plus proche. Mon but : trouver un bateau pouvant me ramener en Italie.

— Les pêcheurs du coin ne vont pas te voir arriver d'un bon œil. Rome est craint, ses habitants mal perçus. Accepte que je vienne avec toi et je t'aiderai. J'ai eu de nombreuses vies avant celle-ci et ces passés pourraient te servir.

Dans l'immédiat, tout le rendait suspicieux et voilà que la personne à qui il voulait faire confiance annonçait avoir changé d'existences à bien des reprises. Pour un Romain, cela ne pouvait signifier que des problèmes. Une vie stable, une famille, une place dans la société : tout homme devait aspirer à ce modèle. Certes, c'était une femme. Cela ne voulait rien dire à ses yeux : il s'était uni à Hortensia par obligation et avait appris à la respecter. Talentueuse gestionnaire, bonne mère, épouse de devoir, il la jugeait son égale dans la conduite des affaires familiales.

Après tout, lui aussi allait devoir changer de vie. Il n'y connaissait rien, ignorait tout de l'existence d'un paria. Cette réalité s'imposait. Il esquissa un sourire en déclarant :

— J'accepte à une condition : raconte-moi ce que tu as vécu et je te promets que nous découvrirons la suite ensemble.

La surprise laissa Néphélé un temps songeuse : Ofella allait être la première personne à qui elle révélerait la vérité. Sachant la confiance à ce prix, elle releva le défi et prit une grande inspiration avant de s'installer sur le lit de paille qui se trouvait au fond de la pièce. Son interlocuteur s'assit directement au sol, l'enjoignant d'un geste à tout raconter.

« Je suis née dans les murs de la cité de Mytilène, sur l'île de Lesbos. Je ne me rappelle pas grand-chose de cette période, de mes parents et grands-parents qui m'ont élevée. Ce ne sont plus que des ombres peuplant ma mémoire. Un seul souvenir s'impose à moi quand je pense à ma jeunesse : le jour de mes huit ans, Apollon m'est apparu. Il a prophétisé que Mytilène allait subir de grands dégâts et que je devais en informer les dirigeants de la ville.

« Chaque détail de ce rêve me revient avec exactitude. Je me tenais à l'entrée d'une forêt drue. J'étais perdue, tremblante. Trois pierres formaient un curieux trône devant moi : la première dessinait un dossier en pointe, les deux autres des accoudoirs monumentaux, assez large pour qu'on puisse également s'y allonger.

« En son centre apparut en un instant Apollon, couvert d'un simple voile entre ses jambes. Autour de lui, deux femmes aux seins nus se matérialisèrent sur les roches

242

connexes. À côté du dieu fertile, elles semblaient des lutins. Mais c'était lui qui était immense, suffisamment pour s'installer confortablement sur le trône.

« Il a alors prophétisé en articulant, en modulant les sons, peut-être conscient de s'adresser à un jeune esprit. Les arbres environnants respiraient à chaque fin de mot, à chaque ponctuation de sa part, comme en son royaume. Était-ce lui qui utilisait leurs forces ou eux qui se nourrissaient de ses dires, je ne peux que l'imaginer. Ce souffle magique m'a touchée au moment où Apollon disparaissait, ça, j'en suis sûre.

« Quand je suis sortie du pays des rêves, j'ai raconté mon aventure et l'on m'a vite comparée à une sibylle, affirmant que j'étais la treizième, celle qui n'avait pas encore été découverte. Mais ma famille a pris peur. Cette terreur a contaminé les principaux chefs de la cité. Mon récit troublait la tranquillité des premiers et les plans des seconds. Alors mon exil commença.

« J'ai pris un bateau de pêche, une piètre barque à vrai dire, en compagnie de ma jeune tante, Alania. C'était une bien sympathique personne qui ne quittait jamais un châle aux teintes roses, voile occultant une partie de ses cheveux et de son cou. Un long cabotage commença pour rejoindre Assos qui se trouvait dans la baie au nord de l'île, côté continent. La mer se faisait agressive, muée par une force divine impressionnante pour une gamine. Alania est tombée à l'eau lors d'un coup de vent et je l'ai pleurée jusqu'à ne plus sentir que le sel sous mes paupières. J'ai continué avec le pêcheur qui nous conduisait, avec pour seul trésor le châle de mon aînée que les flots m'ont rendue afin que je me souvienne de cet instant.

« La cité d'Assos avait bâti sa réputation sur la pêche. Mon conducteur, Argos, ne voulut pas me laisser seule au milieu d'un port inconnu. Aussi il m'adopta et m'apprit son art. Nous nous installâmes en bordure de l'*emporion*, dans une petite cabane agréable. J'ai passé là-bas mes plus belles années.

« Mais à mes dix-huit ans, j'ai eu la prémonition qu'Argos allait mourir en mer. Je l'ai supplié de ne pas partir ce matin-là alors que je devais apporter le fruit de notre travail sur le marché. Il a refusé de m'écouter malgré mon insistance. Je ne l'ai jamais revu. La tempête s'est levée, soudaine, brusque et violente. Poséidon l'a sans doute appelé à le rejoindre.

« Ma vie a basculé à nouveau. Je n'avais aucun lien avec Argos si ce n'était la profonde affection que nous nous portions mutuellement. À sa mort, j'ai été chassée et j'ai préféré fuir la cité avec les quelques économies en ma possession. Cette fois, j'ai jugé que la mer m'avait trop coûté. J'ai tenté ma chance sur les routes de sable et de roc.

« Au nord s'élevait la mythique cité de Troie. Je gardais de grands souvenirs de mes lectures des récits d'Homère, du temple d'Athéna, j'imaginais les rues si chèrement défendues, le théâtre de processions en l'honneur d'Hector. Mais la vieille capitale ne ressemblait plus qu'à un amas de ruines hanté par des ombres. J'ai rejoint la Chersonèse en quelques mois.

« Mon voyage aurait dû s'arrêter là. Sans argent, j'ai dû mendier, monnayer mes charmes. Je vivais de misère. La vie a tendance à s'abréger dans les moments de dénuements. Pourtant, j'ai rencontré des gens qui s'accrochaient à l'existence. J'ai eu de la chance : ils m'ont inspirée. J'ai découvert par hasard que je possédais un deuxième don, celui de soigner. D'abord je l'ai fait gratuitement et j'ai compris ensuite que je pouvais en faire un gagne-pain.

« Cette capacité, ce sont les dieux qui me l'ont donnée. Ils ont continué à guider mon parcours jusqu'à ce que j'en ai assez, que je me réfugie ici après avoir connu Athènes, Sparte ou Mégare. Je pouvais apporter des soins, du réconfort, mais à chaque fois que je voulais vraiment aider quelqu'un, au-delà de mes pouvoirs, j'échouais. Quand un proche risquait de mourir, que je rêvais sa disparition, je ne pouvais l'empêcher.

« Alors je me suis cachée ici en espérant ne causer de tort à personne. Quand tu m'as raconté tes malheurs, ton opposition aux dieux, j'y ai reconnu ma propre colère. Je voulais me garder de trop t'approcher, mais pendant que je te soignais, j'ai eu la vision de ta mort. Et… et… je ne veux… peux pas… supporter plus de morts autour de moi. »

Son récit mourut entre ses lèvres, étouffé par quelques sanglots. Ofella respecta son trouble et lui laissa le temps de se reprendre, seule. Ce poignant témoignage le concernait au premier chef et les derniers mots l'avaient sonné.

Le silence s'imposa, terreau de la réflexion. Néphélé attendait une réaction qui ne viendrait pas, car le soldat face à elle entendait tout du malheur. Il se montrait solidaire de sa détresse. Ofella ne pouvait concevoir que son silence serait interprété autrement que comme du respect.

Une question, seulement, le taraudait : selon la prophétie de Néphélé, allait-il mourir avant d'avoir retrouvé sa famille ? Ou le destin serait-il assez clément pour le laisser les libérer avant de rejoindre ses ancêtres ?

TROISIÈME PARTIE :

LE CADEAU DE VÉNUS

« Sans l'espérance, il est impossible de trouver l'inespéré. »
Héraclite d'Éphèse

Chapitre 1

Brindisium – Nord ouest de l'Italie – Printemps 83 av. J.-C.

Le port de Brindisi débordait d'activités. Point d'entrée en Italie de toutes les marchandises en provenance de l'Orient romain, l'écrin tourné vers la mer Adriatique accueillait aussi bien des bateaux égyptiens que grecs ou pontiques. Le commerce ne connaissait pas les frontières imposées par les guerres.

Des esclaves de toutes origines évoluaient sur les quais. Ils brassaient des cargaisons, portaient amphores et paquets ou déplaçaient les chariots remplis de denrées en partance vers Rome. La *via Appia* assurait une liaison directe entre la cité et son port posé sur le talon de la botte italienne.

Le vent balayait la baie sans perturber la navigation, grâce à la protection qu'offraient les bandes de terre de part et d'autre de son embouchure, cornes d'un cerf fier, dressées face aux caprices d'Uranus et de Neptune.

Installé dans une petite hutte adossée à un hangar de marchandises, Quintus Lucretius Ofella attendait son contact, maussade. L'Italie, sa patrie, ouvrait ses bras afin de l'accueillir, néanmoins il n'y trouvait aucun bonheur, seulement une appréhension grandissante.

La minuscule lucarne de la pièce chichement meublée lui montrait l'avancée terrestre sur l'eau, briseuse des vagues de la mer Adriatique. Abattu, mais déterminé, l'ancien légat entendait retrouver sa famille et comme l'écume détruite par la roche, il remettait constamment l'ouvrage sur le métier.

Sa fuite face au commando conduit par Murena attisait son aigreur. Traqué par ses camarades, il n'avait eu d'autres choix que de se cacher de port en port en compagnie de Néphélé.

D'abord, ils avaient quitté la Grèce à bord d'un petit bateau de pêche, en cabotage de nombreux jours avant de rejoindre l'Italie. Puis Ofella avait tenté de glaner des informations tant les événements se bousculaient : la rumeur affirmait que Sylla avait fait tomber Athènes, qu'il avait vaincu l'armée du Pont ainsi qu'une autre colonne envoyée par Rome ; qu'il prévoyait de revenir, ou l'avait déjà fait, afin d'écraser ses adversaires politiques dont Marius, mort de peur à cette seule pensée.

Sa quête d'informateurs l'avait conduit à Brindisi où sa famille bénéficiait d'un fort réseau de connaissances. Son ancêtre, Gnaeus Lucretius Trio, avait été *triumvir monetalis* et s'occupait alors de tout le processus du battage de monnaie au nom de Rome, de la sélection des métaux à la frappe. Cette position avantageuse lui avait permis d'étendre le maillage de sa clientèle à travers les pôles commerciaux devenus sa toile d'araignée, y compris au cœur de ce grand port. Tous les héritiers du nom *Lucretii* en bénéficiaient encore.

Dans son besoin d'identifier une source fiable, Ofella s'était tourné vers un marchand du nord portant le nom de Kaeso, un ancien esclave négociant le bronze. Il espérait éclaircir sa vision de la situation de la péninsule, voire glaner les dernières rumeurs en circulation. Mais, pour le moment, ce contact n'arrivait pas et cela l'inquiétait plus qu'il ne voulait l'avouer.

Quelqu'un frappa à la porte en piteux état et l'ancien légat regretta à nouveau de n'avoir pu trouver meilleure cachette. Il avait volontairement réduit ses déplacements, car la cité était sous étroite surveillance de soldats fidèles à Marius et, comme membre de l'état-major de Sylla, il faisait partie des hommes à appréhender. Néphélé se glissa hors de vue, une dague à la main, son regard bleu glace empreint d'une force implacable. Ofella ouvrit la porte, corps et tête couverts d'une grande cape de voyage.

Face à lui se tenait un homme de large carrure, tassé, aux traits durs. Ses cheveux courts et un collier de barbe mettaient en avant son profil taillé à la serpe, menton et nez dardant l'interlocuteur comme la pointe d'une flèche. Kaeso fut invité à entrer, calmant d'un geste de la main les velléités de la Grecque.

— Nous avons peu de temps, informa l'affranchi, des légionnaires fouillent actuellement le port. Ils cherchent quelqu'un.

Ofella et Néphélé se regardèrent, surpris : ils étaient persuadés que personne ne les avait vus depuis leur arrivée à Brindisi.

— Un prêtre du temple de Diane a dénoncé un intrus dont la présence insultait la divinité. Comme ce clergé est très puissant, il a l'écoute des autorités.

Diane, le nom romain d'Artémis. Quintus Lucretius pensa qu'elle avait décidément la rancœur tenace. Il se reprit pour ne pas exprimer son trouble et questionna directement son informateur, désireux de ne pas perdre un temps qu'il savait désormais précieux.

— Quelle est la situation dans la péninsule ?

— Les partisans de Sylla se préparent au retour de leur champion pendant que les populistes s'organisent pour tenir Rome et résister à l'armée consulaire, qui devrait poser le pied en Italie dans quelques jours. C'est la guerre civile pour la deuxième fois après les incidents des rostres et la bataille de la porte Colline.

Lorsque la Légion avait embarqué pour la Grèce, Ofella et le reste de l'état-major pensaient la menace vaincue, mais très vite il avait fallu faire face à la réalité : Marius avait repris le pouvoir à Rome.

— Comment Marius organise-t-il ses troupes ? Peut-on encore pénétrer Rome ?

Au regard plein d'incrédulité que lui lançait Kaeso, il comprit que quelque chose n'allait pas.

— Tu ne sais donc pas ? Marius est mort il y a plusieurs semaines. C'est son fils, Marius le Jeune, qui a repris le pouvoir et prépare la guerre. Il est aidé par de nombreux sénateurs dont Cnaeus Papirius Carbo, leur chef.

Impossible. Folie que cela ! Ofella ne pouvait croire que son ennemi était mort. Un grand vide parcourut son âme comme une lame de fond, renversant ses plans, balayant ses rêves. Sa motivation patiemment construite s'étiola, faute de fondations. Ce fut aussitôt l'abattement, le doute. Le déni.

Peut-être Néphélé perçut-elle la détresse soudaine de son compagnon d'aventure. Sa main posée sur l'épaule de son ami fut une vraie ressource qui alimenta son énergie. Poursuivre. Continuer. Les mots se mélangeaient, chassaient le doute. Ces quelques instants de frustration furent vite remplacés par une nouvelle motivation qui éclipsa les rides et les cernes se peignant sur le visage de l'ancien légat.

— J'ai besoin d'entrer discrètement dans Rome, fit-il après avoir repris contenance. Peux-tu m'y aider ?

— Oui, c'est faisable. Ça prendra un peu de temps. J'organise chaque mois un convoi à *pridie nonas*, avec plusieurs marchands, en vue des *nundinae*. Vous n'aurez que quelques jours à attendre avant…

Des cris montèrent de la rue. Aux aguets, Néphélé jeta un coup d'œil par l'ouverture de leur cachette. Son signe de tête à Ofella, accompagné de ce petit regard fuyant qu'il avait appris à reconnaître, valait tous les avertissements. Leurs affaires furent prestement rangées.

— Très bien. Quand partira-t-il exactement ?

— Dans cinq jours.

— Nous nous rendrons chez toi à ce moment. Il nous faut partir si nous ne voulons pas de problème.

Après un rapide signe de la main à Kaeso dont la large stature cachait la porte, Néphélé ouvrit une petite trappe découpée dans le sol et devança Ofella entre les soubassements, chemin direct vers un quai longeant l'entrepôt. Le bois grinçait sous leurs pas et des échanges vifs avaient lieu dans la cabane qu'ils venaient de quitter. Mais personne ne les suivait.

Au moment d'emprunter un escalier collé au bâtiment, le duo tomba nez à nez avec deux légionnaires qui montaient la garde. Quintus Lucretius écarta les pans de sa cape et tira son glaive au clair avant d'engager le combat avec l'un d'entre eux. Le second n'eut pas le temps de réagir : Néphélé avait lancé sa dague qui transperça son cou. Un filet de sang étouffa les paroles du soldat qui tomba dans la mer.

Habile, Ofella évita de se faire embrocher par son adversaire et frappa l'arrière de la tête du légionnaire à l'aide de son pommeau. Basculant vers l'avant, le pauvre bougre, entraîné par le poids de son équipement, dévala les escaliers et traversa le plancher à son arrivée. Un gros plouf sonore indiqua la fin de sa course.

— Dépêchons-nous ! lança Néphélé.

Ils disparurent dans une rue adjacente, aux aguets, filant entre les maisons blanchies à la chaux. Un tonneau récoltant de l'eau de pluie les attendait au carrefour suivant. Les deux fuyards prirent un peu d'eau pour adoucir leurs gorges asséchées par le stress et les faibles rations dont ils disposaient. Accessoirement, ils avaient l'espoir de renvoyer l'image de simples quidams en train de se désaltérer. La manœuvre fonctionna, car une troupe passa sans les remarquer.

En poursuivant leur route, ils virent un convoi de plusieurs charrettes tirées par des bœufs, à peut-être cent pieds de distance. Ils se rapprochèrent du cortège, se noyèrent dans sa marche lente à travers la cité. Néphélé scrutait du regard la moindre présence de soldats, quand Ofella serra son bras, ordre silencieux de s'arrêter. D'autres patrouilles les dépassèrent, en grande discussion, dans l'hésitation de contrôler la procession marchande.

Ofella envisagea d'abord de poursuivre avec ces transporteurs de sacs de blé. Il y renonça en voyant des barrages installés plus loin sur leur parcours, fouille méthodique de chaque véhicule et de chaque personne. Tirant son amie sur le côté, il passa la porte d'une petite maison à enseigne.

La taverne se referma sur eux avec sa faible luminosité et son odeur détestable de vieux poisson périmé. Un relent d'urine et de vomi planait aussi dans l'endroit clos. Le tripot pour marin dormait encore, la patronne squelettique n'ayant même pas réagi à leur entrée. Ils s'installèrent à une table et se fondirent dans le sommeil latent de la place.

Après avoir donné tout ce qu'elle avait dans la fuite, Néphélé se trouva vidée, éteinte, à des lieues de son envie d'impulser de l'énergie à Ofella. Elle n'ignorait pas qu'il en avait désormais besoin pour avancer, déceler une nouvelle piste qui le conduirait à sa famille. Mais ce type de vie n'était pas celui d'une femme restée plus de dix ans avec une communauté de paysans. Son âge pesait sur ses épaules.

L'homme à ses côtés demeurait un soldat, un excellent combattant. Elle admirait ses qualités, son calme malgré la tempête. Il lui faudrait plus de détermination pour achever sa mission. Ne pas mourir.

La petite patronne du bouge s'approcha finalement, l'air revêche. Le duo fut aussitôt frappé par ses tics au visage qui l'agitaient convulsivement. Elle ne prononça pas à un mot en se plantant devant leur table.

— Deux coupes de vin, commanda Ofella sans attendre.

— C'est du gaulois, précisa la maritorne en filant.

L'ancien légat plissa le nez : cette piquette serait juste bonne à leur donner des aigreurs d'estomac, mais ils devraient s'en contenter. Autour d'eux, la salle paraissait éteinte par l'absence de lumière naturelle. Seul un vieil homme assoupi la peuplait. Au moins cette cachette offrirait un peu de calme et permettrait à l'alerte de passer suite à leur coup d'éclat.

En amenant des coupes remplies, la vieille dame les détailla avec l'espoir de découvrir pourquoi ils dérangeaient l'assommante tranquillité des lieux. Insatisfaite des réponses obtenues par son esprit retors, elle quitta la table en mâchouillant des bouts de mots qu'elle recrachait sans les trouver à son goût.

Le premier nez de l'infâme breuvage se révéla désastreux, son assise confirma qu'il s'agissait d'un vin fort, pur et sans arôme. Au moins mettraient-ils du temps avant de consommer ce calvaire. Leur stress fit vite place à une langueur héritée autant de l'alcool que de l'ambiance de la taverne. Néphélé luttait pour ne pas s'endormir, aussi lança-t-elle :

— Que fait-on maintenant ?

— Je dis patience, rétorqua Ofella avec un petit sourire en coin.

— Patience ?

— Nos poursuivants n'ont pas les moyens d'opérer une fouille méthodique de la cité. Quand les légionnaires en auront marre de courir, ils vont continuer à occuper la zone, fouiller les passants. À nous de ne pas nous faire remarquer. Cinq jours à attendre, ce n'est pas trop difficile.

— Mais attendre où ? Ici ? La propriétaire a tout de la langue de serpent qui va aller nous dénoncer.

Ils se tournèrent ensemble vers le bar pour découvrir la patronne, installée sur une chaise, en train de rapiécer un vieux torchon ignoble. Néphélé, qui vivait depuis longtemps avec des paysans peu concernés par la notion d'hygiène, éprouva tout de même du dégoût.

— Nous paierons bien et nous verrons. Mais ce genre d'établissement n'aime pas attirer le regard des autorités, même pour des clients. Et puis je la vois mal faire preuve de sa si naturelle antipathie avec un centurion.

Ils pouffèrent de concert.

Quand vint le moment de demander à l'aubergiste si une chambre restait disponible, le duo se fit analyser de pied en cap avant que la mégère ne réponde, courroucée, accompagnant sa diatribe d'un sourire évocateur :

— Une seule, et ce ne sera pas gratuit. Pis elle est p'tite. 'Fin, vous devriez vous accommoder de cette promiss'uité.

Ofella regarda Néphélé qui bouillait de rage. Pourtant ils acquiescèrent et s'installèrent dans leur nouvelle planque en attendant de pouvoir quitter ce port. Direction Rome.

Chapitre 2

L'Italie. Quintus Lucretius Ofella ne cachait pas sa joie de retrouver la terre qu'il défendait depuis si longtemps. La sortie de Brindisi s'était faite sans encombre, le convoi de marchandises en direction de Rome ne bénéficiant que d'une maigre fouille – quelques pièces glissées à la bonne personne ouvraient toutes les portes.

Le bal du printemps débutait entre les forêts et les plaines. La *via Appia* dansait entre les champs d'un vert émeraude, les vignes encore chauves et les arbres reconstituant leurs robes. Sur quelques buttes, des villas isolées formaient des cheminées d'alarmes tout le long de la route, veillant sans relâche sur les Pouilles puis la Campanie.

Les moutons et les mausolées en gardaient les abords. Jusqu'à Capoue, Ofella ressentit une réelle quiétude qui lui permit d'élaborer un plan. En compagnie de Néphélé et Kaeso, il ambitionnait de retrouver son ami d'enfance, Cnaeus Papirius Carbo, puis de trouver un moyen d'approcher par ce biais Marius le Jeune. Sans doute le fils serait-il au courant du destin des otages du père, s'il n'avait pas décidé de les exécuter. Dans ce cas, seule la vengeance l'empêcherait de rejoindre immédiatement sa famille dans la mort.

L'arrêt du convoi à Capoue rappela à l'ancien légat bien des souvenirs. Il restait hanté par la rencontre avec Fortuna, les conséquences sur sa vie. Il se revoyait, accompagnant Sylla et Lucullus, pénétrer le temple et avoir ces visions qui l'engageaient, sans le savoir, dans une guerre entre les dieux. Alors que ses amis s'installaient à l'auberge, il enfila un long manteau et partit dans les rues, annonçant son désir de se délasser après les éreintantes heures à cheval. Mais son errance avait un but, un seul : le temple de la déesse.

Ses souvenirs ne le trahissaient pas : la déesse ailée ornait toujours le fronton. Sa main tendue lui évoqua une invitation à s'approcher. En quelques pas, il arriva aux escaliers de l'entrée.

La patronne de Sylla le scrutait à travers ses nombreuses représentations et sculptures. Aucun membre du clergé en vue. L'exploration se poursuivit. La statue en majesté de *Fortuna Victrix* en armure dorée, un casque sous le bras gauche et une lance dans la main droite, attira particulièrement son attention. Elle brillait.

À son approche, l'intensité de la lumière augmenta. Le plastron évoquait un soleil perdu en plein milieu d'un voile de nuages, tissu qu'il cherchait à déchirer de ses rayons chauds. Ofella s'agenouilla.

— Me voilà où tout a commencé, lança-t-il au cœur du temple vide. Mon nom est honni. Je suis poursuivi par Sylla qui veut ma mort. Je suis haï par les dieux. Quelle est ta position, toi qui personnifies hasard et bonne fortune ? Crois-tu que je vais avoir la chance de revoir ma famille ?

Son attente dura. Afin de se calmer, il malaxait le petit sac de cuir à sa ceinture, espérant puiser un peu de courage auprès de ses ancêtres. Rien n'indiquait que Fortuna accepterait de répondre à ses questions. Mais à ses yeux, il se positionnait depuis longtemps dans le camp de Vénus et de sa coreligionnaire. Finalement, il avait refusé de servir Artémis et l'avait payé au moment de son asservissement, quand il tenait la lame censée tuer Sylla. Il avait servi leur cause et méritait au moins une récompense après avoir tout perdu.

« Aurai-je droit à une parole ? Un regard ? Non, bien sûr, je ne compte pas dans la marche du théâtre de l'histoire, je ne suis qu'un spectateur, pas l'un des acteurs qui vous fera gagner des fidèles, vaincre vos frères et vos sœurs. J'ai payé mon tribut. J'ai combattu pour Rome, pour Sylla, pour vous. Je regrette que toutes ces causes ne soient pas jointes en une seule.

« Quand j'aurai récupéré ma famille, que je ne serai plus prisonnier des chaînes de mes obligations, je raconterai tout. Et là, je brûlerai vos temples s'il le faut. Nous ne devrions vénérer que nos ancêtres, car ils sont les seuls à transmettre quelque chose, à nous laisser un héritage. Vous, vous prenez, vous tuez, vous… Je veux revoir les miens. Je veux retrouver ma vie, je veux… »

Les larmes lui échappèrent et il pleura comme jamais il n'avait pleuré. La rage au ventre, Ofella se dirigea vers la sortie, essuyant du revers de la manche les preuves de son dépit. Il ne savait pas quoi faire, mais énoncer sa rancœur à haute voix l'avait soulagé.

À sa descente des marches, un mouvement rapide capta son attention et il vit passer un objet oblong sur sa gauche. Le bâton poursuivit sa route et se figea sur l'abord d'une maison. Quand il s'approcha du mur où le piquet s'était fiché, il découvrit une lance que sa force lui permit de retirer. Sa large pointe de métal était gravée de quelques phrases :

« À la détresse répond la vertu, à la trahison répond la mort. Les dieux font les hommes, que ces hommes soient des loups. *Virtute deum.* »

La *virtus* des dieux. Où était le courage, où était l'honnêteté de ces êtres qui ressuscitaient des morts et levaient des armées de monstres afin de combattre à leur place ? L'image d'Artémis souriante, affriolante, tentatrice s'imposa et alimenta sa colère.

En la tenant debout à ses côtés, Ofella était dépassé d'une tête par la grande lance, cadeau de la déesse. Il s'éloigna en jetant de nombreux regards en arrière, se questionnant sur une possible erreur, inquiet qu'une divinité infernale apparaisse pour reprendre le bien des dieux.

Toutefois rien ne se passa. En repartant le lendemain sur la *via Appia*, le membre de la *gens Lucretii* se sentait plus fort, toujours déterminé, mais avec l'interrogation lancinante : Fortuna voulait-elle faire de lui un de ses soldats ?

~*~

Les derniers milles à proximité de Rome imposaient de passer devant des rangées de casernements improvisés, peuplés d'hommes qui se ruaient en tous sens afin de se préparer à la guerre. Kaeso n'eut aucun mal à en apprendre plus : Sylla venait de débarquer avec toute son armée et la résistance s'organisait dans l'urgence.

Des légionnaires patibulaires obligèrent le convoi à se hâter, car des colonnes partaient vers Préneste et Capoue. La *via* devait être prestement évacuée pour leur offrir passage. Au moins ne leur posa-t-on aucune question jusqu'à la cité.

La porte Appienne ressemblait à un fortin en état de siège. Une population importante cherchait à passer les murs de Rome, mais l'entrée était sévèrement contrôlée et des gardes n'hésitaient pas à malmener les impatients comme les récalcitrants. Heureusement, Kaeso bénéficiait d'un atout non négligeable pour éviter des désagréments : de pleines poignées de deniers.

Incapable de reconnaître sa cité, Ofella observa chaque rue comme s'il découvrait un mausolée. Les travaux, engagés pour résorber les traces de l'incendie qui avait décimé certains quartiers pendant la guerre civile, avaient été abandonnés. Des malheureux couraient les rues par grappes. Le ravitaillement se faisait dans le désordre, encadré d'hommes en armes.

Sans aucun doute, les maîtres de la cité se préparaient à la guerre. Les greniers à grains débordaient et des hangars pleins se trouvaient sous bonne garde. Certaines rues seraient bientôt fermées par des barricades élevées à la hâte. Partout, la Légion prenait place, mais aussi des civils à qui l'on avait donné quelques lames sans aucun autre équipement, de la chair à canon qui ne survivrait pas au premier assaut.

Même s'il avait gardé une image idyllique de ces gens, des habitations, des arcades des marchés, Quintus Lucretius ne comprenait pas d'où venait cette saleté qui souillait les maisons, ces animaux errants, la tension qui marquait chaque visage.

Vu la nature de sa cargaison, Kaeso craignait les agressions. Pourtant, le périple jusqu'à sa maison se passa extrêmement bien. À leur arrivée, du repos sur une vraie banquette les soulagea de la fatigue et des courbatures.

Après un bon repas, ils se réunirent à trois pour décider de la marche à suivre.

— Avez-vous un plan ? demanda Kaeso en frottant son collier de barbe.

— Je vais me rendre au Palatin. Je dois rencontrer Cnaeus Papirius Carbo.

Le meneur des politiciens à la solde de Marius avait été également le meilleur ami d'Ofella. Il reléguait ce temps aux limbes, car sa trahison ne faisait aucun doute. Seul le souvenir d'avoir grandi ensemble l'empêchait de le considérer comme un réel ennemi.

— Carbo est dur à atteindre, tenu sous bonne garde. Des syllaniens cherchent à l'assassiner.

— Je l'aiderai à trouver un moyen pour être seul avec son ami, intervint Néphélé, sereine.

— Et après ? interrogea encore Kaeso.

— Je compte le convaincre de me confier où se trouve Marius le Jeune afin de remonter le fil d'Ariane jusqu'à ma famille. Peut-être même sait-il des choses qui pourraient nous être utiles.

Il n'osa pas préciser que Carbo pouvait savoir où l'on détenait les siens. Cette idée inconcevable le terrifiait. Son ami n'avait pu cautionner une telle chose, le mensonge accompagnant le deuil, sa souffrance, et le reste.

— Mes affaires me retiendront ici pour deux jours, commença l'ancien esclave, se redressant comme un mât planté dans le sol de la maison. Je ne serai pas d'une grande aide entre ces murs, nous autres sommes considérés comme des citoyens de seconde zone et souvent mal vus de la *nobilitas*, je ne vous apprends rien. Mais si vous avez besoin d'aide pour quitter Rome, je serai heureux de vous apporter à nouveau mon concours.

Aussi bien Ofella que Néphélé ne savaient pas comment exprimer leur gratitude envers le géant. Ils l'enlacèrent tour à tour, lui dirent merci, conscients que les risques pris ne valaient pas cette misérable rétribution. Toutefois ils ne possédaient rien d'autre à donner en échange de son aide précieuse.

Encapuchonné, leurs corps dissimulés sous une cape de voyage, le duo s'engagea dans les rues. Néphélé découvrait avec surprise celle que l'on présentait comme la plus belle cité du monde, la plus prestigieuse, la seule apte à rivaliser avec l'Alexandrie d'Égypte. Ce qu'elle en voyait jusque-là faisait penser à un gigantesque rassemblement de paysans qui se seraient installés ensemble, rien de comparable avec l'idée qu'elle se faisait de la richesse et de la civilisation.

Une fois passé le Forum, sa vision se modifia. Les temples se faisaient plus nombreux et rivalisaient de faste pour offrir à leurs divinités un écrin digne de leur rang. Le Sénat, par sa simplicité pleine de grandeur, exigeait le respect de chaque visiteur. Les maisons se faisaient villas, palaces, on découvrait même de la verdure au milieu des allées poussiéreuses.

Ils s'attaquaient à l'avant-bosse du mont Palatin, siège de l'aristocratie. Un curieux cortège descendait de la colline. Encadré par dix licteurs, une procession de prisonniers progressait vers le centre-ville. Les hommes et les femmes, liés par une corde, gardaient le regard figé sur le sol, sur les épaules un malheur trop lourd à supporter. La foule dense, comme chaque jour, s'écartait sur son passage, avide de commentaires. Voilà qu'on identifiait quelqu'un. Peut-être était-ce ces voleurs de syllaniens. Mais parmi la plèbe, un homme à la toge finement coupée, rehaussée de broderie sur son bord, attira l'attention d'Ofella par ses paroles :

— Voilà donc le précieux convoyage de Carbo : des otages ! Pff, quelle honte !

Un licteur avait également entendu ces mots et frappa l'homme du manche de son faisceau, lui éclatant le nez, avant d'intimer le silence.

Le groupe disparut bientôt de vue, laissant Ofella et Néphélé perplexes.

— Est-ce que ce sont des nobles romains qui sont détenus en otage ? interrogea la guérisseuse.

Chacun avait en tête la famille de Quintus, peut-être parmi ces captifs. Quelque chose clochait et l'ancien légat voulait s'assurer de disposer d'une partie de la vérité avant d'en venir aux conclusions.

— Je n'ai reconnu personne. Continuons notre exploration, nous verrons bien si cette information est importante ou non.

La maison de la *gens Papirii* se trouvait à mi-chemin de la colline. Achetée par le grand-père de l'actuel maître des lieux, elle symbolisait le ralliement de cette branche proche du peuple à la cause aristocratique, au moment de l'épisode des Gracques.

D'abord allié de ces réformateurs, marchand fortuné sans titre, l'ancêtre de Papirius Carbo avait changé de bord pour être élu consul, offrant le prestige éternel à son nom. Le vieil homme avait été accusé ensuite de trahison dans un but d'enrichissement personnel par le plus nanti des nobles, Crassus, puis avait dû se suicider pour ne pas être condamné. Son nom préservé, le père de Cnaeus Papirius Carbo avait rallié très tôt le camp de Marius et son fils continuait à respecter cette ligne politique opposée aux conservateurs.

De la route il était impossible d'approcher les murs de la demeure. Des mercenaires formaient une barrière infranchissable et ne cachaient pas les glaives et les couteaux pendus aux ceintures.

À la recherche d'une faille dans le dispositif de sécurité, Ofella observa les allées et venues. Néphélé tenta, de son côté, de glaner des renseignements alentour sans parvenir à grand-chose. À part quelques hauts dignitaires, des serviteurs bien identifiés et des soldats, personne ne pouvait accéder à la cour de la maison.

Un nouveau cortège de prisonniers arriva face à l'entrée et les gardes le laissèrent passer non sans exercer une fouille au corps particulièrement attentive sur les femmes. Quand le duo se retrouva, l'après-midi touchait à sa fin et Quintus Lucretius tenait sa solution.

— Je vais avoir besoin de ton aide, fit-il sans préambule.

— Dis-moi ce que je peux faire.

— Tu vas m'aider à me faire arrêter. Puis je vais t'indiquer l'adresse d'un camarade que j'aimerais que tu sollicites pour me tirer de ce mauvais pas.

Chapitre 3

Le temple de la Liberté se trouvait sur le mont Aventin, colline la plus méridionale de Rome. Son nom allégorique venait de son rôle symbolique où les esclaves attendaient d'être affranchis avant de devenir des citoyens libres. Son entrée était gardée par les statues de Castor et Pollux, protecteurs de la liberté de la cité. Ses murs s'ornaient des combats menés par la famille Gracchus qui avait érigé ce temple.

Sur le pan gauche du vestibule s'étalait une large peinture représentant une armée d'esclaves en train de festoyer dans les rues de Bénévent. Ceux qui mangeaient attablés portaient le bonnet phrygien, signe d'affranchissement. Les autres, debout, ne trouvaient pas de place où s'installer : considérés comme de mauvais soldats, ne remplissant pas leur devoir, ils subissaient ainsi la juste sanction de ne pouvoir profiter du banquet.

Au milieu de la salle se tenait un grand nombre de personnes, maintenues sur leurs jambes par des cordes qui les liaient si proches les unes des autres qu'elles les empêchaient de s'asseoir ou de s'allonger. Des légionnaires les surveillaient, regards tournés vers l'extérieur. Visiblement, ce rôle de gardien les contrariait alors que la guerre se trouvait presque aux portes de Rome.

Peu de monde circulait dans les rues de cette capitale de pouvoir. Le passage aussi lent que détaché d'une dame bien en chaire, le regard altier, petit sourire aux lèvres, ne pouvait qu'attirer leur attention. Une ombre en profita pour se faufiler parmi les prisonniers.

La silhouette aguichante disparut bientôt du champ de vision, replongeant les cœurs dans la monotonie. Le temps fila, permettant à Quintus Lucretius Ofella de se couler dans son rôle d'otage. Quelques mots rapides avec les prisonniers l'avaient éclairé sur leur nature : la diversité des accents, les noms échangés, l'aspect relativement noble des tenues ne pouvaient pas tromper.

Ainsi Ofella découvrit que son ami Carbo avait réuni une impressionnante cohorte d'otages venus des cités d'Italie afin de s'assurer qu'aucune ne trahirait au moment d'affronter Sylla. Cette tactique, utilisée depuis la fin de la royauté à Rome, avait fait montre de son efficacité contre tous les ennemis de la République. Preuve que la guerre civile qui s'annonçait serait un nouveau conflit terrible pour les villes liges.

Des licteurs, protecteurs du consul en exercice, se présentèrent bientôt devant le temple. Ils demandèrent à emmener une dizaine de prisonniers. Tous se regardèrent inquiets, car aucun homme conduit ailleurs n'était revenu et chacun ignorait le sort qui l'attendait. Ofella profita de l'hésitation, empoigna une extrémité du cordage et se glissa parmi le groupe mené de force à l'extérieur.

Une corde lia les mains de chaque otage, en faisant un maillon de la chaîne ainsi enlevée. Le convoi se mit en marche vers le Palatin. De nombreux Romains s'arrêtaient pour les observer, ne comprenant pas ce qui se passait, mais les verges des licteurs écartaient les plus curieux.

Bientôt la maison gardée de Carbo apparut au milieu de la colline. Après une fouille rapide, les otages furent introduits au cœur de la demeure et Ofella se félicita d'être venu sans arme. Installés dans une antichambre attenante au grand salon, juste après l'entrée, les prisonniers troquèrent de l'étonnement contre de l'appétit quand des serviteurs proposèrent une collation.

Quintus Lucretius regardait les murs, des souvenirs plein la tête. À l'entrée, chacun pouvait contempler l'arbre généalogique de leur hôte, avec ses masques mortuaires, les gratifications du *cursus honorum* familial, une peinture d'une bataille antique, grand fait d'armes d'un membre de la *gens*. Tout concordait à rappeler la puissance de la maison et ses origines jusqu'au temps de la royauté.

Parmi les otages, un homme sévère, gras avec une moustache fournie, fut le premier à être emmené à l'étage. Personne ne le revit. Il en fut de même pour quatre autres prisonniers avant que le tour d'Ofella n'arrive.

Un domestique le mena jusqu'à l'escalier. Le contact avec la rambarde en chaux attira de vieilles images de deux adolescents trop niais pour mesurer ce qui se passait autour d'eux, qui rejouaient la guerre de Scipion vainqueur d'Hannibal. Aujourd'hui, ils ne s'amusaient plus.

Encore une antichambre, où le maître de maison devait habituellement faire patienter sa clientèle qui venait chaque jour le rencontrer. Des voix échangeaient dans la pièce attenante. Dont celle de son Romulus.

À son entrée dans le bureau, Ofella se sentait Rémus. Il peina à reconnaître Carbo, resté seul pour l'accueillir. Le quarantenaire fringant et bon vivant avait laissé la place à un homme miné au visage amaigri. Toujours au comble de l'élégance, Carbo ne se rasait plus, avait les ongles longs et sales. Seule sa tunique correspondait à la hauteur de son rang.

— Mes salutations, commença Cnaeus d'une voix faussement enjouée, sans le regarder. Pardonnez les méthodes un peu rudes qui vous ont amené ici, mais l'urgence a dicté nos actes. Rome entend bien traiter ses otages comme sa réputation le veut. Quel est votre nom ?

— Quintus Lucretius Ofella.

— Tiens, c'est amusant, un bon ami à moi est…

Le temps que les paroles et la voix fassent son chemin chez le noble éreinté, Carbo interrompit sa phrase puis observa son visiteur contraint. Que pensait cet ancien ami de toujours de la barbe d'Ofella ? De ce visage émacié qui trahissait la dureté des épreuves subies ? Des vêtements délavés de mendiant qu'il portait ? L'ancien légat n'en sut rien, car quand leurs regards se croisèrent, ils se reconnurent. Vraiment. En d'autres temps, ils seraient tombés dans les bras l'un de l'autre. Plus ce jour-là.

Une sorte d'effusion silencieuse commença, chargée du non-dit des souvenirs partagés que l'on avait relégués trop longtemps au fond de la mémoire. La froideur de la communion changea toutefois leur état d'esprit, la fausseté régnait sur la pièce avant de laisser tomber son masque au profit de l'échange et de l'honnêteté due à un ancien camarade, absent depuis trop longtemps.

— Je ne pensais plus jamais te revoir, fit Carbo en s'asseyant sur son bureau. On te disait traitre à toutes les causes : aux dieux, à ton chef, à la République même ! Je n'y ai jamais cru jusqu'à ce qu'on m'annonce ta mort.

— Certaines de ces rumeurs sont vraies, d'autres sont fausses. Laisse-moi tout te raconter.

Pendant une heure, il narra ses aventures depuis leur dernière rencontre, avant la séance désastreuse du *iustitum* sur la place des rostres jusqu'à l'infiltration parmi les otages. Jusqu'à en venir à l'objet de son retour.

— Ma famille est vivante, Cnaeus. J'en ai la certitude. J'ai besoin de toi pour la retrouver.

Carbo médita pendant un long moment les paroles de son ami. Un instant, le doute l'effleura : et si Ofella le trahissait et n'était qu'un espion à la solde de son maître ? Depuis plusieurs années, ils avaient emprunté des chemins différents. Pourtant, l'émotion qu'il ressentait dans la voix de son frère de lait ne laissait pas de place à la comédie. Le consul de Rome décida de lui faire confiance.

— Je ne savais pas que Marius avait touché à ta famille, je te le promets. Au sein de notre parti, nous pensions à des extrémistes incontrôlables. Ils étaient si nombreux à cette époque. Je n'imaginais pas qu'il les avait enlevés pour te contraindre à renoncer ou changer de camp.

— Il pensait peut-être m'attirer de votre côté afin que je fidélise l'armée de Capoue dont j'avais l'oreille. C'est toi-même qui me l'as demandé. Mais tout s'est précipité. Maintenant, Marius est mort et je dois rejoindre son fils afin qu'il m'avoue où ma famille est retenue, en espérant qu'il n'a pas commis l'irréparable.

Malgré sa joie de retrouver son ami, Carbo savait qu'un conflit s'annonçait : il allait devoir faire un choix entre sa fidélité politique et son amitié. Équation difficile alors que la guerre se profilait.

— Marius le Jeune n'est plus le benêt que tu as connu, Quintus. À la mort de son père, il a… mûri.

— Que veux-tu dire par là ?

— Après l'enterrement, au moment où il a apposé le masque mortuaire sur le mur de sa maison, il a changé. Il s'est montré fin stratège, a fidélisé les partisans. Sa transformation a été totale : avant les leçons de son père glissaient sur lui sans l'atteindre puis, soudain, il les a toutes appliquées d'un coup. Diane le protège et il le lui rend bien.

Diane. Artémis. Peu importait le nom, Ofella retrouvait le même ennemi, le même combat.

— Alors il y a des chances pour qu'il ait épargné les miens. Où se trouve-t-il ?

— À Préneste. Nous avons appris avec du retard que les quatre légions syllaniennes avaient embarqué à Dyrrachium à bord de douze cents voiles fournies par la flotte personnelle de Mithridate, en tribut après sa défaite. La traversée a été mouvementée, tu t'en doutes, car Sylla craignait que ses troupes ne l'abandonnent une fois le pied posé en Italie : trois ans loin des foyers peuvent flétrir le cœur des soldats les plus courageux. Chacun des légats, même le fidèle Lucullus, a été obligé de venir l'assurer d'une indéfectible loyauté. Et les voilà, plus puissants que jamais, accostant en Italie. Marius le Jeune a donc levé une armée pour aller l'affronter et il a perdu. De retour, il a décidé d'accélérer les choses : il va tenter de canaliser la légion en marche sur un siège autour de Préneste afin de sauver Rome. Je vais prendre la tête du reste des troupes et contourner la ligne de front par le nord. Peut-être pourrons-nous tenter l'encerclement et là…

Préneste. Ofella et son groupe avaient croisé l'armée sur le départ au moment de leur entrée dans Rome. Il s'en voulait de ne pas avoir eu connaissance de la manœuvre. À présent, il allait devoir sortir de la cité – Kaeso lui apporterait son concours – puis pénétrer une autre ville en état de siège. Un plan se dessinait dans son esprit. Une question brûlait ses lèvres.

— Peux-tu m'aider à rejoindre Marius le Jeune ? Je ne compte pas m'impliquer dans cette guerre. Je veux seulement retrouver ma famille.

Hésitation. Réponse contrainte, évidente.

— Non, je ne peux pas. Je ne peux même pas te laisser sortir de cette maison libre. Si on apprend que le consul, binôme de Marius, a laissé fuir un syllanien notoire, ma carrière est terminée. Je suis désolé.

Son claquement de doigts résonna comme un signal pour quatre gardes aux bras épais qui entrèrent et se saisirent d'Ofella. L'ancien légat se rendit sans faire de vagues, conscient que cette issue pouvait arriver, amer qu'elle advienne.

— Je suis venu te voir en toute honnêteté pour te demander ton aide, rappela Quintus, déçu.

— Je l'ai bien compris. Je te fais une promesse : quand nous aurons gagné la guerre, je te ferai libérer et gracier. Marius est d'accord avec moi, nous ne devons pas reproduire la terreur des proscriptions. Alors, à ta sortie, je t'aiderai à retrouver Hortensia et Lucius. Je donnerai des ordres pour qu'on te traite bien d'ici là.

L'entretien s'acheva ainsi. Aucun des deux protagonistes n'ignorait que c'était peut-être la dernière fois qu'ils se parlaient. L'Histoire déciderait de la suite. Ofella fut conduit à l'extérieur, puis vers sa prison, sur le Forum.

~*~

La prison du Forum romain avait acquis une sinistre réputation au temps des Rois. Symbole de la tyrannie, elle passait alors pour être l'antichambre des divinités infernales. La République avait conservé les bâtiments, puis en avait fait le symbole de la justice. Petit ou grand, aristocrate ou plébéien, tous étaient enfermés au même endroit en attendant le jugement.

Si les cellules restaient des lieux de contrainte, elles étaient bien entretenues, spacieuses, aérées. Les détenus mangeaient à leur faim, même en temps de conflit, loin d'être considérés comme coupables par avance.

Ofella avait déjà rendu visite à des amis incarcérés, mais jamais il n'avait été sous le coup d'une enquête. Allongé sur un tas de paille, il se reposait en découvrant l'hospitalité de la prison.

Sa rencontre avec Carbo l'avait épuisé. Le stress et la déception laissaient un goût de fer dans sa bouche, heureusement il avait anticipé cette réaction d'un homme qu'il connaissait trop bien. Tiraillé entre son devoir et son amitié, Carbo n'avait pas choisi. Soit.

Ne restait plus qu'à espérer que Néphélé se fût montrée chanceuse et convaincante. Le regard vide, Ofella laissa le temps filer.

Ses pensées le ramenèrent au passé. Hortensia se tenait toujours face à lui. Leur échange durait. C'était un peu avant le début de la crise, avant que leur maison ne brûle, quand

278

les meurtres se multipliaient et que les rues s'embrasaient de l'affrontement des deux camps opposés.

C'était elle qui attaquait. Toujours.

— Il est hors de question que nous partions, prévint une nouvelle fois Hortensia d'un ton sans appel. Que penseraient les autres familles ? Nous ne pouvons fuir comme de vulgaires esclaves. Nous sommes Rome, après tout.

Ils se tenaient dans la chambre de sa femme et la dispute revenait sans cesse sur la noblesse et la fierté de leur maison. Comme la grande majorité des familles aristocratiques, le couple vivait à l'étage, dans deux chambres séparées. Ofella rejoignait parfois sa femme pour des échanges passionnés. Il considérait cette discussion comme l'un de ces bras de fer où leurs deux esprits, aiguisés, rompus aux joutes, pouvaient se confronter. Des moments qui lui manquaient.

— M'est d'avis qu'ils auront bien d'autres occupations que de se demander pourquoi tu es partie, lui répondit son mari. Tu pourras toujours leur expliquer que ce voyage jusqu'à notre maison de Lavinium était prévu depuis longtemps. Des travaux, une villa à entretenir, que sais-je, tu trouveras bien une excuse convenable. Tu y arrives toujours.

Ofella avait à cette époque un mauvais pressentiment. Les menaces physiques ne faisaient habituellement pas partie du vocabulaire politique. Il ne serait peut-être jamais un grand politicien, pourtant il savait quand approchait l'instant critique : au moment même où les masques tombaient, où les deux camps se préparaient à un affrontement sans pitié. Sur ce point, les affaires publiques ne différaient pas tant du métier des armes.

Convaincre Hortensia ne se révélait jamais chose aisée. Elle ne l'écoutait pas, persuadée d'être dans le vrai et de

mieux maîtriser la vie romaine que son mari. Habituellement, elle n'avait pas tort. Cette fois, pourtant, Ofella sentait qu'il ne pouvait se permettre d'échouer. Alors il insista
encore.

Et elle refusa d'écouter.

— Je ne comprends pas ce qui te fait paniquer, rétorqua-
t-elle en descendant vers le *tablinum*, passant devant l'autel
où la famille vénérait les Lares qu'elle prit à témoin. Nous
sommes en sécurité chez nous.

Il la suivit, préparant ses arguments alors qu'elle s'allon-
geait sur un des divans de la salle à manger. À la recherche
de l'inspiration, son regard parcourut les mosaïques pleines
de plats richement décorés qui pavaient le sol.

— Je ne me battrai pas avec toi, Hortensia. Obéis-moi où
je demande à Phéron de t'embarquer en pleine nuit sur un
chariot pour Lavinium. Et tu sais que je le ferai.

— Nous ne devons pas partir, je te le répète. Pense à ton
fils, pense à nous.

— Je ne fais que ça, justement. Tu vas devoir me faire
confiance car sinon, je t'y obligerai.

— Très bien, puisqu'il doit en être ainsi, *mon époux*. De
toute façon, j'ai l'impression de communiquer plus facilement avec notre domesticité qu'avec toi. Peut-être que sé-
journer quelques jours en sa compagnie ne sera pas moins
agréable que de passer un mois à tes côtés quand tu consta-
teras que tu t'es trompé.

Sa retraite, pour théâtrale qu'elle fût, marqua son accep-
tation d'un départ. Trop tard. C'était le jour avant que leur
demeure brûle. Le jour avant que sa famille soit enlevée sans
qu'il n'en sache rien.

Des pas approchant dans le couloir de la prison le tirèrent de sa rêverie, avec l'espoir que Néphélé avait réussi sa mission. Ils étaient trois, vu les claquements des sandales sur la terre. La porte de la cellule s'ouvrit, révélant celui qu'Ofella attendait : son cousin Spurius Lucretius Carus. L'homme restait élégant, souriant, peu marqué par les secousses de la République.

— Je ne pensais pas te voir de sitôt, et autant te dire que cette rencontre m'indispose.

L'ancien préteur urbain, responsable de la sécurité romaine intra-muros, ne se montrait guère heureux de le sortir de ce mauvais pas. Aux côtés du magistrat et avocat, deux gardes attendaient patiemment.

— J'ai plaisir à te retrouver également, Spurius.

Leur dernier échange était une marque indélébile dans leurs mémoires respectives : leur rencontre sur la scène de crime de Cornelius, un fidèle de Sylla, ainsi que l'utilisation du meurtre pour justifier la suspension des affaires publiques.

— Pas d'ironie avec moi où je te laisse moisir dans ce trou, tout cousin que tu es. Allez, sors de là, ces messieurs ne vont pas te tenir la porte éternellement, les dieux nous en préservent.

Figure tutélaire de la justice de la République, Carus faisait partie de ces petits hommes au physique faible, mais à l'intelligence aiguisée. Avocat, magistrat, il avait occupé tous les postes relatifs à la loi qu'il maîtrisait sur le bout des doigts. De nombreuses personnes lui devaient des services après avoir été défendues ou protégées par sa science.

— Merci, je me doutais que tu gardais quelques appuis dans la prison, fit Ofella en sortant, accompagné de son cousin.

— J'ai fait engager ces deux-là, mais ne compte pas sur moi pour faire plus. Je suis très déçu, Quintus. Au sein de la frange syllanienne, tu es un ennemi. Et je ne veux pas avoir à te tuer !

— Ainsi donc, tu es au courant.

— Lucullus a toujours maintenu le lien avec notre parti. Sylla nous a fait parvenir plusieurs messages, dont certains te concernaient. Y compris le dernier.

— Ah ? Il ne parlait pas de la guerre à venir ?

— Si. Mais il a indiqué que nous devions tous donner un coup de main à Murena qui a été envoyé à ta recherche dès que l'armée a posé ses sandales en Italie. Un conseil, cousin : fuis Rome et disparais.

Ils émergèrent du bâtiment à cet instant. Le soleil déclinait et Néphélé attendait, anxieuse. Quand elle les vit sortir sans ennuis de la prison, le soulagement put se lire sur son visage. Spurius quitta la place du Forum, longeant les rostres, sans un mot de plus. Entre la famille et son devoir, lui aussi avait choisi.

Le duo se retrouva avec grand plaisir. Ofella sentait sa quête avancer alors que la lame du danger planait au-dessus de sa tête, aussi le soutien de Néphélé lui semblait être la chose la plus précieuse au milieu de ce chaos d'avant-guerre.

Ensemble, ils rejoignirent Kaeso qui organiserait leur fuite discrète, le lendemain, en dehors des murs de la cité. Préneste n'était qu'à quelques milles.

Chapitre 4

Les chevaux étaient aussi frais que le temps de ce début de matinée. En tête, Néphélé se montrait attentive au moindre signe suspect. Un mauvais présage l'avait empêchée de dormir toute la nuit. L'envie de bien faire, alimenté par l'énergie de l'inquiétude, supplantait la lassitude.

Le visage d'Ofella ne trahissait aucune faille : concentré sur son unique objectif, il avait profité du repos offert par la maison de Kaeso avant de se mettre en selle, la lance, cadeau de la déesse, dans une main, ses rênes dans l'autre. Un parfum d'avant bataille planait autour de lui, mélange de résolution et de force physique.

Ils progressaient en direction de Préneste sous un soleil voilé. De loin en loin, ce n'était qu'une gigantesque plaine à l'orée de laquelle on devinait la cité. Campagne. Bosquets d'arbres. D'autres champs. Et nuage de poussière. Et plaine. Tiens, quelle course pouvait entraîner un tel sillage ? Ofella se dressa le plus possible, les sens en éveil.

Un groupe de douze cavaliers arrivait. Le martèlement des sabots allait crescendo, des tambours de guerre annonciateurs de l'affrontement. Plutôt que de faire face, le duo se lança au galop afin de fuir.

Les murs de la cité se rapprochaient à vive allure, mais pas autant que la charge à leurs trousses. Derrière eux, les glaives sortaient des fourreaux. Ofella et Néphélé n'osaient pas jeter un coup d'œil par-dessus leur épaule, mais s'observaient, cherchaient une issue. Leurs chevaux menaient la course seuls.

Ce fut un chant qui les sauva.

Le chœur monta dans un rugissement qui évoquait les flots déchaînés d'un jour de tempête. Les voix quittaient le toit des deux plus hautes demeures de Préneste pour faire naître, au contact de l'air, une fontaine de papillons mauves. Les lépidoptères pourpres s'envolèrent au-dessus de la cité avant de retomber bien après les murailles.

Ofella et Néphélé arrivaient à toute vitesse sur ce mur d'ailes et de délicatesse. Pour la guérisseuse, le passage s'effectua en douceur. Mais l'ancien légat, son bras armé prisonnier d'un étau imaginaire, fut jeté à terre alors que sa monture continuait sa progression.

Tout son corps avait traversé le rideau en train de papillonner, sauf sa main et la lance qu'elle tenait. Allongé, sonné, il entendait le sol vibrer du galop des poursuivants qui approchaient. Le légionnaire s'appuya sur ses avant-bras musclés, mais fut incapable de passer le voile, alors il lâcha la lance et récupéra ses doigts coupés en de multiples endroits. Ses reins le faisaient tout autant souffrir.

Néphélé vint à son secours et l'aida à se relever. Il sentit aussitôt ce soutien indéfectible qui lui faisait tant de bien en ces temps de solitude. Les douze cavaliers arrivaient à vive allure dans leur dos, deux d'entre eux heurtèrent les papillons et tombèrent au sol, laissant les chevaux aller d'eux-mêmes.

Le chef de la troupe stoppa son galop, descendit prestement et s'approcha avec beaucoup de prudence du mur d'ailes. Sa barbe avait poussé, des cernes marquaient ses yeux d'un trait sombre et inquiétant, mais Lucius Lucinius Murena irradiait d'une colère contenue que les papillons ne parvenaient pas à arrêter.

— Traître, cracha-t-il entre ses dents en sortant son glaive.

La lame ne fit pas bouger la muraille mauve. Attiré par la lance, Murena se pencha et la ramassa.

Alors qu'Ofella s'appuyait sur Néphélé pour se déplacer, la guérisseuse grecque glissa à celui qu'elle soutenait avec peine :

— Les habitants de Préneste en ont appelé aux dieux pour bloquer cette troupe à notre poursuite. Ils savent qu'elle est bénie par Vénus et Fortuna, comme toute l'armée du favori Sylla. Voilà pourquoi ta lance n'est pas passée non plus, c'est un artefact d'une déesse honnie. Ce sort ne saurait durer.

Mais derrière eux, les chasseurs l'avaient entendue et Murena, allant et venant comme un animal en cage, lança hargneux :

— Je ne sais qui tu es, femme, mais je te conseille de t'éloigner de ce mort en sursis. Dussé-je assiéger cette cité, je le retrouverai et j'apporterai sa tête à mon général.

Néphélé voulut répondre, mais l'ancien légat l'en dissuada d'un signe. Il entendait bien se défendre, car la barrière magique permettait enfin qu'il s'explique avec son ami.

— Pourquoi tant de haine, tant d'opprobre ? Tu sais qui je suis, Lucius, tu me connais bien.

— Non, mon aveuglement a été total. Tu es un traître et je n'ai rien vu, rien senti. De mon honneur dépend ta mort.

Le fier Murena ne voulait pas écouter, trop hargneux envers Ofella. Pourtant, le légat déchu espérait encore lui faire entendre raison.

— Crois-tu que je sois si faux ? J'ai été manipulé par des forces qui nous dépassent. Comme nous tous, j'ai cru que les dieux étaient de notre côté. Mais ne vois-tu pas tout ce qui s'est passé ? Après l'augure changé en cerf, le lézard géant, les signes divins, ne vois-tu pas que j'ai été la nouvelle victime des méfaits du Panthéon ?

La rage déformait les traits de son ami qui hésita toutefois avant de répondre :

— Comment te croire ? La tentative de meurtre sur Sylla a été si violente, il a été si véhément suite à ton évasion. Il est plus encore ton ami que moi et n'a jamais cherché à minimiser ta faute. J'ai eu honte, Quintus. J'ai honte. Cette colère abattra des murailles s'il le faut.

— Je comprends ton sentiment, mais tu ne sais pas tout. Sylla t'a-t-il confié qu'il savait que ma famille était en vie, mais qu'il ne me l'a jamais dit de peur que je le trahisse pour sauver les miens ?

La révélation frappa Murena plus durement qu'il ne le souhaitait, Ofella le lut dans ses yeux brun-vert. Une flamme s'étouffa, celle de violence, afin de faire place à une force contenue, méfiante.

— Lucius et Hortensia sont encore vivants ?

— Oui. Marius père les détenait comme otage. Sylla le sait depuis les événements des rostres et n'en a rien dit. Il m'a utilisé, car il avait besoin de moi et ne supporte pas que je le sache.

Les quelques soldats derrière Lucius le couvrirent d'insultes. Ofella comprit alors que la fidélité au consul virait au fanatisme. Le lien entre l'armée et son chef était si ancré en eux qu'il ne parviendrait jamais à en venir à bout.

— Tu ne peux… ce n'est pas possible.

Quintus arracha le foulard qui couvrait son cou et révéla la brûlure laissée par Romanipleustès.

— Cette blessure est aussi une malédiction. Je suis sous le contrôle de ce mage fou. Je n'ai pas pu lutter, comprends-tu ?

Le visage grave, Murena se détourna alors que sa troupe haussait le ton et déclamait toujours plus d'insanités. Triste de n'avoir pu convaincre son ami, Ofella s'éloigna et rejoignit Néphélé.

Ils montèrent sur leurs chevaux et partirent vers Préneste sous les quolibets et les insultes des douze cavaliers.

La grande porte de la cité s'ouvrit à leur approche. Le chemin de ronde, au sommet de l'enceinte, se hérissait de lances, de balistes et de polybolos. Quelques gardes s'avancèrent à leur rencontre en bon ordre. Ofella s'attendait à les voir menaçants, mais ils les accueillirent en héros.

— Quand les prêtres nous ont annoncé qu'une avant-garde de Sylla approchait, nous n'avons pas voulu les croire, lança un centurion en saluant de la main. Puis nous avons capturé un *speculatores* ennemi, vous êtes apparus et nous avons compris. Quelles sont les informations en provenance de Rome ? De quelles nouvelles t'a-t-on chargé ? L'armée de Sylla est-elle proche ?

Bien que désorienté par le discours de l'officier de garde, Ofella s'engouffra dans la méprise et se fit passer effectivement pour un messager de Carbo. Il prétendit être accompagné de sa servante et devoir s'entretenir au plus vite avec Marius le Jeune.

La gravité de son ton et la poursuite avortée suffirent à convaincre le chef des soldats. Une escorte se mit en route pour les conduire auprès du nouveau maître de la cité. Néphélé se plaça instinctivement quelques pas en retrait, se glissant dans son rôle sans mot dire. Ofella bénit intérieurement sa souplesse et sa vivacité d'esprit.

L'avenue principale, branche ouest du *cardo* de la ville, débordait de soldats, de lances alignées le long des murs, de glaives neufs aux lames brillantes sous le soleil. De jeunes hommes testaient les tambours, d'autres charriaient les boucliers de bois vers des emplacements au pied des chemins de ronde. De là, d'autres les montaient, prêts à servir en cas d'assaut.

La marche à la guerre se déroulait sans heurt, avec ce sérieux tout militaire que Rome mettait dans la préparation de ce qu'elle savait faire de mieux. Toujours impressionné par cette belle machine à l'œuvre, Ofella observait, un sourire vague sur les lèvres. Beaucoup d'habitants avaient dû quitter Préneste ou rejoindre les troupes, car peu de citoyens ou de femmes déambulaient dans les rues. Seuls quelques groupes d'enfants couraient çà et là, donnant un coup de main comme s'ils rassemblaient les outils afin de partir aux champs. Des champs de bataille.

La pente s'élevait peu à peu, les maisons se dressaient en contrefort de l'avenue. Préneste était construite sur une colline, sa place principale trônait au sommet de la butte où l'on conduisait Néphélé et l'ancien légat. Là, des travaux avaient lieu dans le temple où des ouvriers installaient des statues de multiples dieux du panthéon. Sur la droite, un long bâtiment de trois étages se révéla être leur destination.

Le quartier général de la légion marianiste avait été établi dans cette succession de logements où des soldats abattaient des cloisons pendant que d'autres organisaient la cuisine et la blanchisserie. Ofella reconnut plusieurs membres du Sénat, en uniformes, échangeant sur des stratégies, donnant des ordres, eux qu'il n'avait jamais vus autrement qu'en toge, prêts à voter les lois.

Personne ne lui prêta attention. Le centurion l'accompagna au premier étage, proposant à Néphélé de se rendre aux cuisines où elle pourrait être utile. Puis l'officier conduisit celui qu'il prenait pour un messager à l'entrée d'une pièce et lui demanda de patienter avant de disparaître dans le bureau de Marius, laissant Ofella seul.

Un plan. Vite. Jusque-là, tout se déroulait à merveille, mais Quintus Lucretius plongeait dans l'inconnu : de Marius le Jeune, il n'était au fait que des ragots pesant sur son nom, ne disposait d'aucun levier de pression, de rien d'autre que son existence à offrir en échange de la libération de sa famille.

Mais était-elle seulement en vie ? Pour la première fois, le désespoir l'envahissait, nourri de l'absence de Néphélé. Le Marius qu'il avait connu n'aurait pas fait de prisonnier. Si son fils lui ressemblait tant, que Carbo avait raison, alors les siens croupissaient au fond d'un trou.

Cette vision passa devant ses yeux jusqu'à ce que la porte s'ouvre. Ses réactions de militaire aguerri firent le reste. D'un même mouvement, il tira le glaive du fourreau du centurion face à lui. L'égorgea prestement. Entra en poussant le corps et la porte du pied.

Le bureau, une salle tout en longueur avec un balcon, était richement décoré. Les couleurs chaudes des tentures en faisaient un endroit accueillant où se découpait la stature massive de Marius le jeune. Le fils ressemblait de plus en plus au père : même corps imposant, mêmes pupilles sombres comme des puits sans fond, même crâne en train de se dégarnir peu à peu.

Ofella avança sur son adversaire qui tira prestement une lame de sous son bureau. Le duel s'engagea, l'un frappant avec rage, l'autre se défendant avec maîtrise. L'affrontement fut rompu par Marius qui contourna une table et railla son assaillant d'un sourire mauvais.

— Ce n'est pas parce que ta trahison a échoué que tu dois passer tes nerfs sur moi, lui lança-t-il, presque heureux.

— Où sont les miens ? Qu'avez-vous fait de ma famille, ton père et toi ?

Alors le rire retentit, un rugissement de lion en réponse à la détresse d'un chef de famille. Ceux qui avaient côtoyé feu Caius Marius sur le champ de bataille connaissaient cet élan sanguinaire, cette jouissance violente qui nourrissait le grondement né de ces poumons. Ofella en fut interloqué : si les deux parents avaient quelques ressemblances filiales, jamais ils n'avaient fait montre d'un tel mimétisme.

— Les tiens ? Je les ai kidnappés pour t'obliger à me suivre, mais jamais je n'ai pu faire pression sur toi. Même mon envoyé en Grèce a échoué à t'en parler. Alors, quand je suis revenu d'exil, j'ai exécuté ton fils et livré ta femme à mes hommes. Ensuite, le reste ne me concernait plus.

Bravade ? Réalité ? Impossible à dire. Le géant face à lui délirait au point de se prendre pour son père, ou se sentait solidaire de ses actions démentes.

Le feu bouillait dans le sang d'Ofella et aucune saignée, si ce n'était celle de son adversaire, ne viderait son mal. Déployant une force peu commune, il chassa la table de leur duel et frappa avec l'énergie du désespoir. Contré, il s'écroula et fut roué de coups par Marius. Plus rapide, plus jeune, le chef de l'armée en station à Préneste prit le dessus.

L'échange fut bref, intense, sanglant. Quand il n'encaissait pas un coup de coude ou de pied, Ofella se faisait lacérer par la lame adverse. S'adossant à un mur par miracle – comment était-il arrivé là, il ne saurait le dire –, l'ancien légat se recroquevilla en attendant la fin de l'assaut.

Qui ne dura guère, le laissant pourtant au bord du malaise. Privé d'un œil gonflé par un mauvais coup, Quintus Lucretius tenta de se relever, mais dut y renoncer sous le regard satisfait de son adversaire :

— Te voilà à ta vraie place. Sylla va bientôt te rejoindre. Je vais t'offrir la plus belle vue pour que tu assistes à son échec. Ensuite, je rétablirai la République.

— Je… je… ma famille…

— Ainsi donc, voilà le héros que tous chantent : rien qu'un misérable prêt à implorer ma pitié. Tu ne mérites pas le glaive que je te promets. Tu n'es rien ! Ne t'inquiète pas, je vais te trouver le trou le plus minable où tu pourras te cacher. Gardes !

Saisi sans ménagement, Ofella darda son unique œil valide sur Marius le Jeune jusqu'à quitter la pièce luxueuse. Dans sa façon de bouger propre à un guerrier, d'ordonner comme un chef et de plaisanter comme un paysan, rien ne rappelait le fils d'aristocrate connu de longue date à Rome.

Ses tortionnaires le jetèrent dans les escaliers qu'il dévala, chaque choc apportant une douleur insoupçonnée. Son corps meurtri irradiait ses sens, implorait pitié. Celle-ci ne venant pas, il sombra derrière un voile comateux.

À son réveil, il se trouvait en cellule. Des cris l'avaient tiré vers la conscience, ceux de Néphélé qu'on conduisait également dans une geôle attenante. Ainsi donc, les voilà tous les deux prisonniers. Cette réalité l'assomma à nouveau et il perdit connaissance.

Son réveil fut encore plus douloureux. Il cracha un peu de sang, une dent qui ne voulait pas tenir, puis regarda alentour. La cellule était aussi simple et spartiate que sa gêne et sa colère contre lui-même. Les murs à nu représentaient son impréparation, son aveuglement face au danger. Le tas de paille symbolisait l'enchevêtrement de ses idées, le manque de cette ligne directrice dont il ne fallait pas dévier afin d'arriver vivant et vainqueur à la fin de la bataille. Et le seau... il vomit rien qu'en y pensant.

Récupérer fut une épreuve aussi difficile que d'encaisser les coups : cette fois il ne savait pas d'où venaient les attaques, car son corps tout entier le faisait souffrir. L'habitude d'après-bataille reprit le dessus et, avec calme, il commença à restaurer ses forces en s'appuyant sur la nourriture – rare – que l'on voulait bien lui donner.

Son envie de se battre n'avait pas diminué, car il se sentait coupable d'avoir causé l'emprisonnement de son amie. Néphélé l'encourageait en paroles à travers les barreaux de son cachot, elle qui souffrait seulement de s'être fait prendre. Il ne pouvait pas renoncer sans l'avoir libérée.

Après cette épreuve en viendrait une autre : comment sortir d'ici et affronter à nouveau Marius le Jeune ? De nombreuses idées germaient déjà dans son esprit rendu fiévreux par le mal. Ou la vengeance.

CHAPITRE 5

Chaque jour, Quintus Lucretius observait le ballet des gardes qui s'occupaient de sa personne, de Néphélé, mais aussi du troisième prisonnier d'une cellule éloignée. Ce mystérieux captif ne répondait pas aux appels des deux autres et ceux qui venaient le prendre pour l'interroger le traînaient, tant son état devait être préoccupant. Seuls ses cris sous la torture attestaient de sa survie.

Aucun surveillant ne restait là à les scruter : vu l'organisation du couloir en angle droit, Ofella pensait qu'un ou deux soldats devaient assurer le guet au bout du renfoncement. Un plan se dessinait lentement, mais impossible d'en parler à Néphélé sans attirer l'attention.

À l'extérieur, l'ancien légat percevait parfois des cris, des ordres, du fer contre du fer, des marches en rythme. Quand il regardait par sa lucarne à barreaux, rien ne le laissait entrevoir la réalité de la situation.

Pourtant, son instinct ne le trompait pas : le siège avait commencé. Il le devinait à la tension latente, à certaines consignes relatives apprises à la Légion. Les voilà enfermés dans la même cité que Marius, il se jura de connaître la vérité sur le sort de sa famille avant que l'un d'eux ne la quitte.

Un nouveau geôlier apparut le cinquième jour de leur emprisonnement. Contrairement aux autres, il laissait traîner son regard sur les cellules, l'œil inquisiteur. Particulièrement celle de Néphélé. Bientôt, les intentions du légionnaire devinrent aussi évidentes que ceux d'un homme devant une pièce emplie de vestales.

Son passage à l'acte se fit deux jours plus tard. Sous les cris de colère d'Ofella, il pénétra dans la cellule, un sourire tyrannique aux lèvres. Quelques secondes s'écoulèrent dans une mélopée de bruits étouffés. Ce fut Néphélé qui sortit, seule.

Elle débloqua la porte permettant à Ofella de la rejoindre et lui tendit le glaive de son agresseur.

— Il n'en aura plus besoin, lança-t-elle, grave.

— Qu'est-ce qui s'est passé ?

— Je te l'ai dit : il m'est arrivé de vivre de mes charmes. Et on apprend vite, grâce à ce métier, à se prémunir de ceux qui vont trop loin. Fuyons avant que quelqu'un ne s'alarme de son absence.

Ils passèrent devant la cellule ouverte de la guérisseuse, où le corps du légionnaire baignait dans son propre sang. Ofella distingua son visage exprimant un étrange masque de surprise et de terreur. Ses pupilles s'étaient révulsées. Devenu aveugle du monde des vivants, peut-être la mort l'avait-elle obligé à regarder son âme avant de le prendre. Le Romain en eut un frisson.

Arrivé à l'angle du couloir, le duo observa sur sa droite le détenu mystérieux, allongé sur sa paillasse. Puis son attention se porta sur la sortie, à l'opposé : personne ne gardait l'entrée.

— Il a dû vouloir profiter d'être seul pour s'offrir un peu de plaisir, commenta Ofella.

— Certains vices tuent. Est-ce que nous le libérons ? demanda Néphélé en désignant le dernier prisonnier.

Quintus Lucretius leva les épaules, indécis. Il s'approcha de la cellule, tenta d'observer plus précisément le pauvre homme en haillons. Sa barbe contrastait avec ses cheveux courts. Mais le visage à moitié dissimulé lui disait quelque chose. Cette familiarité, qu'il avait occultée de son esprit depuis son départ précipité du camp de Sylla, lui revint alors en mémoire.

— C'est Aulus Terminus, mon ancien *speculatores*. Sortons-le de là.

Cette fois, ce fut au tour de Néphélé de douter.

— Es-tu sûr que ce soit bien judicieux ? Nous aurons déjà du mal à sortir d'ici sans attirer l'attention.

— Son sort ne sera pas différent du nôtre.

Elle approuva et l'aida à relever son ami blessé et affaibli. Les voilà en route vers l'extérieur.

Les torches étaient les seules habitantes des prisons de Préneste. En pragmatique, Marius les avait fait vider afin de ne pas en subir les conséquences. Les condamnés s'étaient sans doute vu proposer d'entrer dans la Légion. Les refus avaient entraîné la mort : pas question de nourrir des bouches inutiles pendant un long siège.

Glaive à la main, Ofella suivit Néphélé tout en portant sur son épaule son ancien officier de reconnaissance. Ce poids lui pesait de plus en plus et confirmait qu'il n'avait pas récupéré l'intégralité de ses moyens physiques. Après avoir monté une série d'escaliers, la sortie se dessina en contre-jour, marquée des silhouettes de trois gardes. L'absence de population dans les geôles expliquait ce dispositif minimum. Restait le problème du passage.

— Je ne suis pas en état de me battre et de vous protéger. Même la surprise ne sera pas une alliée suffisamment puissante, confirma Ofella.

— Hors de question d'en appeler à Fortuna, je crois.

Ofella repensa à la lance, cet étrange cadeau qu'il avait abandonné à Murena avant son entrée dans la cité. Il n'en comprenait toujours pas le sens, ce qui le rendait méfiant.

— Effectivement. Peut-être existe-t-il une autre sortie, moins gardée ?

— J'ai une idée, mais je ne sais pas si elle va te plaire.

La vivacité d'esprit de Néphélé ravissait l'ancien légat qui se félicitait d'avoir une telle alliée. Une lueur amusée s'alluma dans son regard.

— Je t'en prie. Pourquoi ça ne devrait pas me plaire ?

Pour toute réponse, Néphélé retira sa robe et tendit la main vers Ofella et Aulus.

— J'aurai besoin de vos vêtements.

L'incendie commença à prendre, alimenté par les torches des couloirs. De la fumée s'échappait d'une cellule en particulier, elle attira deux gardes venus constater l'ampleur du désastre. Assommés, traînés à l'abri, ils aidèrent Ofella et Néphélé à regagner quelque dignité. Il fallut également rhabiller Aulus, toujours inconscient. Puis les prisonniers sortirent, protégés par l'écran de fumée.

La soirée commençait à tomber sur Préneste et avait éteint la chaleur étouffante qui plongeait la ville dans une relative torpeur. L'alerte attirait à peine les premiers inquiets ainsi que quelques soldats dispersés. Affublé de vêtements de légionnaires, le trio tenta de passer inaperçu : devant les premiers témoins arrivés, Ofella présenta Aulus comme un blessé de l'incendie à faire soigner au plus vite, pendant que Néphélé se montrait discrète. Ils pénétrèrent les petites rues en pente descendante jusqu'à trouver un abri temporaire : une minuscule grange entre deux maisons.

La cheminée blanche créée par le feu s'échappa un long moment, avant de tourner au noir. Elle se fondit dans l'obscurité, mais polluait toujours l'air, irritait les yeux. Finalement les étoiles tapissèrent le ciel. Les dieux avaient allumé leurs lanternes et éteint l'incendie, laissant le soin aux hommes de rêver au sort que leur réserverait le lendemain. La lune, ouverte à demi, éclairait ce fil qui liait songes et destin.

Ofella ne parvenait plus à porter Aulus Terminus, aussi le confia-t-il aux soins de Néphélé afin de partir en quête d'une cachette. Comme il s'y attendait, les maisons les plus proches des murailles avaient été désertées. Certaines étaient occupées par les troupes, les autres laissées à l'abandon. Il s'en choisit une dans le renfoncement d'une ruelle à l'écart puis retourna chercher ses camarades.

En progressant vers le haut de la ville pentue, Ofella put avoir une vision au-dessus des murs qui lui permit de découvrir les feux de camp nés sur la plaine. Ainsi, Sylla était là-bas. Et Murena. Et Appius Festus, Spongius, tous les autres.

Depuis sa fuite, jamais Quintus Lucretius n'avait pris le temps de réfléchir à cette perte. Car oui, c'était une autre famille qu'il avait laissée derrière lui. Elle n'était pas filiale, celle-ci, mais portait tout de même la marque du sang. Ce sang que tous ses membres avaient fait couler ensemble, dans les victoires aussi bien que dans les revers. Revoir son ami éclaireur avait ravivé cette plaie qu'il avait pensé oublier à cause de la quête de sa femme et de son fils.

Maintenant, ses proches étaient morts, même si Marius pouvait mentir à ce sujet. Et ses frères d'armes le haïssaient pour une trahison dont il était la première victime. Cruelle ironie.

Leur trajet jusqu'à la maison se fit discrètement, aidé par la lumière de la lune. Ils prirent alors un grand repos. Chacun devait récupérer et Néphélé put offrir ses talents de guérisseuse à Aulus Terminus. Ce dernier reprit connaissance trois jours plus tard, mais refusa d'adresser la parole à Ofella.

Un quotidien singulier se mit en place : Ofella rendait quelques services dans les rues, Néphélé faisait bénéficier la population de ses dons et ils purent ainsi subvenir à leurs besoins. Terminus récupérait ses forces et, peu à peu, put marcher à nouveau. L'ancien légat retrouvait lui aussi toute son énergie. Sa méfiance grandissait également de jour en jour : des patrouilles se faisaient de plus en plus nombreuses, des quartiers fouillés au hasard. Il se résignait à préparer l'inévitable affrontement.

Au cours de ses emplois, Ofella observait les rues, les allées et venues, les habitudes. Il tentait de comprendre le mode de vie à Préneste. Le palais, où Marius vivait, l'intéressait plus que de raison. Le grand temple adossé à la colline principale de la cité attira bientôt toute son attention. Il se souvint que c'était de là qu'était parti le chœur qui l'avait sauvé de Murena.

Autrefois dévoué à *Fortuna Primigenia*, dite primordiale, l'édifice imposant avait été peuplé d'autels et de représentations dédiés aux divinités du camp marianiste : Artémis la première. Au centre se trouvait un sanctuaire à colonnes ancré dans la pierre. Une double rampe monumentale l'encadrait. Elle permettait d'accéder aux terrasses supérieures grâce à des paliers où de petites chapelles s'ouvraient à chaque personne venue vénérer les Dieux. Au sommet de la superstructure, une large place constituait la scène hors-norme d'un théâtre. L'esplanade était couronnée d'un péristyle à tuiles rouges, où des dizaines de statues observaient le visiteur.

Sur cette place, à la nuit tombée, des collèges se réunissaient à la lueur de bûchers. Qui étaient-ils ? En tout cas, Marius y participait et sa garde personnelle, des vétérans qu'Ofella avait fréquentés, en maîtrisait l'accès. Ce qui rendrait périlleuse une éventuelle infiltration. Il se savait recherché depuis l'évasion de la prison. Sur ce territoire des dieux, prendre un risque serait plus aléatoire que s'allier aux divinités infernales.

En rentrant ce soir-là, avec quelques mesures d'orge glanées en redressant un chariot tombé à la renverse, Ofella songeait à tout ce qu'il avait observé. Il s'appliquait à trouver la faille autour de Marius, toujours entouré d'une imposante protection. Néphélé l'attendait, visiblement fatiguée, mais heureuse de le voir.

— As-tu entendu les dernières nouvelles ? lui demanda-t-elle d'emblée.

— Je sais que la tentative de briser l'encerclement a échoué.

— Apparemment, elle a tout de même permis de faire passer un messager. Les rumeurs sur ce qu'il a rapporté sont catastrophiques : ton ami Carbo aurait été battu par un jeune aristocrate du nom de Pompée. Carbo a fui en Sicile, tout espoir de libération de Préneste s'est envolé. Sylla aurait pris Rome au terme d'une sanglante bataille.

Ces nouvelles le laissèrent au cœur d'une profonde réflexion. Sylla allait faire déclarer Marius et tous ses alliés ennemis publics afin de briser tout soutien. Peut-être de nouvelles purges auraient-elles lieu. Les défections commenceraient à Préneste et, avec elles, la chute inévitable. S'il voulait affronter Marius, connaître la vérité, Ofella devait agir vite.

« Ce n'est pas tout. L'armée syllanienne autour de la cité aurait construit de nombreux temples au sein des camps. L'*imperator* souhaiterait priver Préneste du soutien divin dont elle bénéficie. Marius veut réunir, demain soir, tous les habitants afin de se faire désigner *Favori des dieux* au temple d'Artémis. Pour ensuite tenter une dernière charge en vue de l'emporter, ou de périr. »

Voilà donc ce que préparait le jeune héritier du renard argenté. Le destin d'Ofella s'écrivait une dernière fois à travers la vie d'un autre : il avait suivi Sylla, subi la persécution de Romanipleustès, pourchassé Marius puis son fils. Jusqu'ici. À ce moment. Le voilà face au nœud gordien de son existence.

La décision qu'il prit enflamma son regard. Néphélé sut, à cet instant, qu'elle ne pourrait plus l'influencer, le pousser à revenir en arrière. Elle accepta, consciente que c'était ce que voulaient les voix qui lui parlaient quand elle fermait les yeux ou se retrouvait seule.

— Tout est bientôt fini, fit Ofella en fixant une chose que lui seul voyait. J'ai un plan, je te l'exposerai tout à l'heure, pendant le repas. On réfléchit toujours mieux en mangeant. Demain, j'affronterai une dernière fois Marius. Comment va Aulus Terminus ?

— Physiquement, il va mieux. Mais son esprit… je ne peux rien faire contre ça.

— Je vais aller le voir. Nous aurons besoin de lui.

Il rejoignit la chambre qui se trouvait au fond de la maison de plain-pied, au bord d'une arrière-cour tournée vers la roche affleurant de la colline. Étendu là, l'éclaireur se reposait. Son œil encore valide s'ouvrit, plein de terreur, comme si le bourreau venait à nouveau l'interroger. Son regard se glaça en reconnaissant son ancien chef, un traître.

Leur affrontement silencieux dura. Puis Ofella tenta le tout pour le tout :

— Je ne suis pas un traître, Aulus.

— Comment appelles-tu ce que tu as fait ?

Le ton était sec, éraillé par la douleur. Mais au moins, il lui adressait la parole.

— Je n'ai rien fait. J'ai vu tellement d'étranges choses. Laisse-moi t'expliquer.

Attente. Aucun refus d'Aulus Terminus. L'ancien légat raconta sa vie du début de la guerre civile à l'arrivée à Préneste. Parler le soulagea, l'aida à déposer son fardeau pour regarder vers l'avant.

Quand il s'arrêta, la nuit était tombée. Néphélé apporta des bougies. L'éclaireur avait écouté chaque mot, réagit par des gestes, en serrant les dents. Il lança au duo :

— Au début de cette guerre, je n'aurais pas pu croire un seul mot de ce que tu viens de raconter. Mais tout ce qui s'est passé me permet d'imaginer ton calvaire. Moi aussi, j'ai vu d'étranges choses.

Ainsi commença le récit de la campagne d'Asie par Aulus Terminus.

Chapitre 6

« *Aquila sinistra !*[10] *Aquila sinistra !* Cette expression apparaît sur notre route dès que nous entrons dans une cité ou un bourg. Elle révèle à elle seule le respect et la peur que nous provoquons, nous, l'avant-garde de l'armée romaine. Quand je suis entré dans Dyrrachium avec mes hommes, pour ouvrir la voie au débarquement, je l'ai encore entendue.

« Par la suite, chaque foyer l'a murmurée à notre passage. Je n'en ai jamais tenu compte, pour tout t'avouer. Je me suis senti grisé par le pouvoir d'évocation de ces mots dans les esprits. D'emblée, j'ai su que cette mission allait changer mon existence. J'ai pensé qu'elle allait me rendre riche. Certes, j'ai gagné de l'argent, mais dans quel but ? Tout cela me parait désormais dérisoire.

« La vie s'est écoulée, néanmoins, jusqu'à ce jour où tu as tenté d'assassiner Sylla. Des cris nous ont réveillés, le froid de la nuit engourdissait les tentes d'où je suis sorti perdu. L'alerte. J'ai participé à ta traque, lorsque tu as fui.

« Murena nous a guidés, il en a fait une affaire d'honneur. Tellement vexé d'avoir indûment placé sa confiance en

---

10 « Aigle de bon présage » chez les Romains, « aigle funeste, défavorable » pour les Grecs. Cf Lexique p. 349

303

un traître, notre nouveau chef nous a imposé un rythme harassant. Et moi, je l'ai suivi sans te trouver.

« Dans ces moments, quand nous avons fouillé toutes les granges, toutes les villas, tous les villages que nous avons pu rencontrer, nous avons entendu notre sobriquet. Cette fois, je l'ai écouté avec colère. J'ai commencé à détester qu'on m'appelle comme ça, tant ces maudits Grecs l'ont utilisé avec terreur ou mépris.

« La vie a continué. La mission aussi. Nous avons fait tomber Athènes peu après ta disparition et j'ai participé à sa prise. Je me suis illustré et personne dans la cité n'a osé nous appeler ainsi. Le succès total a effacé le dépit causé par ta trahison. Sylla était fier de nous. Il nous a récompensés, a réuni les plus braves dans une maison proche du Parthénon et nous a proposé de piocher parmi les plus belles richesses de la ville.

« La joie m'a submergé. Aveuglé peut-être. J'ai récupéré une hache au manche finement ouvragé, ainsi qu'une statuette en argent. Ces cadeaux, je les ai mérités, vois-tu ? Je ne me suis pas dit que nous commettions un crime puisque c'est le droit du vainqueur qui s'applique.

« J'ai ramené tout cela au camp. J'ai bu. Ah, quelle magnifique journée ! Je la regrette, tu sais, *legatus*. J'y repense souvent.

« Nous avons fêté cela comme il se doit. Et le réveil a été terrible. Après trois jours de réjouissances où l'*imperator* a été acclamé, où il a participé à toutes les célébrations, bu avec nous, mangé avec nous, il est redevenu le guide de nos destinées. Des armées pontiques descendaient du nord. Il a fallu à nouveau se préparer au combat.

« Nous devions affronter les armées d'Archélaos, général de Mithridate ayant fui Athènes par mer juste avant sa chute. Le champ de bataille a vite été désigné par les circonstances : Chéronée sur la plaine de Béotie. Mon unité, comme celle des autres *speculatores*, a été mobilisée en continu. Nous inspections les environs, établissions des rapports de situation et suivions avec diligence les moindres mouvements de l'adversaire.

« Un soir que nous dormions à proximité de la cité de Chéronée, afin de nous assurer que l'ennemi ne s'en emparerait pas, je me suis retrouvé de veille. À mon habitude, j'ai gardé avec moi mon paquetage, où se trouvait mon butin. La statuette était là, elle m'accompagnait. J'ai pris le temps de l'observer plus longuement : c'était une représentation fort flatteuse de Dionysos en bel éphèbe porté sur le nectar.

« La nuit s'écoulait, paisible, mon tour de garde a touché à sa fin. Je me suis alors endormi, main posée sur le précieux objet. Là s'est produit quelque chose d'étrange. Non, pas étrange, quelque chose de sidérant, de perturbant. Je me suis réveillé dans des vignes ! Alors oui, autour de Chéronée existaient des vignes. Mais celles où je me suis trouvé étaient si étendues qu'on ne voyait rien d'autre à l'horizon.

« Et puis il faisait jour, je ne pouvais pas avoir dormi aussi longtemps ! Je me suis levé, à la recherche de mes camarades, et un homme obèse est venu à ma rencontre, l'air aviné. Son cou charnu rebondissait à chaque pas, comme le reste de sa graisse proéminente. Même sa barbe se noyait dans son double menton.

« À son approche, il me tendit une main et indiqua, plein de bonne volonté : « Puis-je t'aider, Aulus Terminus, mon brave ? »

« Il connaissait mon nom, voilà l'idée fixe qui m'a obsédé quand je me suis réveillé en sueur. Engourdi, je suis allé prévenir la sentinelle suivante et je me suis endormi avec cette vision qui s'imposait toujours.

« Le lendemain, je n'étais pas le seul à donner l'impression d'avoir connu un sommeil agité. En échangeant avec mes camarades, je compris que d'autres avaient eu des visions du domaine des dieux. Car j'avais reconnu Bacchus, mais d'autres avaient rencontré Minerve, Pluton, Vulcain, Junon ou Latone.

« Cette prise de conscience a causé un début de panique : qu'ont essayé de nous dire les dieux ? Nous en avons averti le commandement après mûres réflexions. Des augures furent convoqués, ils durent s'y reprendre à quatre fois pour déclarer que la guerre se déroulait avec la bénédiction des dieux.

« Je me suis alors rappelé du nom dont on nous affublait : *aquila sinistra*. L'évidence s'est trouvée devant moi. Plus j'y pensais, plus je me disais que tous ces Grecs nous avaient jeté un sort en attirant le mauvais œil sur nous.

« Contre les protestations de plus en plus vives, Sylla s'est adressé à nous avec emphase : « Croyez-vous vraiment que nous n'aurions connu que des succès jusqu'à aujourd'hui sans le soutien des dieux ? J'ai l'assurance que Vénus nous accompagne dans cette quête de justice. Je vais faire distribuer à chacun une perle offerte par la déesse pour vous remercier de vos services. Mais je n'entends pas que ma campagne soit mise à mal par des ivrognes aux réveils difficiles. »

« Malgré l'attaque, je dois avouer que je l'ai écouté sans broncher et qu'il m'a rassuré. La perle, une émeraude, a suffi à acheter mon cœur. Nous sommes allés au combat, il a été âpre, mais nous avons gagné. La menace a été écartée. Le vin a coulé. Toute cette histoire a été oubliée.

« Puis Rome nous a envoyé à son tour des légions. Comme à Capoue, la guerre civile s'est invitée dans la campagne. Les hommes n'ont pas compris d'où venaient ces adversaires alors que Rome nous soutenait. Lucullus et Sylla nous affirmèrent que ce n'étaient que des renégats avides de nos richesses. Ils furent écrasés. Mais le doute s'est instillé, perfide, tel un serpent se faufilant entre les roches.

« J'ai de moins en moins aimé vivre en Grèce. Loin de mon foyer, je souffrais de la chaleur pendant que notre général jouait sa mélopée de politicien. Je me sentais étranger à ces endroits que nous fréquentions, où les natifs nous fixaient avec méfiance.

« *Aquila sinistra. Aquila sinistra.* Personne ne le disait, mais j'ai lu l'accusation dans les regards, les comportements hautains, le dédain à nous servir ou à nous aider. Je hais les Grecs.

« J'ai décidé de justifier ce sinistre surnom dont on nous a affublés en silence. Plutôt que de convoiter, j'ai pris. De l'or, des femmes, une vie sur l'habitant qui ont attisé la colère de ces paysans, de ces nobles obligés de nous accueillir et de subir.

« Le ravage fut profond. Des notables se sont plaints au commandement, mais Lucullus, chargé du maintien de l'ordre, a laissé faire : une armée inoccupée est plus dangereuse qu'un troupeau de citoyens prêts à voter. Elle peut se plaindre, exiger, demander à rentrer. Le commandement ne voulait rien de tout ça.

« Engourdi, je fus surpris par la nouvelle attaque de Mithridate. Son général Archélaos était de retour, et l'on disait qu'il menait quatre-vingt mille hommes, trois fois nos troupes en nombre. La Légion fut réunie, quelques trouble-fêtes exécutés afin de restaurer l'ordre. Heureusement, je ne fus pas inquiété.

« La campagne a recommencé. Des escarmouches, beaucoup d'observations et puis la bataille qui devait décider du sort de l'affrontement entre Rome et le Pont : Orchomène. Je suis fier et horrifié d'avoir participé à cette grande orgie de sang et de courage. Jamais je n'oublierai ce qui s'est passé là-bas.

« Au cœur du combat, nous luttions pour notre survie et les légions reculaient. La gigantesque plaine d'Orchomène s'est réduite pour moi et ma troupe à ce duel avec l'infanterie venue d'Asie. L'un de mes coups brisa une jambe, je me rappelle nettement du craquement sourd, du râle de douleur qui le couvrit. Puis je dus marcher sur le corps du malheureux, des légionnaires derrière moi. La perte de terrain signait notre défaite prochaine.

« Je me suis vite trouvé au cœur d'un drame comme il s'en joue peu au cours des batailles. Tendu à l'extrême, j'ai assisté à la chute de l'aigle de la deuxième légion. Ce symbole tombé, les morts par centaines, les cris, les hennissements, notre sobriquet, tout a commencé à se mélanger dans mon esprit. Ma vue s'est troublée. Orchomène a vacillé. À mon tour, le sol a amorti ma chute prolongée vers les abysses de la folie.

« La Légion reculait, perdait tous repères. La débâcle apparaissait inévitable. Ma propre défaite m'a semblé consommée.

« Le consul Sylla émergea alors devant moi. Je ne l'avais jamais vu ainsi, habité d'une prestance sans égale, droit face aux éléments et à la fatalité, malgré le sang maculant le bas de son visage et de son cou, fruit d'une plaie sur la joue gauche. Il s'est dressé sur le dos de son étalon. Sa stature ne m'a jamais autant impressionné. Tourné vers son camp en fuite, dos à l'ennemi dans un geste de défi, il a pris sa voix la plus forte et a lancé : « Fiers enfants de Rome ! Je suis heureux de mourir ici pour cet aigle ! Et vous, quand on vous demandera où vous avez abandonné votre général, n'oubliez pas de répondre : à Orchomène ! »

« Il a crié ce nom en tournant bride et lançant la charge, attrapant le symbole de la Légion pour le brandir en étendard. Cette vision nous a galvanisés. Mes camarades, mon centurion, ils m'ont emporté avec eux dans un assaut au prix de nos vies.

« Pourtant, je suis là face à toi. Comment oublier ce moment qui m'obsède, cet instant où j'aurais dû mourir et où j'ai échappé à la place que me réservaient les dieux ? Notre offensive a surpris l'ennemi au point de retourner le cours de la bataille. Nous écrasions les troupes du Pont. À chaque pas sur les corps des pauvres malheureux que nous éliminions, j'ai risqué de me tordre la cheville sans jamais trébucher.

« La victoire s'est offerte à nous. Nous avons marché sur le camp ennemi, nous avons tué, fait prisonniers, nous avons gagné comme nous allions le faire encore ensuite. Les cadavres se sont entassés. L'odeur était insupportable. Pourquoi vaincre quand on sait quel sera le résultat ? Un Panthéon de la mort, du sang et de l'horreur des hommes.

« Au-dessus de ce charnier, qui aurait dû me rappeler les fosses de Rome, mais n'a évoqué chez moi que le dégoût, j'ai levé les yeux vers le ciel. Le soleil brillait. Et des aigles, par dizaines, sillonnaient le champ de bataille.

« *Aquila sinistra*. Ils bénissaient notre victoire ou apportaient le mauvais œil des dieux sur nous. Je ne saurais dire. Gravement blessé à la hanche, j'ai dû attendre de nombreuses semaines avant de me remettre. La fièvre me faisait délirer. J'ai revu les lueurs d'incendies, senti quand on me déplaçait sans vraiment avoir conscience d'être alité.

« Le gros de l'armée a continué jusqu'au Pont, mais moi, je suis resté à Orchomène avec les blessés et les mourants. Sylla a récupéré les valides lors de son retour, avant d'embarquer vers l'Italie. J'ai été affecté à l'unité de Murena qui t'a cherché sans relâche, pourtant je ne veux plus faire ce métier.

« Ce dégoût m'a poussé à la négligence. Victime d'une embuscade, j'ai été enfermé et torturé afin que l'on me fasse cracher combien de mes malheureux camarades allaient se jeter sur Préneste.

« Ma capture… on m'a mis en cage, voilà ce que l'on doit faire pour domestiquer un aigle, n'est-ce pas ? Si tu as libéré mon corps, mon esprit est encore prisonnier. Je veux rester enfermé, c'est pour ça que je ne t'accompagnerai pas dans ton combat contre Marius le Jeune. Je le dois. Je ne veux pas voir ces oiseaux de malheur dans le ciel de Préneste. Je ne veux pas qu'ils survolent ma carcasse brisée.

« Je veux seulement rentrer chez moi. »

Chapitre 7

Une longue procession sillonnait les rues de Préneste. Elle intégrait peu à peu hommes, soldats, femmes, enfants, vieillards dans une marche lente et solennelle. La nuit tombait, mais les paires d'yeux éclairés par les torches formaient autant d'étoiles en route vers l'ancien temple de la Fortune.

Les deux rampes d'accès étaient noires d'un cortège apeuré, d'où des voix s'élevaient dans un éclat vide de sens. La progression se faisait à petits pas. Plus haut, sur la terrasse, on entendait des musiciens qui ne parvenaient pas à étouffer ce brouhaha. Quand les habitants furent tous regroupés sur la grande place, ils purent admirer un nouvel aménagement qui les fascina.

La perspective avait été inversée. Un événement se préparait au milieu de l'arc de cercle couvert de marches. Un autel avait été installé et, disposées tout autour, les statues des dieux du panthéon l'entouraient. Un orchestre avait été réuni en tribune. Il se mit à imposer une marche aux rythmes des tambours qui fit taire le public.

Une haie de membres des clergés de différents dieux descendit du haut de l'amphithéâtre, encadrant Marius le Jeune en équipement militaire et *paludamentum*. Son élégance et sa prestance tirèrent des cris d'admiration de l'assemblée.

Sa grande silhouette marcha pesamment jusqu'à l'autel où il se recueillit et s'inclina devant chaque représentation divine.

Les prêtres s'intercalèrent entre les statues, formant un anneau fermé autour de Marius qui s'installa sur la pyrée, debout, les bras levés, mains tournées vers la représentation d'Artémis. Un chant débuta au rythme de la musique. Son lent crescendo rappela à Quintus Lucretius Ofella, noyé parmi la foule, celui qui l'avait sauvé lorsque Murena s'apprêtait à le rattraper. Les personnes aux premiers rangs, hypnotisées, se mirent à le reprendre.

Bientôt Ofella commença aussi à chanter, sans le vouloir, entraîné par l'effet de masse et le poids invisible d'une magie divine. Le sang battit plus vite dans ses veines, son inquiétude monta : allait-on le découvrir ? Paradoxalement, se mêler au chœur le rassura par l'anonymat ainsi procuré.

Tout en participant, l'ancien légat se décala peu à peu vers la gauche, partie la plus proche du péristyle. Des gardes observaient cette armée de voix, certains s'y joignaient. Profitant d'un recoin sombre, Ofella s'y terra, attendant le bon moment.

Un lien myosotis unissait à présent statues divines et ministres des cultes. D'abord ténue, cette cordelette s'amplifia, formant un courant ondulant entre pierre et chair. Un dôme mauve surplomba Marius le Jeune avant qu'une nuée de papillons ne s'en échappe et vienne l'entourer.

Le public tout entier se mit à scander, dans un seul élan, une incantation claire de Préneste exprimant son envie d'être sauvée : « *In diis est !*[11] »

----

11 « Cela dépend des dieux ! »

Observateur, Ofella distingua, à l'opposé de sa position, la mise en place de Néphélé qui était montée sur la plus haute marche de l'amphithéâtre et se montrait à peine. Elle bandait un arc dont elle savait peu se servir – quelques parties de chasse n'en faisaient pas une tireuse émérite, surtout sur un homme, mais seul l'effet recherché lui importait.

Le départ de la flèche fut le signal. Sortant de l'ombre, Quintus Lucretius égorgea le garde devant lui au moment où le projectile touchait la jambe d'un prêtre qui s'écroula en hurlant. Le rayon bleu qui parcourait le cercle perdit son équilibre et bondit vers le public, faisant exploser la limite entre la scène du théâtre et la terrasse.

La panique s'empara de tous. Certains, balayés par le choc, se firent piétiner par le nombre. D'autres, en larmes, couraient en tous sens au milieu de soldats désorientés. Les gardes du péristyle furent noyés par cette marée humaine.

Glaive à la main, Ofella se projeta sur la scène et tua un prêtre surpris par son apparition. Le meurtre passa inaperçu en raison du chaos ambiant. Enjambant le corps étendu dans sa mare de sang, il s'approcha de l'autel. Marius l'avait remarqué. Il tira son arme et descendit du piédestal où les dieux opposés à Vénus et Fortuna devaient adouber leur champion.

— N'as-tu pas eu assez d'une leçon, Quintus ? cracha Marius le Jeune dont la stature en faisait une montagne inébranlable.

— Cette fois, mon bras ne sera pas guidé par l'espoir, mais par la vengeance. Je vais te tuer.

— Essaie donc.

Le duel débuta, âpre, brutal. Deux styles de combat s'affrontaient : d'un côté un monstre de puissance et de violence, de l'autre un guerrier encore agile et expérimenté. Malgré tout, Ofella n'était pas de taille.

Poussé à se défendre, il reculait et montait les premières marches du théâtre, espérant qu'une position plus haute lui rendrait un avantage. Une fente parée permit de gagner un peu d'espace. D'un hochement de son glaive, défi à sa domination, Ofella invita son adversaire à le rejoindre.

Mais Marius ne faiblissait pas. Sa force parlait, elle assénait la dure vérité à l'ancien légat de Sylla : la victoire serait sienne. Le fils du renard argenté frappa de taille, le mit sur la défensive et gagna à son tour le palier. Lancé dans une série d'attaques énergiques, il accula Ofella. Il le prit de vitesse. Frappa. Frappa. Rentra au corps-à-corps. D'un geste ample, trancha la chair.

Le biceps gauche transpercé par la pointe de son ennemi, Ofella tenta une contre-attaque maladroite. Pris dans son élan, il encaissa un coup de genou dans le plexus qui lui coupa la respiration. Marius le poussa. Il s'écroula sur les marches et les dévala lourdement avant de toucher le sol. Il serrait sa blessure, tenait de la même main son arme. L'esprit toujours clair, il cherchait une échappatoire. En se redressant, il vit dans son dos les licteurs du général qui se regroupaient et n'allaient pas tarder à venir interrompre le combat.

— Ainsi donc, voilà comment tout cela finit, lança-t-il en se relevant, la douleur au corps.

— Finit pour toi. Je n'ai pas tant enduré, dû supporter de partager ce réceptacle avec mon abruti de fils, pour que tout s'arrête à Préneste. Je suis un héros de la République. Je suis le seul à pouvoir sauver ses institutions. Personne ne me détournera de ce destin, pas même la mort.

La révélation laissa Ofella abasourdi. Il ne pouvait croire ce qu'il venait d'entendre.

— Que veux-tu dire par *partager ton corps* ? Tu n'es pas Marius le Jeune ?

— Il n'y a qu'un seul Marius et c'est moi. Je suis le champion du peuple, mon fils n'est qu'un abri où j'ai pu me protéger de la mort. Grâce aux dieux, je guiderai à nouveau Rome vers les succès.

L'ancien légat posa un œil différent sur son ennemi : il cherchait un détail qui confirmerait la réincarnation de Marius dans le corps de son héritier. Le regard ? La même lueur avide de pouvoir. La façon de combattre ? Ils s'entraînaient intensivement et avaient des statures taillées pour la guerre. Ofella attendait une révélation qui ne venait pas, car le ton autoritaire, sans détour du vieux Marius, se retrouvait en cette enveloppe jeune.

— Je suppose que l'on a les héros que l'on mérite, brava une dernière fois Quintus Lucretius. Peux-tu m'expliquer enfin ce que tu as fait de ma famille, Marius ?

— Tu me prends pour un monstre ! Avec mon expérience, crois-tu seulement que je pourrais assassiner la famille d'un aristocrate romain ? J'ai agi comme toujours. Les tiens sont retenus en otage à Laüs, dans une maison de mon domaine avec d'autres familles de la *nobilitas*. J'y détiens aussi la fille de Sylla, la sœur de Lucullus et tant d'autres. Aucun objectif politique ne peut justifier leur assassinat, juste vous convaincre d'agir à ma guise. Je suis un politicien, Quintus. Sylla est mon adversaire, toi aussi, Lucullus également. Vous, vous devez mourir. À genoux !

Sonné, Ofella obéit sans se poser de question. À cet instant, sa mort lui apparaissait comme le seul moyen de faire libérer sa famille. Il avait tout tenté jusque-là, peut-être ce sacrifice serait-il le juste prix à payer.

D'un pas lourd, Marius contourna cet homme qui avait ruiné ses plans grandioses et leva son glaive bien haut, pointe vers le bas, afin de lui sectionner la moelle épinière en frappant la nuque. Une mort de guerrier.

Ses bras s'abattirent, il ne put freiner son geste quand une silhouette se glissa sur le côté et écarta Ofella. La lame se planta dans la poitrine de Néphélé, des cris se mêlèrent : ils traduisaient autant la surprise que la douleur. Surpris, Marius lâcha son arme qui resta figée dans le corps de la guérisseuse.

Les larmes aux yeux, Quintus Lucretius se précipita vers son amie et la prit dans ses bras. Elle hoquetait, souriait pourtant.

— Pourquoi as-tu fait ça ? Pourquoi donner ta vie ? Je ne te l'ai pas demandé !

Ses yeux bleu océan le détaillèrent comme si elle le voyait pour la première fois.

— Te rappelles-tu les voix qui m'ont poussée à t'aider, les…

La toux l'empêcha de finir sa phrase et Ofella hocha la tête, confirmant qu'il savait à quoi elle faisait référence.

— Ce sont tes ancêtres. Ils m'ont incité à te suivre, à t'aider, car ils veulent que la *gens* perdure. Que tu retrouves Hortensia et Lucius. Je…

Encore une quinte, l'air qui s'expulsait difficilement de ses poumons. Le sang, dense filet échappé le long de son menton. C'était la fin.

— Ne parle plus, je t'en prie, supplia Ofella qui pleurait. Tu as fait tellement pour moi, je ne voulais pas que tu te sacrifies.

— Ils me l'ont demandé, j'ai accepté... par amitié... j'ai un dernier cadeau...

Elle mourut, laissant échapper un ultime souffle d'or qui s'empara d'Ofella, l'enveloppa et pénétra son corps. Il sentit une nouvelle force le revigorer. La lassitude et l'abandon ne l'accablaient plus. Galvanisé, il percevait le soutien de tous les membres défunts des *Lucretii* depuis l'autre monde, les murmures s'élevaient dans sa tête afin de former une voix l'appelant à tuer Marius et à quitter Préneste en direction de Laüs.

Sa blessure oubliée, il ramassa son glaive quand deux licteurs apparurent. Ils tentèrent de le frapper de concert. Trois gestes amples. Deux corps au sol. Ofella marchait vers Marius, déterminé, hurlant ce nom honni qui l'avait tant accablé.

Privé d'arme, Marius ne reculait pas. Fier, digne, il assumait ses actes.

— Je suis le Favori des dieux, qui es-tu pour me défier ?

— Je suis l'âme de la *gens Lucretii*, une famille que je viens venger de tous tes actes abominables. À travers elle, c'est la République tout entière que je lave de tes derniers méfaits. En enlevant ma famille, tu ne le savais pas encore, mais tu étais déjà mort. Maintenant, je ne fais que régler des dettes. Ramasse ton glaive, qu'on en finisse.

Marius ne se fit pas prier pour profiter de cette chance. Penché sur le cadavre de Néphélé, il en tira sa lame et se mit en garde. Le premier contact de leurs deux armes fit jaillir des étincelles qui irradièrent le théâtre, la place, les corps allongés. Bientôt, des éclairs rythmaient chaque attaque, le moindre contre. Lancé dans un ballet électrique, les deux adversaires frappaient, évitaient, paraient, se dégageaient avec une rapidité inhumaine.

Trop rapide, sans doute. Tendu à l'extrême, le Favori des dieux ouvrit une profonde entaille sur la cuisse gauche de Quintus Lucretius. Un flot de haine et de douleur le déchaîna d'autant plus.

Le sifflement des glaives s'ajoutait aux hurlements des combattants. Doté d'une froide détermination, Ofella fit un pas de côté en anticipation d'un coup aux jambes où Marius balaya le vide. Passé sous sa garde, l'ancien légat frappa le poignet de son ennemi et le désarma.

Le premier impact transperça le plastron, extirpant air et sang. Tombé au sol, Marius tenta de se relever. Le deuxième frappa le cou. Encore un. Puis un autre, accompagnant la chute du corps violenté. Un glaive avait un tranchant moins efficace que la pointe. Pourtant, au prix de bien des efforts, Ofella décrocha la tête de son ennemi.

La poussière se dissipait sur la grande terrasse du temple. Quelques gardes s'aventuraient çà et là, cherchant du regard leur maître dont le corps sans vie gisait au pied de l'amphithéâtre. Chacun prêtait attention à l'homme qui s'avançait, une tête ensanglantée dans la main droite, un glaive souillé dans la gauche.

Arrivé au bord de la place, il observa Préneste et les habitants, les plus courageux, revenus découvrir l'ampleur du désastre. Il toisa cette foule éparse et l'interpella en brandissant son trophée :

— Peuple de Préneste, vous devez vous rendre ! Votre prétendu sauveur est mort et aucun dieu ne viendra à votre secours. Rendez-vous ou la cité disparaîtra !

Il jeta la gueule dans le vide, qui dévala la piste de la pente d'accès de droite avant de poursuivre sa route dans une des rues en prolongement. Choqués par cette vision, les citadins prirent plusieurs secondes pour sortir de l'épouvante, temps qu'Ofella mit à profit afin de se volatiliser.

CHAPITRE 8

Bien sûr, Préneste n'écouta pas. Trop fière, la cité entendait résister, lutter jusqu'au dernier homme vivant. Personne ne l'ignorait : Rome ne ferait pas de quartier à une ancienne alliée. Une énième tentative de sortie, menée par le lieutenant de Marius, se solda par un cuisant échec. Huit jours après la mort de son chef, la ville ouvrit sa porte aux armées de Sylla et paya le prix du sang pour s'être liée au mauvais camp de la guerre civile.

Dans cette agitation, Lucius Lucinius Murena ordonnait l'arrestation de tous les hommes et la fouille méthodique de chaque maison. Dressé sur son cheval, il menait cette tâche avec acharnement, à la recherche du traître qu'il poursuivait depuis trois ans. Après avoir écumé la Grèce, les ports de la mer Adriatique et de la plaine italique, ce n'était pas quelques masures de plus qui allaient le freiner.

Installé dans la cachette qu'il avait partagée avec Aulus Terminus et Néphélé, Ofella attendait seul, alors que le *speculatores* avait disparu. Il portait toujours ses vêtements couverts de sang. Ses blessures continuaient à le torturer, mais plus personne ne pouvait le soigner. Il pleurait tous les jours la perte de son amie. Quand les gardes le trouvèrent, il se laissa escorter sans un mot jusqu'au camp romain.

Les portes de la cité vomissaient des prisonniers, des convois d'armes confisqués, des corps entassés dans des chariots. Ce cortège, c'était la vie qui fuyait de Préneste, ses habitants allaient assister à la destruction des murailles qui avaient fait leur fierté et ensuite… seul Sylla déciderait de son sort. Vaincue, elle se soumettait au bon vouloir de son triomphateur.

Rongé par le chagrin, Quintus avançait comme un automate entre les légionnaires. Après avoir passé la grande porte, le groupe s'éloigna sur la plaine. Alors l'ancien légat regarda une dernière fois en arrière. Préneste représentait un espoir à son arrivée, maintenant elle montrait son vrai visage et le mensonge caché derrière ses murs. Ses couleurs s'étaient estompées sous les ombres des soldats, les papillons ne lui rendaient plus aucun éclat. Vouée à la destruction, elle allait connaître le lourd tribut de la sédition.

Installé sous bonne garde dans une tente, Ofella attendit. Militaire de carrière, il savait qu'il était impossible d'échapper à un siège organisé par la Légion. Aussi, le seul plan plausible pour sortir vivant de la cité était de confronter Murena et d'espérer sa clémence. Les arguments brûlaient ses lèvres, mais la tristesse les changeait en murmures.

Les heures passèrent. Un serviteur apporta du vin. Quintus n'y toucha pas. Son attente se prolongea jusqu'à entendre des pas lourds et cadencés au seuil de sa prison. Lucius Lucinius Murena entra en toussant, seul. Sa barbe restait fournie, toutefois le sommeil avait réduit les cernes qui creusaient son visage. Massif et athlétique, il imposait sa présence. Son regard scrutateur chercha à croiser celui d'Ofella. Ils se firent face.

— Je t'avais prévenu, Quintus : tu ne pouvais pas m'échapper. Maintenant, tu vas devoir assumer tes actes.

— J'assumerai. Ma fuite n'était pas dictée par la culpabilité, je voulais sauver ma famille et me venger de Marius. Je n'ai pas tenté d'assassiner Sylla. Je le jure. Pas consciemment.

Un légionnaire amena une chaise et sortit à nouveau. Murena se laissa choir, se frottant le cou avec la main afin de faire passer une raideur. Un léger sourire émergea de sa barbe.

— J'ai interrogé Aulus Terminus avant de venir te rejoindre et il m'a raconté ce que tu penses avoir vécu. Il a également témoigné de ton héroïsme pour tuer Marius le Jeune. Comme j'ai beaucoup de respect pour lui, je vais te laisser une chance. Convaincs-moi d'épargner ta vie. Convaincs-moi que tu n'es pas un traître. Vas-y, convaincs-moi.

Chassant un temps Néphélé de ses pensées, Ofella se concentra sur la dernière question importante de son existence : sa famille.

— Je veux te convaincre qu'une quête de trois ans a été utile, même si elle t'a causé du mal, j'en suis conscient. Je ne compte pas te raconter toute l'histoire, Aulus te l'a peut-être déjà détaillée. J'accepte que tu me décapites et que tu envoies ma tête à Sylla si c'est sa demande. Je lui suis toujours dévoué. J'ai toutefois une information cruciale que tu dois entendre.

— Qu'attends-tu en échange ?

— Un sursis jusqu'à ce que je puisse revoir les miens.

— Je t'écoute.

— Plusieurs familles de la *nobilitas* ont été enlevées pendant la guerre civile. Marius en a profité pour capturer certains membres de grandes *gens*, dont celles de Lucullus et Sylla. Ils sont détenus à Laüs, à l'embouchure de la rivière

Lao. Hortensia et Lucius sont également là-bas. Laisse-moi venir avec toi les libérer.

La nouvelle plongea Murena dans une intense réflexion. Il insistait, avec le pouce de sa main droite, sur un poil récalcitrant de son menton. Le regard dans le vide, il mesura ses options. Sylla l'avait prévenu qu'il était crucial de retrouver les disparus. Voyant l'avantage qu'il aurait à les ramener à toutes ces familles redevables, sans compter le traître qu'il pourrait livrer à loisir, il prit la décision de s'y rendre directement. Au maximum, ils y seraient en six jours.

— Qu'est-ce qui te fait croire que je vais t'emmener ? Je peux utiliser seul cette information. Je n'aurais qu'à te tuer là et garder toute la gloire.

Ce faisant, le légat porta la main à son glaive sans l'extraire du fourreau.

— Je te sais honorable. J'ai confiance en toi.

— Moi aussi, j'ai eu confiance en toi. Admire où cette confiance nous a menés. Tu viendras donc. En souvenir de ce que tu as brisé. Ensuite, ce sera la potence.

Sa décision le poussa à partir sans un regard à Ofella qui devait concéder que le jeune soldat avait bien grandi : le voilà un officier résolu et aguerri. Il attendit qu'on vienne le chercher. La nuit passa, la journée suivante était déjà bien avancée quand deux hommes l'accompagnèrent à une charrette où ils prirent place tous ensemble.

Une colonne de légionnaires se préparait à lever le camp. Le véhicule se glissa à sa suite, direction le sud. Murena menait la marche sur son cheval qui portait, parmi ses bagages, la lance magique de Fortuna laissée en arrière, devant Préneste.

~*~

La *via Latina* les conduisait jusqu'à Capoue, nœud de circulation vers le sud de l'Italie. Leur progression devait être rapide, mais un vent de panique avait jeté sur les routes des citoyens de toutes origines. D'après ce qu'Ofella avait pu apprendre, Sylla avait promulgué de nouvelles proscriptions depuis la victoire. Beaucoup en profitaient pour régler leurs comptes suite à la guerre civile.

Ce désordre fait de groupes épars, de chariots chargés de lambeaux de vies arrachées aux cités, de troupes de soldats sans chefs, les obligea à évoluer avec lenteur. Leur arrivée en Campanie permit au moins d'accélérer la marche. Capoue apparut bientôt à l'horizon.

La vision de leur ancien quartier de printemps emplit les cœurs de sentiments divers. Pour Ofella, c'était le rappel d'un passé regretté. Il se souvenait du camp, de la guerre sociale, de la folle cavalcade avec le consul Rufus afin de rejoindre Sylla, du temple de Vénus. Tant de réminiscences qu'il devait aujourd'hui oublier sous peine de se plonger dans le dépit.

La vue de Capoue nourrissait chez Murena une douce nostalgie. À l'époque, l'insouciance le guettait encore. Parti jeune combattant, il revenait vétéran. Une aventure s'achevait par cette entrée dans la cité. Il ne savait dire ce qu'il ferait ensuite, car tout, depuis quatre ans, l'avait amené à se concentrer sur les affrontements, la guerre, l'opposition à Marius. Aucun autre avenir ne se dessinait pour le moment.

L'ancienne caserne avait payé le prix de son soutien à Sylla. En pénétrant la grande porte, Ofella pouvait distinguer les traces des incendies, le sang séché projeté sur les murs. Le temple de Vénus avait été détruit jusqu'aux fondations. La ville gardait autant la marque de la guerre civile que de celle opposant les dieux.

Ils se reposèrent là où les habitants leur firent bon accueil. Les affrontements avaient pesé sur la population, mais les vestiges de la fraternité des temps passés réchauffèrent les cœurs. Dans un élan d'ouverture, les gens venaient se confier aux militaires, mettre des mots sur leurs souffrances et soulager quelques souvenirs douloureux. Les légionnaires furent très impressionnés et écoutèrent avec respect un récit dont ils ignoraient tout.

Le lendemain, le convoi empruntait la *via Popilia*, dépassait Nola et entamait un trajet périlleux au milieu d'un parcours inscrit à flanc de relief. Ofella pouvait toujours distinguer l'arme magique attachée sur la croupe du cheval de Murena avec d'autres affaires. Il garda cette information précieusement en tête.

La route aménagée serpentait entre les collines et les roches. Le paysage, plus aride, plus vallonné, n'entrava pas la marche de la Légion. Mais au beau milieu de nulle part, à plusieurs dizaines de milles de la moindre habitation, l'unité commandée par Murena arriva en plein champ de bataille.

D'abord un grondement les alerta. L'écho de cor au timbre animal se propagea à travers champs et monts, faisant trembler les roches qui chutèrent le long des pentes. Piégés entre peur et discipline, ils assistèrent sans bouger à un spectacle divin.

Au loin, des silhouettes gigantesques arrachaient des pans de vallons, sur la route, puis les jetaient sur des cibles invisibles. Un troupeau de cerfs passa sur la *via* et se lança à l'assaut des géants. La mêlée fut suivie d'un bramement de ralliement. Une onde de choc ébranla la terre avant que le silence ne s'impose : le combat s'éloignait.

Ces visions incroyables causèrent le plus grand trouble parmi les légionnaires. Quelques-uns tentèrent de fuir et Murena dut les faire abattre pour restaurer le calme. Après négociations avec les centurions, un repli stratégique fut ordonné. On attendit le soir de ne plus entrevoir la moindre trace de ces apparitions infernales.

L'installation du campement, autour des feux, se fit dans un grand silence. Les soldats restaient traumatisés par les visions de l'après-midi. Leur chef s'ingéniait à passer entre les groupes afin d'apaiser les craintes. Il approcha d'Ofella, qui cherchait un emplacement où dormir, et l'interpella :

— Crois-tu que ce soit le signe que la guerre entre les dieux continue ?

— Sans doute. La destruction du temple de Capoue était déjà un indice. Chaque camp a essayé jusque-là de conquérir les lieux de culte de l'autre afin de gagner en puissance. Cette stratégie d'évitement du combat a visiblement cessé. Le temps de l'affrontement direct semble maintenant arrivé.

Murena n'apprécia pas la réponse. Il détourna la tête, cracha de dépit, puis continua sa ronde. Son prisonnier ne s'en formalisa pas : il acheva le maigre repas fait de viande séchée qu'on lui avait proposé et plongea dans les bras de Morphée.

La nuit avait apaisé les esprits. La marche reprit en bon ordre au lever du soleil. Jusqu'à Tegianum, les rangs ne tremblèrent pas. Pourtant, de la fumée s'échappait de la cité légèrement à l'écart de la *via Popilia*. L'inquiétude monta à nouveau. Ofella entendit, riant sous cape, le discours de Murena afin de calmer les hommes.

— Nous ne pouvons pas prendre le risque de mettre en danger notre mission en venant au secours de ces innocents. C'est avec gravité que je vous demande de poursuivre sans vous retourner.

Habituellement, un tel discours sur le territoire italien était considéré comme celui de la lâcheté. Étrangement, il fut bien accueilli. On continua donc. À la fin de journée, l'arc extraordinaire de la baie de Laüs était en vue.

Peu connaissaient ce creuset, jonction entre la *mare nostrum* et l'Italie du Sud, bouton d'un feston de criques où mouiller à l'abri, grâce aux caps qui en gardaient l'accès. Autrefois port de passage, le lieu avait bien changé.

Laüs se mourrait. Les habitants désertaient peu à peu la baie où se trouvait la vieille cité lucanienne. Il ne restait que quelques pêcheurs pour attester qu'un comptoir avait été installé là, comme l'affirmait Hérodote. Bientôt, ce serait l'oubli et la disparition.

À cheval sur l'embouchure de la rivière Lao, quelques baraques vivaient encore. Des barques allaient et venaient jusqu'à l'horizon, d'autres dormaient sur la plage, signe que la pêche continuait. En cette fin de journée, les hommes rentraient chez eux et leur attention se porta immédiatement sur la colonne descendant jusqu'aux maisons.

Un groupe d'habitants loqueteux, pauvres et sales, s'approcha afin d'engager la discussion avec Murena. Ofella en eut un écho : une demeure aristocrate se situait bien dans les hauteurs, mais il était tard pour y monter. Depuis peu, d'étranges événements perturbaient les lieux devenus dangereux. Les pêcheurs offraient l'hospitalité aux légionnaires dans l'attente du lendemain.

Seuls les officiers furent hébergés dans les quelques maisonnées. L'ancien légat tenta de trouver le sommeil à la belle étoile, sous bonne garde. Plusieurs fois au cours de la nuit, il se réveilla en sueur. En s'éloignant afin d'uriner au bord du chemin vers le haut de la colline, sur un arbuste desséché, sa brûlure à la gorge se raviva, ce qui n'était pas un bon signe.

Au petit matin, Murena vint le rejoindre et lui annonça :

— Nous y allons maintenant. Tu vas monter avec moi, mais si tu essaies de me trahir ou de fuir, tu mourras.

— Ne te fais pas plus méchant que tu ne l'es : tu sais très bien qu'il est dans mon intérêt de t'accompagner sans causer d'ennui.

Le regard indéchiffrable que lança le chef d'expédition à son prisonnier interrompit leur échange et ils se mirent en route, escortés par la troupe. La montée se fit rapide jusqu'à distinguer une enceinte en tuf teintée de rouge, signe de grande richesse.

Contrairement au paysage aride et désertique parcouru jusque-là, ils eurent le plaisir de voir la propriété entourée d'arbres. Un portail en pierre, gardé par deux hommes, marquait l'entrée du domaine. Ils n'avaient pas encore pu admirer la demeure elle-même, mais devinaient que le chemin qui se poursuivait sous le couvert devait y mener. C'était l'endroit parfait pour cacher des otages : même s'ils parvenaient à fuir, ils se retrouveraient au milieu de nulle part.

Quand ils arrivèrent devant l'entrée, les gardes ne bougèrent pas malgré les invectives de Murena. La maison s'ébauchait au loin, massive silhouette en périphérie, avec une large entrée surmontée d'un balcon. Un vieillard en sortit et descendit jusqu'à eux. Il s'appuyait sur un bâton de marche afin de progresser et Ofella n'eut aucun mal à reconnaître celui qui s'approchait. Murena non plus.

Romanipleustès vint se planter entre les deux gardes, un sourire malicieux aux lèvres.

— Que de loups dans cette région ! Je mentirais si je disais que j'étais heureux de vous revoir, mais le destin nous a conduits ici. Autant apprécier son ironie.

Faisant le manifeste effort de se contenir, Quintus Lucretius se mordit la lèvre. Sa seule envie était de se jeter sur cet homme qui lui avait fait tant de mal. Mais sa famille se trouvait dans la maison en haut de la butte. Rien ne devait l'empêcher de la retrouver.

— Je croyais que tu comptais mourir en arrêtant les armées de Sylla, lança Ofella, acerbe.

— Je croyais que tu allais assassiner ton maître et nous rejoindre ou mourir dignement. Chacun ses échecs.

Les poings serrés, Ofella fit tout pour se contrôler. La colère irradiait ses tempes, une veine pulsait dans le creux de son cou, distribuant à son cerveau le venin qui voulait prendre le dessus sur ses capacités de réflexion. Murena, qui le connaissait bien, sentit également cette tension et tenta de l'évacuer en interrogeant le vieil homme.

— Que faites-vous là et où sont les familles que vous détenez ?

— Elles sont là, dans la propriété, y compris Hortensia et Lucius, bien entendu. Il va de soi que toute tentative désespérée pour les libérer se soldera par un drame. Je suis l'envoyé des dieux pour négocier, chers amis. La guerre fait rage, vous l'avez peut-être remarqué en venant. Elle se généralise, des temples sont détruits, certaines divinités en ont appelé aux titans. Nous devons arrêter ça avant que notre monde soit détruit.

— Comment ?

— La guerre doit s'achever. Vénus et Fortuna ne l'emporteront pas, pas aujourd'hui en tout cas. Elles doivent l'accepter et cesser les hostilités. Sinon le panthéon va se soulever, tout détruire. Et ce sera la fin.

— Nous ne sommes pas les porte-paroles de ces deux déesses.

— Mais Sylla l'est. Faites-vous confier mandat et revenez me voir. Nous discuterons. Sinon j'ai ordre d'exécuter mes otages. Et je le ferai.

CHAPITRE 9

L'attente dura plusieurs jours avant d'obtenir une réponse de Sylla qui se trouvait à Rome. Un messager avait été envoyé à la cité capitale et il en était revenu par mer, sur un bateau qui avait accosté à Laüs devenu camp de la petite troupe de Murena. À bord, une colombe et une corne d'abondance lui furent remises.

La réponse donnait un ordre clair à l'officier supérieur : il devait négocier et obtenir une trêve dans le conflit. Murena fut stupéfait par cette consigne, car s'il avait conscience de la guerre divine, rien ne justifiait que Rome s'en mêla.

Une fois la nouvelle communiquée à Romanipleustès, les deux parties convinrent de se retrouver sous une tente montée devant l'entrée du parc de la maison où se trouvaient les otages. En guise de bonne volonté, l'augure relâcha un cousin de l'ancien consul Rufus. Tout fut vite mis en place afin de débuter les négociations. Face au vieil homme, Murena s'était adjoint le concours d'Ofella, bombardé spécialiste de cette guerre qui les dépassait. La première rencontre fut brève, polie et n'avança guère.

Au deuxième jour, Romanipleustès arriva en retard et observa méchamment la colombe qui se tenait sur l'épaule de Murena. Sans s'excuser, il attaqua :

333

— Des temples ont été détruits sur la côte Adriatique : à Brindes, Néapolis, Elera et Matinum. Le conflit doit être suspendu le temps des négociations.

La colombe bomba le torse et ne sembla guère décidée à se cacher pour se protéger du ton péremptoire de l'augure.

— Tout ceci n'a pas de sens, rétorqua Ofella, agacé. Je ne vais pas répondre à la place de Vénus que ses troupes vont appliquer une trêve.

— En fait, je le peux, informa Murena.

Les regards de ses deux conégociateurs se portèrent sur le légat qui expliqua très calmement, avec une certaine hésitation, avoir échangé au cours de la nuit avec la déesse dans un rêve très long.

— Que veut-elle pour obtenir une paix durable ? interrogea Romanipleustès.

— Vénus veut l'Italie. Elle veut que chaque temple compte un autel à sa gloire, que tous les Italiques soient liés à son pouvoir. À cette condition, elle abandonnera la Grèce et promettra de respecter la trêve. Sinon, elle menace de conquérir les temples par la force. Sylla l'y aidera.

— Comment nous assurer que ce serment sera respecté ? Non pas que je ne lui fasse pas confiance, mais… aucun dieu ne croit en sa parole.

— Des mariages.

Ofella assistait à l'échange sans intervenir. Il ne se sentait pas concerné et laissait vagabonder son esprit pendant que se négociait la trêve entre dieux. Son regard se perdit vers la maison, silhouette dessinée derrière le feuillage des arbres, où se trouvaient Hortensia et Lucius.

Le déjeuner arrivé, chacun prit congé. Les tractations s'éternisèrent alors que des messagers allaient et venaient en

Italie pour résumer le chaos au cœur de la péninsule. Des villes brûlaient. Des cultures disparaissaient. Ofella ne pouvait plus rien faire qu'attendre.

Six jours d'entretiens aboutirent à un accord : plusieurs demi-dieux, enfants divins de Vénus ou Fortuna, devraient épouser des enfants de leurs frères et sœurs du panthéon. Les deux déesses emporteraient la majorité des temples d'Italie, sauf la Sicile. Au final, elles sortiraient victorieuses des tractations tout en permettant à chacun de fourbir ses armes en vue d'un prochain affrontement.

La négociation scellée par les hommes poussa les deux camps à se séparer. Debout aux côtés de chevaux attachés à un arbre, Murena et Ofella gardèrent le silence en les libérant. Mais Quintus ne put attendre plus longtemps :

— La paix est conclue. Plus rien ne doit nous retenir.

— Il va nous rendre les otages. Patience.

— Il a gâché quatre ans de ma vie. Au même titre que Marius, il doit payer. Laisse-moi cette chance avant la potence. Je vais aller chercher les miens.

Le regard du légat barbu changea. Un voile de tristesse altéra ses yeux en deux îles perdues dans les océans du regret. Tout aurait dû se passer autrement. Il approuva de la tête, muet, puis se tourna, ignorant son ancien ami dans un ultime cadeau.

Profitant de la négligence de la garde, Ofella se faufila discrètement hors d'attention et franchit le muret délimitant la propriété. Il avait volé un poignard, au cas où, mais surtout la lance magique que Murena avait délaissée dans ses effets. Passé sous le couvert des arbres, sa progression se fit rapide et prudente.

Il marqua un temps d'arrêt en entrevoyant la silhouette d'un cerf au port noble, vigilant au moindre passage sur le chemin de la maison. La présence du cervidé signifiait celle d'Artémis. Ofella prit toutes les précautions afin d'échapper à son regard et poursuivit en direction de la demeure où il pénétra, par une porte latérale.

Le couloir face à lui était désert. Sur la gauche, il pouvait accéder à l'arrière du péristyle. Attentif au moindre son, il passa devant la cuisine et arriva à l'entrée de l'atrium au milieu duquel un bassin d'eau bruissait des jets d'une fontaine. De l'autre côté, face à lui, Romanipleustès attendait, appuyé sur son bâton de marche comme sur une canne.

— J'ai cru que tu mettrais des décennies à te décider à venir.

— Peu importe : tu es la résurrection d'un ancien général qui a l'éternité devant lui.

— Ta famille n'a pas ce luxe.

— Où sont-ils ?

— À l'étage, enfermés dans une chambre et sous bonne garde. Tu ne peux pas les rejoindre.

— C'est ce que nous allons voir.

Contournant le bassin, Ofella arriva aux escaliers, mais il se fit arrêter par un jet d'éclair qui barra sa route. La puissance magique s'empara alors de son corps comme une main brise un fétu de paille. Parcouru d'énergie brute, brûlé à toutes les terminaisons nerveuses, il s'écroula au sol, proche de perdre connaissance.

La lance se mit à briller entre ses doigts. Quand il se releva avec difficulté, Quintus Lucretius regarda l'arme et se prépara à l'utiliser.

— Artémis veut ta mort, le prévint Romanipleustès.

— Pourquoi m'as-tu montré cet endroit si tu ne voulais pas que je vienne ?

— Je pensais adoucir ta mort. Mais rien ne s'est passé comme prévu. Si tu ne deviens pas l'arme que nous avions programmée, si tu ne rejoins pas notre camp, alors tu dois mourir. C'est maintenant, à la fin, que tu te décides à comprendre que ton destin est dicté par les dieux. Artémis a mis un point à cette histoire. Adieu.

Les éclairs jaillirent de ses mains, brisèrent la fontaine et foudroyèrent Ofella. La lance brillait d'autant plus, canalisant cette énergie prodigieuse afin de protéger son porteur. Les étincelles inondèrent l'atrium, soulevant un torrent d'eau entre les deux combattants.

La foudre rebondit contre les pans de moellons recouverts de chaux et frappa les deux hommes ensemble. Les traits de lumière disparurent un instant, le temps pour Ofella d'empoigner sa lance comme un pilum et de la projeter sur Romanipleustès. Transpercé de part en part, le vieillard fut embroché et fixé au mur par l'objet magique. Mais la vie ne voulait pas abandonner l'augure.

— Tu n'as fait que gagner du temps, lança-t-il à Ofella, tentant de retirer la lance sans y parvenir.

Des vapeurs bleues quittaient le manche fiché au creux de l'estomac pour envelopper Romanipleustès qui commença lentement à dépérir. Ses cheveux s'effilochaient et disparaissaient peu à peu. Sa barbe se flétrissait, formait un cache-cou couleur paille ; son visage, déjà amaigri, fondit jusqu'à laisser transparaître son crâne. Un squelette figé dans le mur, telle une gravure, observait Ofella de ses orbites vides, la mâchoire grande ouverte.

Son succès remporté, Quintus Lucretius laissa traîner une dernière fois son regard sur cet adversaire tant redouté. Ainsi donc, l'augure aveugle était retourné à la mort. Il n'en tira pas le plaisir escompté, lucide sur tous les tourments vécus depuis cette rencontre, sur la route de Capoue. Un autre temps. Puis il se détourna et grimpa les escaliers quatre à quatre.

Au bout du couloir des chambres, il tomba nez à nez avec le cerf qu'il redoutait tant d'affronter. L'animal le chargea, planta son bois gauche dans l'estomac d'Ofella puis recula de quelques pas. Cet élan devait l'aider à en finir, aussi il repartit à l'assaut, mais le légionnaire eut un réflexe et esquiva. Entrainé par sa course, il dévala l'escalier en gémissant. Surprise ou terreur, on ne saurait dire. Mais une fois le corps désarticulé arrivé en bas, la lamentation se tut.

Le capharnaüm fut remplacé par les appels des gardes autour de la maison. Blessé, Ofella se tenait le ventre, assis sur les marches. Hésitant, il finit par se relever et força une à une les chambres. Les otages, étonnés de le voir, ne comprirent pas tout de suite qu'ils pouvaient sortir. Peu importait pour l'ancien légat qui arriva à la quatrième pièce où il découvrit Hortensia et Lucius.

Sa femme était restée telle que dans son souvenir. Sa longue chevelure brune, détachée, retirait à son visage sa sévérité de matrone romaine. L'absence de maquillage mettait en avant ses yeux brun clair et ses lèvres charnues. Son nez, plat et fin, disparaissait presque au milieu de ces caractéristiques fortes. Transigeant avec la tradition, Ofella l'enlaça et l'embrassa fougueusement, ignorant sa blessure qui saignait sur son flanc. Hortensia ne chercha pas à se dérober à son étreinte, tachant sa robe élaborée.

Quand son regard se posa sur Lucius, il eut un choc. Quatre années avaient fait de lui un adolescent qui pouvait revêtir la toge virile. L'enfant aux cheveux bouclés laissait la place à un jeune homme bien formé, aux yeux bleu clair, le visage carré de sa mère et une musculature en devenir. Ils hésitèrent, l'un et l'autre, avant de s'enlacer.

Le fils fut le premier à remarquer la blessure du père.

— Que t'est-il arrivé ? demanda-t-il d'une voix muée.

— J'ai tenté d'amadouer Pluton et il a ouvert la porte des enfers. Nous devons partir sans attendre.

S'appuyant sur Lucius, Ofella guida les siens à travers la maison. Dans le vestibule, des gardes s'activaient pour retenir les otages qui cherchaient à s'enfuir. Aucune trace du cerf au bas des marches, aussi le trio traversa à pas rapides le jardin qu'encerclait le péristyle avant de prendre la porte de service par où était arrivé l'ancien légat.

Le couvert des arbres leur offrit à nouveau la protection nécessaire. Mais plutôt que de se diriger vers le camp romain, ils empruntèrent un sentier qui descendait le long de la colline, à l'opposé du village de Laüs. Les traits marqués, Ofella imposait un rythme soutenu que sa famille suivait sans broncher. Pourtant, la douleur lancinante à son bas-ventre le ralentissait de plus en plus.

Après plusieurs heures de marche, ils croisèrent une vieille grange abandonnée, au milieu d'un vallon déserté d'animaux et de paysans. S'y installer fut difficile pour Ofella, incapable de s'allonger sans trahir sa souffrance. Lucius accompagna chacun de ses mouvements afin de le soulager. Hortensia se montrait inquiète au moment d'aider son mari, mais elle ne disposait de rien pour calmer ses douleurs.

— Que peut-on faire pour te soulager ?

— C'est une blessure magique. Comment soigner un miracle ou un mauvais sort ?

Ses pensées se tournèrent vers Néphélé, sa gentillesse, sa patience, son écoute, son sacrifice. Elle avait montré beaucoup de courage au cours de leur voyage, même au long de sa vie d'après ce qu'il en savait. La rejoindre à cet instant, alors que sa famille était libre, ne semblait pas le terrifier. Bien au contraire, l'idée l'apaisait.

Arriva le moment de repartir. Ofella dut se rendre à l'évidence et accepter la situation : il ne pouvait plus bouger. Son fils, aussi heureux de l'avoir retrouvé que soucieux de le voir dans cet état, se proposa d'aller chercher du secours. Mais Lucius fut attiré à son père par le bras et, à son oreille, il murmura :

— Si tu vois la Légion, fuis et ne te retourne pas.

— Mais nous sommes citoyens de Rome. La Légion nous protège.

— Oui, c'est vrai. Elle protège Rome. Et Rome veut ma mort.

Lucius le regarda avec des yeux écarquillés. Comment son père, militaire chevronné, proche de Sylla, pouvait être considéré comme un ennemi ? Que s'était-il passé, pendant ces quatre années, pour en arriver à cette situation ? Il n'avait pas le temps de poser la question : il devait sauver son père.

Pendant sa captivité, il avait attentivement réfléchi à ce qu'il dirait à son géniteur. Sa façon de raconter son absence serait la plus brillante, la plus longue, car il avait tout consigné dans son esprit, prêt à le détailler jour par jour à Ofella. Contrairement à sa mère, il n'avait jamais accepté son statut d'otage. Trouver un élément à raconter chaque jour, élaborer un fil d'Ariane à ces moments de solitude où rien ne se passait, voilà sa mission d'enfant devenu adulte.

Aussi la mort de Quintus ne pouvait être une option tant il avait de choses à lui dire. Son départ, pour chercher du secours, était motivé par l'étrange conviction qu'il sauverait celui qu'il aimait.

Dans la grange, Ofella tentait de rester conscient. L'injustice de son état n'atténuait pas sa gravité. À ses côtés, Hortensia s'en voulait de n'avoir rien à portée de mains afin de l'aider ou de le soulager. Pourtant, malgré la douleur, son mari souriait.

— Pourquoi ce rire qui se dessine sur ton visage ?

— Malgré la colère des dieux, en dépit de l'armée romaine, j'ai survécu aux trahisons, combattu un lézard géant, participé à un siège de plusieurs semaines et échappé à un augure aveugle pour arriver jusqu'ici. Les sacrifices n'ont pas été vains. J'en suis ravi.

Elle le dévisagea et crut que la fièvre naissante sur son front engendrait déjà le délire. Elle lui pardonna sans peine, trop heureuse de le retrouver.

— Puisses-tu en profiter avec nous, fit-elle pour dissiper sa crainte.

— Vous en profiterez pour moi. J'espère que Lucius ne tardera pas. J'ai froid.

Hortensia se coucha à ses côtés afin d'apporter sa chaleur et accompagner, quelques instants encore, son mari sur le chemin du royaume des morts.

CHAPITRE 10

Le temps changeait. Le ciel et la terre de plomb laissaient planer l'impression d'un retour inattendu de l'hiver. Quand Lucius revint, son père grelottait aux côtés de sa mère à peine éveillée. Il s'approcha et put leur annoncer la bonne nouvelle.

— J'ai trouvé deux fermiers qui acceptent de venir chercher père en chariot. Ils seront là d'ici peu. Nous allons te soigner.

Si Hortensia le félicita, Ofella n'en fit rien : même s'il était heureux de voir son fils se démener pour le sauver, il savait que c'était trop tard. Sa blessure continuait à saigner abondamment et son teint blême trahissait son extrême faiblesse. Il laissa les siens échanger à son sujet, la tête ailleurs. L'énergie manquait, mais il voulait accomplir une dernière chose avant de partir.

D'un regard, il invita Hortensia à les laisser, lui ayant expliqué sa volonté de parler seul à Lucius. Il proposa au jeune homme de venir s'asseoir auprès de sa paillasse improvisée à l'aide de fétus retrouvés au fond de la grange. D'une voix faible, il se lança dans l'échange, conscient que ce serait son dernier combat :

— Dis-moi, Lucius, que retiendras-tu de tout cela ? Ma fin arrive et tu es un homme à présent : je voudrais répondre à tes questions, si tu en as, afin de t'aider à entrer dans le monde. Car tu es libre.

— Tu vas vivre et nous aurons tout le temps. Tout le temps… j'ai tant de choses à te dire, père. Tant de choses à savoir. Notre nom est-il déshonoré ? Que s'est-il passé ?

— On va m'accuser de trahison, on va te dire que je n'ai été qu'un imposteur et un lâche. Pour tout t'avouer, je ne sais où s'arrête la frontière du mensonge et celle de la réalité. Mais sache que j'ai toujours voulu servir l'idéal de Rome et défendre notre nom. C'est ma conviction, elle a guidé ma vie. J'ai affronté nos ennemis et je les ai vaincus. Le reste…

Lucius ne se montra ni inquiet, ni lugubre à écouter les paroles de son père qui le regardait avec toute la concentration dont il pouvait faire preuve, espérant transmettre un peu de la force qui s'enfuyait de son corps.

— Alors je devrai te défendre et tenter de prouver que nous sommes bien fidèles à la République, à ses principes, à ses maîtres ? interrogea Lucius, qui mesurait ce qui l'attendait.

— Je crains, mon fils, que me défendre soit bien inutile. D'ici peu, plus personne ne se souviendra de Quintus Lucretius Ofella. Ta mère espérait pour moi une belle carrière des honneurs, car elle pensait que cela te servirait. Mais je n'ai pas été en mesure d'être mieux qu'un légat. Je ne savais rien faire d'autre. Apprends surtout l'histoire de notre famille, qu'elle t'inspire pour l'avenir. Car c'est toi qui vas écrire le futur de la *gens*.

— Je te défendrai, j'en fais le serment. Je t'aiderai à prouver que tu n'as pas trahi.

Un pauvre rire s'échappa de la gorge d'Ofella, puis se transforma en quinte de toux qui fit tressaillir tout le corps de l'ancien légat.

— Tu ne pourras rien, à moins de traîner les dieux devant le tribunal des hommes, et c'est impossible. Lucius Lucinius Murena connaît la vérité, lie-toi à lui. Malgré la traque qu'il a menée, je le sais de cœur honnête et il t'aidera. Ne te fie à personne d'autre.

— Et Sylla ?

— Sylla est un homme brillant mais rancunier. Attends qu'il meure avant de commencer ta carrière. Sinon, il te détruira. Lucullus n'est pas du même bois, il te laissera faire, trop obnubilé par un plan quelconque où tu ne t'inscriras pas, jure-le-moi.

Approuvant de la tête, Lucius prit la main de son père et la serra.

— Je ne veux pas que tu meures.

— Je serai toujours à tes côtés, d'une manière ou d'une autre. Je vivrai en ton cœur, puisque c'est là que vivent les souvenirs heureux. J'espère que tu garderas de moi un souvenir heureux. Tiens, prends cette bourse.

En peine à chaque effort, Ofella délaya l'escarcelle de cuir de sa ceinture et la tendit à Lucius. Son ouverture dévoila les santons représentant chaque membre récent de la maison *Lucretii*.

— Il y a là toute notre famille depuis deux générations. Je les ai fait réaliser à partir des masques funéraires de la maison, afin qu'ils me suivent dans toutes mes campagnes. Vous y êtes aussi, ta mère et toi. Ainsi, la *gens* ne m'a jamais abandonné. J'espère qu'il en sera de même pour toi.

Un curieux apaisement s'empara de Quintus Lucretius. Il s'en alarma. Il y avait encore tant à dire, tant d'informations à transmettre, tant d'héritage. Il aurait aimé accompagner son fils dans cette aventure, mais savait que ce serait impossible.

Au contraire, le fils devait accompagner le père dans son ultime voyage. Hortensia dut le sentir, car elle rejoignit alors son mari silencieux et son fils à qui elle dit :

— Tu as un récit à lui faire. Il t'écoute.

Accablé par le chagrin, voyant son père agoniser, Lucius accéda à cette volonté et fit le récit qu'il avait préparé. Sa voix trembla, les mots se perdirent parfois dans sa gorge, pourtant il mena la tâche à son terme, accompagnant Quintus Lucretius Ofella jusqu'à ce que le dernier souffle de vie ait quitté son corps.

Alors ils pleurèrent ensemble.

Le rêve étrange recommença, tout aussi perturbant, tout aussi improbable. Assis sur un trône de pierre en ruine, Ofella survolait le ciel. Son attention ne faiblissait pas, malgré la conscience de sa propre mort. Il dépassa l'Olympe pour rejoindre une gigantesque demeure embrumée. Les murs de nuages en faisaient une construction intangible, surnaturelle, peuplée d'ombres qui déambulaient autour de la vaporeuse bâtisse.

Arrivé au niveau de l'entrée, Ofella fut déposé en douceur et observa alentour. Rien ne laissait deviner qui vivait ici, les rares corps entrevus çà et là avaient aussi peu de consistances que les murs de la villa.

Hésitant à entrer, Quintus Lucretius tenta un pas dans le jardin des Hespérides. Son pied s'enfonçait comme s'il avançait, sans sandales, dans une prairie à l'herbe grasse. Cette sensation calma son incertitude et il observa droit devant la lisière des nuages au-dessus desquels émergeait le soleil.

Une main vint se poser sur son épaule sans le faire sursauter. La plénitude qu'il commençait à ressentir se décupla alors que les doigts longs et fins frôlaient son dos. Néphélé apparut à ses côtés et le sourire qu'elle affichait se retrouvait, en miroir, sur le visage d'Ofella. Ils restèrent un long moment ainsi, jouissant de l'instant présent, heureux d'être réunis.

— J'ai cru retourner au temple d'Artémis, sur l'Olympe, fit-il presque à regret pour expliquer sa tension passée. Je ne voulais vraiment pas la revoir.

— Elle a bien tenté de t'attirer en son royaume, mais nous nous sommes battus pour que tu viennes ici, avec nous.

— Nous ? Où sommes-nous ?

Tous deux se tournèrent vers la maison à la romaine et Néphélé, fière, put affirmer :

— Chez toi. Voilà la demeure d'éternité de la *gens Lucretii*. Les mânes que tu as honorés t'ont jugé digne de les rejoindre. Prends place au panthéon de ta famille et profite de ce repos bien mérité.

La surprise submergea Ofella. Les silhouettes sombres qui peuplaient la villa et ses alentours prirent alors une consistance nouvelle. Parmi les visages émergeant de l'obscurité, Quintus Lucretius y reconnut son grand-père et son père, deux visions qu'il avait conservées précieusement et qui se matérialisaient sous ses yeux.

— Pourquoi m'accueilles-tu si c'est le sanctuaire des *Lucretii* ?

— Avec l'aide que je t'ai apportée, l'âme familiale m'a proposé de rester à son service afin de ne pas tomber dans les limbes. J'ai accepté. Ma vie aura été comme un fleuve, Quintus : elle se sera écoulée dans l'attente de trouver une cause à servir. Mon arrivée ici signifie seulement que j'emprunte une autre embouchure et que je poursuis un nouveau chemin.

Ils entrèrent dans la maison, non sans qu'Ofella lance un dernier regard vers le sol où il pouvait distinguer les siens : son épouse Hortensia accompagnait son fils Lucius, jeune et plein de larmes, en train d'enterrer son père, recevant ainsi le titre de *pater familias*.

Plus loin, Rome fêtait la paix. Sylla présidait une cérémonie fastueuse qui rendait à la mythique cité son lustre d'avant-guerre. À ses côtés, Lucullus et un jeune homme se plaçaient en héritiers du vainqueur du Pont et des séditieux.

Un détail attira son attention : le rougeaud général avait au-dessus de la tête un myrte, une colombe et une roue éthérée, les armes de Vénus et Fortuna. Quant au jeune soldat, il était entouré d'une aura indistincte, incertaine, son allégeance et son destin restaient à écrire.

Les événements à venir décideraient de bien des sorts. Ofella allait en être un témoin parmi d'autres, priant afin que sa famille et Rome soient épargnées.

Bonus

Différents bonus gratuits sont disponibles au format numérique sur cette page : motsetlegendes.fr/ELLEO.php

Pour y accéder, il faut rentrer le mot de passe suivant : « Lucretii ».

Lexique

Aquila sinistra : *aquila* signifie aigle et *sinistra* peut avoir deux sens principaux, soit sinistre, soit gauche, ou du côté du cœur.

Dans la prise d'auspices, un signe depuis la gauche est un signe positif. Un oiseau peut venir de gauche et aller à droite, où un éclair tomber depuis la gauche du preneur d'auspice. Dans ce cas, on considère l'auspice favorable. Comme militaire, Aulus Terminus a souvent eu l'occasion d'assister aux prises d'auspices et la venue des armées depuis l'ouest, perçue comme un signe favorable par les légionnaires, est un indice à ses yeux de la bonne chance qui soutient les victoires de Rome.

Paradoxalement, la pratique d'auspices va décliner à partir de l'époque syllanienne – peut-être en raison de leur utilisation étonnante –, au point de susciter chez Cicéron cette réflexion : « Mais aujourd'hui la négligence de la noblesse a laissé perdre l'art des augures ; on n'a que du mépris pour la vérité des auspices ; ils ne s'observent plus que pour la forme, dans les affaires même les plus importantes, telles que les guerres d'où le salut public dépend. À cet égard, toutes les coutumes militaires sont abolies. Quand nos officiers n'ont plus le pouvoir de prendre les auspices, c'est alors qu'on les envoie à l'armée » (Cicéron, *De Natura Deorum*, *Livre II*).

Comitium : lieu attenant au Forum romain, où se retrouvaient les comices réunissant le peuple lors des élections. Haut lieu de la démocratie à la romaine, il est adossé aux rostres d'où les consuls Sylla et Rufus haranguent la population en vue de la mise en place du *iustitium* (cf plus bas).

Varron, dans *De la langue latine* (V, 155, trad. Sous la direction de M. Nisard, 1845) explique : « *Comitium*, lieu où s'assemblait le peuple par curies ou pour le jugement des procès, *de coire* (aller ensemble). Il y avait deux espèces de curies, celles où les prêtres s'occupaient (*curarent*) des choses divines, comme les curies anciennes, et celles où le sénat s'occupait des choses humaines, comme la curie Hostilienne, bâtie par le roi Hostilius. Devant cette curie sont les Rostres, ainsi nommés de *rostrum*, parce qu'on y plaça les éperons de navires pris sur les ennemis. À droite des Rostres en venant du comice est un lieu appelé, par synecdoque Grécotase, où les députés des nations étrangères attendent les audiences du sénat. »

Emporion : peut désigner un quartier populaire (ou un marché), généralement ouvert vers la mer, qui se caractérise par des habitants d'origines hétéroclites, des cultes multiples, ainsi que des lieux d'échanges et de vente.

Les *emporoi*, des marchands voyageurs, pouvaient y établir des comptoirs commerciaux et y vivre, souvent sous l'autorité d'une cité ou d'un monarque.

Iustitium : suspension des activités civiques (juridiques et judiciaires) au sein de la cité pour une durée déterminée. Le vote d'une telle mesure n'est pas si exceptionnel à Rome, où elle est utilisée en période de troubles ou de deuil afin de ne pas parasiter la vie publique. L'insistance de Marius à faire lever la mesure avant le départ de Sylla vient du fait, tout simplement, que seule l'autorité qui a proclamé le iustitium peut le lever.

Le dernier *iustitium* en date est probablement de l'époque des Gracques (cf Plutarque notamment), cinquante ans plus tôt.

Mare nostrum : littéralement « notre mer », soit la mer Méditerranée. Axe de circulation et de commerce, il a fait et défait les plus grandes dominations : la Perse a longtemps assujetti les Grecs jusqu'à la victoire de ces derniers à Salamine ; les grandes cités, dont Athènes, ont bâti leur grandeur sur leur port ; Rome a imposé sa paix sur toute la Méditerranée par l'intermédiaire de la traque aux pirates de Pompée, avant que le sort des ruines de la République ne se décide à Actium, où Octave l'emporte et devient Auguste, le premier empereur, mettant un terme à l'ère des *imperatores*.

Nundinae : jour de marché à Rome, généralement tous les neufs jours, il servait à rythmer les semaines.

Pérégrin : Homme libre ne bénéficiant pas du titre de citoyen ou non originaire d'une cité latine.

Pileus : bonnet en feutre remis à un esclave quand il est déclaré affranchi.

Polybolos : baliste grecque de tir à répétitions créée au IIIe siècle avant notre ère. Capable de tirer jusqu'à onze traits par minute avec un système semi-automatique, selon certaines reconstitutions. La preuve de l'existence d'une telle machine ne vient que des textes (Philon de Byzance par exemple).

Pridie nonas : veille des Nones. Correspond au cinquième ou septième jour du mois selon la date de la pleine lune. Le calendrier romain se basait sur un calendrier lunaire dont les Nones, les Ides et les Calendes étaient les repères.

BIBLIOGRAPHIE INDICATIVE

Ce roman est librement inspiré de mon travail de mémoire qui portait sur les questions idéologiques, économiques et politiques autour de la campagne de Sylla contre Mithridate. Il tire sa base fantasy d'une nouvelle rédigée en 2008, intitulée *Favori des dieux* (Mots et Légendes ed.), qui revient sur le siège de Mytilène suite à la campagne contre Mithridate VI Eupator.

À travers ces lignes, je paie mon tribut à des auteurs que j'ai apprécié lire, en premier lieu Robert E. Howard et David Gemmell.

Le personnage principal, Quintus Lucretius Ofella, a été créé à partir d'un aristocrate ayant bien existé à l'époque syllanienne. Toutefois, s'il est cité par diverses sources, il est impossible de savoir quel fut son rôle dans les guerres civiles qui eurent lieu. A priori, il ne se trouvait pas dans le camp de Sylla au départ de celui-ci pour la Grèce, mais l'a rejoint lors du retour de l'armée consulaire en Italie. Il a réellement participé au siège de Préneste, mais comme chef des assiégeants.

Par la suite, il s'est opposé à Sylla afin de devenir consul et aurait été assassiné par un proche, sans doute sur ordre du général, si l'on en croit Appien.

L'histoire de cette période troublée est riche en événements, en retournements, en faits tout simplement. J'ai essayé de mêler ma propre imagination à l'Histoire. À aucun moment, je n'entends me substituer à la vérité historique : comme j'essaie de le poser clairement dans la deuxième partie, nous nous trouvons ici dans un univers parallèle. Ce qui explique le changement d'orientation de la vie de notre héros, mais aussi sa fin différente.

Voilà quelques pistes de lectures qui m'ont aidé à cerner le cadre de mon récit et une bonne partie de son déroulement :

Sources Principales :

Plutarque, *Vies parallèles, Lysandre et Sylla*, Paris, Les Belles Lettres, 1971. trad. R. Flacelière et E. Chambry.

Appien, *Histoire Romaine, Tome VII, Livre XII, La Guerre de Mithridate*, Paris, Les Belles Lettres, 2003, trad. P. Goukowsky.

Appien, *Les Guerres Civiles à Rome, Livre I*, Paris, Les Belles Lettres, 1993, trad. J.-I. Combes-Dounous.

Ouvrages de référence :

Badian E., « Rome, Athens & Mithridates », dans *Assimilation et Résistance à la Culture Greco-Romaine : Travaux du VI Congrès International d'Etudes Classiques*, Paris-Bucarest, 1976, p.501-521.

Bayet J., *Croyances et rites dans la Rome antique*, Paris, 1971.

Brizzi G., *Le guerrier de l'antiquité classique : de l'hoplite au légionnaire*, Courtry, 2004.

Carcopino J., *Sylla ou la monarchie manquée*, Paris, 1932.

Champeaux J., *Fortuna : le culte de la fortune dans le monde romain, II. Les transformations de Fortuna sous la République*, Rome, 1987.

Drummond A., « Rullus & the Sullan possessores », dans *Klio 82*, 2000, p. 126-153.

Ferrary J.-L., *Philhellénisme et impérialisme : aspects idéologiques de la conquête romaine du monde hellénistique, de la seconde guerre de Macédoine à la guerre contre Mithridate*, Rome : École française de Rome, 1988.

Hinard F., « De la dictature à la tyrannie : réflexions sur la dictature de Sylla », dans *Dictatures*, Paris, 1988, 87-96.

Hinard F., « La naissance du mythe de Sylla », dans *REL 62*, 1984, p. 81-97.

Hinard F., *Sylla*, Paris, Fayard, 1985.

Hinard F., *Les Proscriptions de la Rome républicaine*, Rome, École française de Rome, 1985.

Keaveney A., *Sulla : The Last Republican*, Londres, 1982.

Keaveney A., « Sulla and the Gods », dans Deroux C. éd., *Studies in Latin Literature and Roman History, III*, Bruxelles (Coll. Latomus, 180), 1983, p. 44-79.

Martin P.M., *L'idée de Royauté à Rome. II. Haine de la royauté et séductions monarchiques (du IVe siècle av. J.-C. au Principat augustéen)*, Clermont-Ferrand, 1994.

KEVIN KIFFER

Kevin Kiffer est fonctionnaire et vit aux alentours de Strasbourg. Grand lecteur des genres sfff, c'est par *Star Wars* et son univers étendu qu'il s'est pris au jeu de l'écriture : il lui arrive depuis d'écrire sous format numérique (*Favori des Dieux* et *Les Vertes Prairies* chez Mots & Légendes) et papier (*Dimension Ecologies Etrangères* chez Rivière Blanche, *Malpertuis VI* aux éditions Malpertuis). Il est également chroniqueur pour le webzine eMaginarock.

Entre la Louve et l'Olympe est son premier roman.

Plus d'informations sur son blog :
letempsdestyrans.blogspot.fr

DIDIER NORMAND

Né en 1960, Didier Normand découvre l'Héroïc Fantasy au travers des artbooks de Frank Frazetta. La représentation des champs de lavandes de sa belle région provençale ne l'attirant pas outre mesure, il préfère apprendre à peindre en reproduisant les tableaux de maître Frank, dont il commence à réunir tous les ouvrages.

L'illustration fantastique devient alors une passion qui le pousse à apprendre en autodidacte et à produire rapidement ses premières toiles originales.

Il utilise le plus souvent la peinture à l'huile. Après avoir produit un crayonné, il le scanne et entreprend la recherche des couleurs avec Photoshop. Le résultat est ensuite finalisé à la peinture sur une toile. Bien que de moins en moins utilisée, cette technique lui permet de garder un contact direct avec l'image et d'obtenir des effets qu'il ne retrouve pas avec une mise en couleur sur ordinateur.

Grâce à internet, quelques auteurs et éditeurs ont sollicité ses services pour illustrer des textes ou signer la couverture de leur livre.

Vous pouvez découvrir son travail ou proposer vos commandes sur son site internet : normandart.com

TABLE DES MATIÈRES

Dépôt légal : Mars 2018

ISBN : 978-2-37227-047-2

Printed by CreateSpace, An Amazon.com Company

www.ingramcontent.com/pod-product-compliance
Lightning Source LLC
Chambersburg PA
CBHW030134060726
47499CB00014B/265